泡坂妻夫引退公演　絡繰篇

緻密な伏線と論理展開の妙、愛すべきキャラクターなどで読者を魅了する、ミステリ界の魔術師・泡坂妻夫。著者の生前、単行本に収録されなかった短編小説などを収めた作品集を、二分冊に文庫化しお届けする。『絡繰篇』は、大胆不敵な盗賊・隼《はやぶさ》小僧《こぞう》の正体を追う「大奥の七不思議」ほか、江戸の雲見《くもみ》番番頭《ばんばんがしら》・亜智《あとも》一郎《いちろう》が活躍する時代ミステリシリーズ、五節句の紋をあしらった着物にこめられた想いを読み解く「五節句」ほか、紋章上絵師《うわえし》たちのシリーズ、背中に見事な彫《ほり》物《もの》を持つと評判の美女を巡る「荼吉尼《だきに》天《てん》」といったノンシリーズなど17編。

泡坂妻夫引退公演 絡繰篇

泡 坂 妻 夫

創元推理文庫

FAREWELL PERFORMANCE BY TSUMAO AWASAKA

by

Tsumao Awasaka

2012

目次

亜智一郎

大奥の七不思議　一一

文銭《もんせん》の大蛇《だいじゃ》　四六

妖刀時代　七九

吉備津《きびつ》の釜　一〇二

逆鉾《しゃっちょこ》の金兵衛《きんべえ》　一二一

喧嘩《けんか》飛脚《びきゃく》　一三九

敷島の道　一五八

幕間

兄貴の腕　一八七

紋

五節句　一九五

三国一《さんごくいち》　二一二
匂い梅　二三一
逆《さか》祝《いわ》い　二四七
隠し紋　二六六
丸に三つ扇　二八〇
撥《ばち》鏤《る》　二九二

幕間
母神像　三〇九
茶《だ》吉《き》尼《に》天《てん》　三三〇

中入り　解説屋さん口お閉じ　新保博久　三五四

泡坂妻夫引退公演　絡繰篇

亜智一郎

大奥の七不思議

「ねえ、頭《かしら》、今、一句思いつきました」

「ほう、伺いましょう」

「〈見渡せば菖蒲《あやめ》牡丹《ぼたん》が蓮歩《れんぽ》かな〉」

「――なるほど、出来ましたな」

雲見櫓《くもみやぐら》の上。雲見番番頭《ばんがしら》の亜智《あとも》一郎《いちろう》は閉められた窓の隙間から目を離さずにそう答えた。

いつもなら、雲見櫓の四方の窓は開け放たれ、詰めている雲見番がぼうっと空を見上げているのだが、この日は違う。北と西の窓が閉め切られていた。奥締《おくじま》りの日なのである。

大奥の御台所《みだいどころ》をはじめ、奥女中が吹上《ふきあげ》の庭へ出て花見をするので、各門の番人も立ち退き、その詰所は女中たちが代わりに番をする。庭の役人も所所の枝戸《しおりど》、柴門《さいもん》を閉じて庭には立入ることができなくなる。

雲見櫓の上からは吹上の庭の入口、御成門《おなりもん》が見通しなので、北と西の窓が閉められている。だが、見るなと言われれば見たくなるのは人情だ。番頭の智一郎以下、四人の雲見番はそっと窓を細目に開けて、遠くに奥女中が群がっているのを見物しているのだった。

絶好の花見日和。広広と拡がる青空の下、御成門のあたりには、厚板染めの緞子《どんす》の幔幕《まんまく》を、五色の練綾《ねりあや》の縄で打ち張らせ、庭のそこかしこにも幕を張り、庭内の茶屋には酒や田楽《でんがく》、餅を出して商いの遊びをする。

一口に大奥の美女三千人。上級の女中は掻取《かいど》りや搦《から》げ。綸子《りんず》に時候の模様を金銀色糸で縫取《ぬいと》りにしている。下級の女中は色縮緬《ちりめん》で草花の縫入りのある振袖。それぞれに綺羅《きら》を競った晴衣をまとって入り乱れるので、庭へ百花が敷き詰められたよう。

「わたしも一句ひねりました」

と、智一郎が言った。

先に句を披露した緋熊重太郎《ひぐまじゆうたろう》が承りましょうと言った。

「こんなのはどうです。〈吹き上げる桜吹雪や春衣〉」

「――吹上が詠み込まれていますな。さすがです」

そのとき、なにを思ったのか、智一郎は窓の戸をそっと閉めて、神妙な顔で部屋の中央に戻った。それを見て、重太郎と古山奈津之助《ふるやまなつのすけ》と藻湖猛蔵《もこもうぞう》も窓から離れた。

しばらく耳を澄ましていると、はたして階段を登って来る音が聞こえてきた。この日も智一郎の予知が当たったのである。

将軍側衆《そばしゆう》、鈴木《すずき》阿波守正圜《あわのかみまさあつ》。小でっぷりとした福相で、紺の鱗紗綾形《うろこさやがた》の小紋に麻の半 裃《はんがみしも》の紋は稲の丸だった。

正圜は姿を見せると、立ったまま四人を見廻して、

「おお、今日は皆の者が揃っているな」

と、言った。

「は。奥締りで全員が詰めております」

智一郎が答える。

正團はそのまま北の窓際に寄ると、そっと戸を細く開けて顔を寄せた。

「なるほど。ここは眺めがいい。こう見ていると、正に天下泰平である」

かなり長い間見物していたが、窓を離れて上座にどっかりと胡座《あぐら》をかき、懐《ふところ》からオランダ渡りのパイプを取り出した。

「ところで〈御成門くぐると蜘蛛《くも》の子を散らし〉というのはどうじゃ」

と、いたずらっぽく笑った。

吹上の庭の花見は無礼講である。奥女中たちは御成門までは神妙だが、一度、広広とした庭に出ると、開放されて思い思いの場所に散っていく。それが蜘蛛の子を散らしたようだというのである。

「さすが、名句かと存じます」

と、智一郎が言った。

「なに、そんな御大層な句ではない。それはともかく、皇女和宮《かずのみや》さまには、この二月、目出度《めでた》くご降嫁となった。御台所となっていろいろ気苦労もおありだろうから、今日のような日はせいぜい命の洗濯をされるがよろしかろう」

と、正團はパイプをくゆらしながら、

「と言って、奥女中の遊びを見物しながら、一句ひねるためにこの櫓へ登って来たわけではない。ここからは想像することもできないが、一歩外へ出ると、下界は勤王攘夷《きんのうじょうい》、風雲いよいよ急である」

一月、勤王の志士は老中安藤信睦《あんどうのぶゆき》を襲った。和宮降嫁は幕府の力で強奪したものであり、外国人と馴れ親しみ、歴史の先例を調査して現天皇を廃帝に追い込もうとしている、というのが襲撃の趣意であった。志士は水戸《みと》浪士たち六人で、狙われた乗物には五十人もの侍が厳重に警護していたから、信睦は負傷したものの命には別状がなかった。坂下門外《さかしたもんがい》の変である。

また、市中にも不安が拡がり、辻斬りが横行して、夜になると道を歩く者が絶えてしまうほどであった。

京都でも志士たちの血の雨が降らぬ日はなく、わずか一月後の四月には、寺田屋《てらだや》騒動が起こっている。

「今日このごろのように世上不安定だと、いろいろな賊が跋扈《ばっこ》するようになる。ところで頭。隼《はやぶさ》小僧《こぞう》という盗賊の名を聞いたことはないか」

智一郎はうなずいて、

「ございます。先日も路上で、読売りの者が言い立てていました。和田倉門内《わだくらもん》の松平肥後守《まつだいらひごのかみ》様のお屋敷に侵び込んで金品を持ち出したそうで」

「うん。それがどうして隼小僧だと判ったのか」

「いつもの手口です。賊は金子《きんす》のほかにいくつかの茶道具を盗みましたが、後日、その何点かが元の場所に戻されたのです。この品は偽作であるから不用である、という手紙を添えてです」

「それなら、隼小僧に間違いはない」

「ご門内の大名家に押し入るとは、小僧もますます大胆になりました」

隼小僧の名が人人の口にのぼりはじめたのが二年ほど前で、はじめのうちは大名の下屋敷が狙いの的になっていたが、絶対に捕まらないという自信がついたものか、しだいに傍若無人《ぼうじゃくぶじん》に振る舞いはじめ、城下の錦小路《にしきこうじ》にも出没するようになった。郊外にある下屋敷とは違い、上屋敷は警護が固い。にもかかわらず、隼小僧が縮尻《しくじ》ったことは一度もなかった。

その賊に隼小僧の名が付けられたのは、半蔵門《はんぞうもん》外の隼町にある京極飛騨守《きょうごくひだのかみ》の屋敷が被害に遭ってからであった。賊は屋敷の蔵を破り、李龍眠《りりゅうみん》の「春雨黄山図」ほか数点の骨董美術品を持ち出した。ところが後日になって、賊はその内の一点、松花堂昭《しょうかどうしょうじょう》乗の箱書のある「黒鷺《くろさぎ》の茶碗」と名付けられた茶道具を返して来た。その理由は昭乗の書が偽物だからというのであった。

その事実は、賊が美術骨董品に対して相当な目利きだということを示している。隼町の屋敷に入ったときから隼小僧、その名が人人に語られるようになったのはそれからだ。その後も隼小僧は、盗んだ品のうち、偽物が混っていると、それを選び出して、態態《わざわざ》、手紙を添えて返しに行くのである。それも、誰の目にも付かないように、元あった場所に置いて来るというのだから、並の盗賊のすることではない。

この隼小僧の噂が拡まると、臑《すね》に傷を持つ骨董屋は同じように震えあがったのだった。それに対して、隼小僧は一般の町人たちの憎しみを得ることはなかった。むしろ、今度はどの屋敷に侵び込むかと期待を持たれるほどである。

「いや、肥後様の屋敷のことは私の耳にも入っている。和田倉門内に侵び込むとは、誠に大胆である。だが……」

正團は少し声を低くした。

「それに驚いてはいられない。小僧はもっと不敵なことを企んでいるようなのだ」

「……と、言いますと」

と、智一郎が訊いた。

「この城内だよ。このごろ、紅葉山《もみじやま》の宝蔵のあたりに、尋常ならざることが起こっている」

「まさか——小僧が宝蔵を?」

智一郎はその言葉を疑うように目を丸くした。いくら小僧が強腰だと言っても、城内を狙うというのは無鉄砲すぎはしないか。

「だがな、以前にもそういう命知らずがいなかったわけじゃあない。七年前、城内の奥金蔵が破られたことがあった」

広大な江戸城の中には二つの金蔵がある。

一つは本丸の表に近い場所で、大手門《おおてもん》から入り下乗橋《げじょうばし》を渡って南の方向にある。金蔵は大手壕と蛤《はまぐり》壕を渡らなければ行くことができない。大手門のあたりには甲賀《こうが》百人組が昼夜となく詰めている。

もう一つは大奥にある奥金蔵で、ここに賊が侵入したことがあった。賊は表よりは奥の方が警護が甘いと考えたのである。

金蔵のほか、江戸城内には二つの宝蔵もある。

一つは本丸の西側、蓮池《はすいけ》壕の壕端に建てられ、富士見《ふじみ》櫓が近くにあるので、富士見宝蔵とも呼ばれている。

もう一つは蓮池壕を越した紅葉山宝蔵である。

宝蔵は文字通り宝の山だから、書画骨董に目のない隼小僧の標的になってもおかしくはないが、奥金蔵とは違い、宝蔵は城の中央に位置しているのだ。

「安政《あんせい》の賊は野州《やしゅう》無宿の富蔵《とみぞう》と、浪人藤岡藤十郎《ふじおかとうじゅうろう》でした」

と、智一郎が言った。正團はうなずいて、

「参考のため町奉行所で聞いたのだが、二人は矢来門から城内に入り、三日月《みかづき》壕を廻って西桔《はね》橋門《ばしもん》を抜け、中ノ門、埋み門から奥金蔵に侵入したという。各門には昼夜わかたず番人が詰めている。金蔵には金蔵同心が二十人もで警護に当たっていた。金蔵の近くは天守台座があって、ここにも天守番所がある。だが、二人は誰からも見咎《みとが》められなかった。しかも、一度じゃあない」

「下見にも来ていたのですね」

「そうだ。まず入口の合鍵を作るために錠を写し取る。その合鍵を作って再び城に潜入、今度は銅扉や土蔵の錠を写し取って合鍵を作った。二人が番人の目を掠《かす》めて侵入したのは、安政二年の二月から三月にかけて、都合四度だったという。五度目に二人は金蔵を破って二千両箱を二つ、計四千両を盗み出した。二人が捕えられたのは二年後、安政四年のことだった」

「富蔵と藤十郎は隼小僧のように、常習の盗賊だったのですか」

「いや違う。周到な計画はあったろうが、玄人《くろうと》の賊ではなかった。にもかかわらず、五度も城内に侵び込むことができた」

「とすると、隼小僧なら城内へ入るのもそう難しいことではない。と言っても、紅葉山は位置からすると、城の真ん中に当たりますね」

「うん。確かにそうだが、一度城内に入ってしまえば、番人は多くとも中は広い。紅葉山の森や吹上の庭に逃げ込んだら、まず捕まることはあるまい」

江戸城は二十二万余坪。そのうち、本丸御殿《ごてん》は一万坪、西の丸御殿が七千余坪。西の丸の西側には広大な山里の庭がある。ここの庭には馬場やいくつもの花壇のほか、東海道《とうかいどう》五十三次の宿宿を模した建物が造られ、ご祝儀に伺候《しこう》する諸家の姫君の目を楽しませたりする。

西の丸の北が紅葉山で広さは六万八千坪。自然林に囲まれた中央には、江戸幕府の創始者、徳川家康《とくがわいえやす》を祀《まつ》る東照宮をはじめ、歴代将軍の廟《びょう》が建てられている。

その北側、紅葉山下に六棟の宝蔵がある。三棟は将軍の武器が収められ、二棟は書物蔵、一棟は書物蔵と納戸蔵の半半だ。書物蔵には駿府《すんぷ》城時代の古書をはじめ『古事記《こじき》』、宋《そう》の『太平《たいへい》御覧《ぎょらん》』、平安期の『医心方《いしんほう》』といった、古今東西の貴重な書物が収納され「紅葉山文庫」の名で呼ばれている。

この、西の丸台地の西は道灌壕《どうかんぼり》で、その西北にわたって全城郭の半分以上、十三万坪に及ぶ吹上の庭が拡がっている。庭には滝があり、流れがあり大小の池がある。将軍が散策したり、奥女中たちが花見に興じたりするのは整地された庭だが、そのなお奥には原生林が鬱蒼《うっそう》と横たわっている。

この吹上の庭や紅葉山には狐や狸が生息し、夜な夜な大奥にまで出没しては奥女中たちをびっくりさせる。

古参の女中になると怪しみもしないのだが、将軍御座《ござ》の間《ま》の庭に、数多くの狐狸《こり》が集まって不思議な唄《うた》をうたっていた、というような話が伝わっている。

正團の言うように、一度賊が城内に入り、庭の奥に逃げ込んでしまえば、まず探し出すことはできない。城内は広すぎるから、却って安全だとも言える。それに目を付けたのはさすが隼小僧だ。

「それで、実際に小僧の姿を見た者はいるのですか」

と、智一郎が正團に訊いた。

「うん、いる。その一人は吹上御花畑奉行《おはなばたけ》配下の御庭番、伊賀《いが》同心で晴海紀右衛門《はるみきえもん》という番方だ。大御所以来、服部半蔵《はっとりはんぞう》の手下に属し、紀右衛門は十四のときから御庭の番をしている。大奥から吹上の庭の様子をよく知っている者は彼をおいていない。その紀右衛門が宿直《とのい》のとき、大外を見廻っていると、怪しの者を目撃した」

「……庭にはよく狐狸などが姿を見せるそうですが」

「いや、人だったと言う。その紀右衛門は面白い話をした。よく、狸は人に化けるなどと言うが、狸が人に化けることはない。それは逆で、人が狸に化けるのである」

「ははあ――」

「紀右衛門が見たという怪しの者がそうだったという。その者は四つん這いになり、狸のように駈けていたのだが、紀右衛門が龕灯《がんどう》を向けると庭の土塀を軽軽と飛び越え、道灌壕の方に姿を消した。狸などは土塀を飛び越すことはできない」

「塀を飛び越すような身軽な者というと、矢張り隼小僧でしょうか」

「城内へ侵び込むほど大胆な奴は、まず外《ほか》にはいなかろう。紀右衛門が見たのは五日ほど前のことだったが、昨夜も同じような者が目撃されている。出会ったのは紅葉山書物奉行の配下で、朝日《あさひ》響五郎《きょうごろう》という同心だ」

「昨夜のも人が狸に化けていたのですか」

「それが違う。響五郎はあれは狸が人に化けたのだ、と言う」

「ほう……」

「響五郎は面白い男で、庭にいる虫たちが大好きだそうだ。子供のころから蝶や蜻蛉《とんぼ》を追いかけ、蟬や甲虫《かぶとむし》や蛙などにも目がない。こと虫に関する知識は大したもので、書物奉行の筑波《つくば》外記《げ》さんは一目も二目も置いている。それが高じて鳥や蛇なども観察するようになり、狐や狸などの友達がいると言う」

「とすると、その昵懇《じっこん》の狸が人に化けたのですか」

「うん。はじめにその者を見たのは、夜廻りの紅葉山宝蔵の番方で、一の蔵の前を通りかかると黒装束を着た小柄な者が扉の前で何やらしていた。番方が誰何《すいか》するとその者は這うようにして逃げ出した。その番方の声を聞いて外に出て来た響五郎が、あれはいわという狸であるから、決して宝物を狙うようなことはない、こう言った」

「狸に名があるのですか」

「響五郎は十四ほどの狸に名を付けている。狐は狷介《けんかい》だから人には近付かないが、狸は餌を与えると人に馴れ、近付いても逃げぬようになるそうだ。響五郎が非番のときには、同僚の同心に頼み、一定の場所に餌を置いておくよう頼むことにしている」

「阿波様は響五郎の言うことに納得しましたか」

「そのことだ」

正團は鬱金《うこん》木綿《もめん》の布《きれ》でパイプを磨きながら、

「晴海紀右衛門は大御所以来、代代の伊賀同心だから、その話には信憑性が高い。また、朝日響五郎も狸と友達だというから無下にそんなことはないとも片付けられない。というので、餅は餅屋ということがある。ここの藻湖猛蔵さんは元、大手門甲賀百人組の与力。遠祖、甲賀流忍法の継承者である」

「ふつつかながら」

と、猛蔵が答えた。

「流儀は違いますが、紀右衛門とは古馴染みです。若い時分には二人で兵書を頼りに五遁《ごとん》の術などを稽古《けいこ》したこともあります。今でも城内の塀ぐらいは登れます」

「うん、そういう人が欲しかったのだ。忍びの術にかけては隼小僧などより由緒がある」

「はい。決して劣っているとは思いません」

「それから、緋熊重太郎さんは元、下座見役《げざみやく》だったから、遠目、夜目が利く」

「はあ……」

「そのいい目なら、人と狸の違いがよく判るであろう」

「はあ……」

重太郎は丸い顔についている目をぱちぱちさせて、至って気のない返事をした。この緋熊重太郎、名だけは豪傑のように聞こえるが、実体は豪傑とはほど遠い小心者だった。安政の大地震のとき落ちて来た梁《はり》に腕を取られ、身動きもできなくなっていたとき、通り掛かった猛蔵に腕を切ってもらって一命を拾った。そのことが、自分自身で腕を切ったと喧伝されて、雲見番に取り立てられた。昇進は名誉なことだが、内心ではむしろ迷惑に思っている男だった。

「古山奈津之助さんは退屈が大の嫌いであったの」

と、正團は言った。奈津之助は腕をさすって、

「へえ、なろうことならすぐにでも京へ飛んで行って、新撰組《しんせんぐみ》と渡り合ってみたいと思っております」

「まあ、新撰組でなく、相手に不足ではあろうが、隼小僧の正体を突き止めてもらいたい。世

上不安な折、城内にまで小僧が入ったとなると、お上《かみ》の面目が立たんからの」

そして、正團はいつものように難しい注文を付け加えた。

「念を押すまでもないが、あなた方の役目はあくまでも雲見番。くれぐれも目立った行動はしないように」


「ほう、雲見櫓にも狸が現れましたか」

と、書物奉行の同心、朝日響五郎は嬉しそうに言った。智一郎はうなずいて、

「そう、でっぷりとした福相で、しょっちゅう木の枝のようなものをくわえております」

「ははあ、奴ですな」

「というと、朝日さんの顔見識《みし》りなのですか」

「多分、もしかしてその狸はお側衆の阿波様に似ていませんか」

「そういえば、そっくりです」

「じゃあ、間違いはない。その狸はまさという名です」

「阿波守正團のまさ、ですか」

「まあ、ここだけの話。といっても阿波様のことだから、耳に入ってもかえって面白がるでしょう」

響五郎はそう言いながら机の上に置いてあった本を手に取った。響五郎が開くと、それは画帳で狸の絵ばかりが描かれている。響五郎は本を繰って、ある丁《ちょう》を智一郎に見せた。

「櫓に登ったというのは、この狸ではありませんか」

智一郎は目を丸くし、吹き出しそうになるのを堪《こら》えた。そこに描かれている狸の顔は、正團そっくりの顔で、横には「まさ」という名も書き込まれている。

「これ、これ。いや、驚きました。奇にして妙でありますなあ」

「いわというのはこれです」

響五郎は別の丁を開けた。いわは小さくていかにもすばしこそうな狸だった。智一郎は本を繰りながら、

「こう見ると十人十色でなく、十匹十色、一匹も同じ狸がいないのには感心します」

「そう、人と同じですよ。しかし、同じ城内にいても、狸の方がいい」

「……はあ」

「まず、万事に堅苦しいことがないのがいい」

「それはそうですな。狸は髭《ひげ》を剃るような面倒なことはしない、髷《まげ》も結わない。年がら年中、裸でいい。寝たいときに寝て、寝飽きれば起きる」

響五郎の話を聞きながら、本を繰っていた智一郎はふと手を止めて、

「これはなんでしょう。白くてもやもやしたものは」

夜の暗さの中に、不得要領な白い形のものを見付けたのだった。

「それは、狸の化けかけかと思います」

と、響五郎が言った。

「狸の化けかけ？」

「狸が化け切らぬと、多分そうなるでしょう」

「化け切るとなんになりますか」

「さあ……見届けないうち月が陰ってしまいました」

「狸のまさは人に化けたりはしますか」

「いや、まさが化けたのは見たことがないが、古い狸ですから、そのうち化けると思います」

「紅葉山の狸は化けるそうですが、本当なのですね」

「なに、狸ばかりではない。お城は広大ですから、いろいろ不思議なことが起こる。俗に〈大奥の七不思議〉と言われているでしょう」

書物蔵の番所。智一郎は借りていた『天象図』一冊を返しに行き、響五郎と無駄話をはじめた。書物役も虫干しなどの時期のほかは、至ってのんびりしている。智一郎が七不思議をよく知らないと言うと、響五郎はにこっとして、得意そうに言い立てた。

「一が狸の流行《はやり》唄。二が天守閣の怪。三が城の抜穴。四が夜泣き石。五が願掛けの松。六が宇《う》治《じ》の間《ま》の幽霊。七が血涌きの井戸。まあこの外いろいろあって、時代時代によって七不思議も違っているが、こんなところが妥当でしょう」

「はあ、その、一の狸の流行唄というのは知りませんが」

「五代様（徳川綱吉《つなよし》）の時代でした。宝永《ほうえい》四年、富士山が火を噴いて江戸にも雪のように灰が積もったという」

「宝永山が出来た、そのときの噴火ですね」

「そう。その翌年のことだと言われている。誰が唄いはじめたのか判らないが城下で奇怪な唄が流行りはじめた。〈よきもあしきも三月限りよ　末はお江戸の花ざかり〉という。ところが、ある夜、上様のご寝所でこの唄が聞こえた。お小姓たちが庭に出てみると、数十匹の狸と狐が声を揃えて唄っていたという。そして、唄の予言が当たったというべきか、翌年の正月十日、五代様がお亡くなりになり、一月後には御台所様が逝去なされたのです」

「なるほど、奇怪な話ですな。それで二つ目の天守閣の怪、これはお城にまだ天守閣があった時代ですか」

「そう。天守閣は江戸で一番の大火、明暦《めいれき》の火事、俗に言う振袖火事で焼かれて以来、再建されませんでした。この天守閣にもいろいろな不思議があって、奥女中たちは天守閣に近付くのを恐れていたそうですが、中には大胆な子もいる。同僚が止めるのも聞かずに独りで櫓に登って行ったのだが、以来、その女中の姿を見た者は一人もいない。女中は天守閣に呑まれてしまった、ということです」

どこの城の天守閣も、外から見ると美しく立派だが、中に入るともの淋しく、天守閣にまつわる不思議は多い。

「天守閣は焼けてしまったが、櫓の石垣は残されたままです。だから怪異もまだ残っているようです」

と、響五郎は続けた。

「ほぼ三年ほど前、これは新しいから女中の名が残っている。お三《さん》の間《ま》に勤める女中の下についているお犬子供、世間で言うお茶の間子供で十六歳になるおろくという子でした。葛西《かさい》の農家の末娘だそうだが、その子が天守閣の跡に呑まれた、と言います」

「櫓跡は普通、お犬子供などが行くようなところではありませんが」

「まあ、そうですがね。奉公して間もなくだったそうで、道に迷ったのか、好奇心のためか、とにかく番の者が見ている。おろくは櫓あたりでうろうろしていた。番の者が声を掛けると逃げるようにしていなくなった。以後、おろくの姿を見た者は誰もいない。とにかくこういう話は大奥が絡んでいることが多いのが特徴です」

「願掛けの松も、そうですか」

「そう。大奥の庭の奥深くにある松の大木です。深夜、この松の皮に簪《かんざし》で願いごとを書きつける。十夜それを繰り返すと願いが叶うそうです。勿論、人に見られてはいけない。一からやり直さなければ霊験がない。これは、いつからはじまったか判らないが、今でも密かに行なわれているらしい」

「夜泣き石というのは?」

「これは七代様(徳川家継《いえつぐ》)のころ。上様付きのお小姓、圭之助《けいのすけ》と大奥お錠口《じょうぐち》衆、お千万《ちま》との物語です」

「お千万圭之助の悲恋物語なら、聞いたことがあります」

勿論、大奥は男子禁制の御殿。中奥《なかおく》と大奥の間は高い銅塀で厳重に仕切られていて、大奥の出入りは二か所のお錠口だけである。将軍が大奥に行くときお錠口につけられている鈴を鳴らすのが合図で、お錠口衆の手で戸が開けられる。それでお錠口のことをお鈴口《すずぐち》とも呼ばれている。供の小姓も中には入れず、将軍だけが大奥に行くといった厳しさである。

にもかかわらず、恋はどこにでも芽生えてしまう。お錠口で顔を合わせるうち、二人は恋心を燃え上がらせ、深夜、奥庭で逢瀬を重ねるようになった。

七月五日の夜のことである。いつものように庭で密会していた二人は上役に発見され、お千万はその場で斬殺されてしまった。圭之助は死一等を減じられて追放。それからはお千万の血を浴びた石が夜な夜な泣き声を立て、七月五日の命日には、夜が来ると泣き声とともに青白い鬼火が燃え上がるようになった。

七不思議の一つに挙げられた宇治の間の幽霊、これも智一郎は知っていた。

宇治の間は一名開かずの間と呼ばれている。文字通り誰も出入りすることのない不要な座敷なのだが、大奥は再三火災で焼失したにもかかわらずその度に復元されてきた。なにごとも先例旧格を尊ぶ大奥だからである。

五代将軍綱吉のとき起こった柳沢《やなぎさわ》騒動の舞台になったのがこの宇治の間だという。

綱吉ははじめ明君の誉《ほま》れが高い将軍だったが、柳沢吉保《よしやす》を寵愛し、大老格にまで取り立ててからおかしくなった。

巷間に流れている説によると、吉保は綱吉の母、桂昌院《けいしょういん》に取り入り、僧隆光《りゅうこう》をそそのかして、綱吉に悪評高い生類憐《しょうるいあわれ》みの令を頻発、貨幣を改悪濫造し、将軍を暗君に仕立て上げた。

国の乱れを憂えた綱吉の正室、鷹司信子《たかつかさのぶこ》は、ある夜、闇中の宇治の間で綱吉を刺殺、返す刀で自らの命も絶った、という。そのとき信子の手伝いをして自害した年寄りの幽霊が、ときどき宇治の間の廊下に姿を現す、と言われている。

「七不思議の一つ、血涌きの井戸というのは十一代様（徳川家斉《いえなり》）のときのことです」

と、響五郎は続けた。

「城内の井戸から汲み上げた水が赤い血の色に濁ったことがあります。しかも、その井戸は上様が入る風呂専用のものだったから、大騒ぎになった。そのときは別の井戸の水を使って対処したのですが、問題の井戸を調べてみても異状は見当たらない。何度井戸替えしても赤い水が涌く。この井戸は埋め立てられ、別の場所に井戸を掘ったが、澄んだ水が出たのははじめだけで、すぐ血の色になってしまう」

「……それも、なにかの祟《たた》りですか」

「そう、築城のとき人柱にされた者の怨念だという噂が拡まったそうです。というように、七不思議にはそれぞれ元になる怪異があるのですが、中には元になるものがないので不思議だ、というのもある」

「そう言えば、箱根《はこね》には湖があるのに一匹も魚がいないので不思議、という精進湖《しょうじんこ》がありますね」

「そう。この江戸城には抜け道というものが見当たらない。どうです」

「……なるほど」

「どの城にも抜け道というのは付きものなのですよ。地下の隧道《ずいどう》を通って城の内外に出入りするのは、落城のとき城主が脱出するためだけではない。密使の間道としても重要なのです。有名なのは大坂城の抜け道で、豊臣秀頼《とよとみひでより》公はこの道を使って脱出していた、という説もある。熊本城にも上田《うえだ》城にもこれがあるが、江戸城にだけはない」

「しかし、抜け道が有名になっては抜け道の用をしないと思いますが」

「そう、だが書物蔵には築城期以来の絵図が保管されている」

　響五郎は声を小さくして、

「無論、門外不出ではありますが、私は役目の手前拝見したことがあります。しかし、どの絵図にも抜け道は記されていないのです」

「あるべきものがないのが不思議というのは面白いが、私などは矢張りそういうものや気味の悪いものは好みじゃあない。狸が化けるなどは愛敬《あいきよう》があっていいと思いますね」

「そう、実に可愛いものです。昨日は大奥のお花見でびっくりしたでしょうから、今夜あたりは狸が花に浮かれて出て来ると思っています」

「なるほど、ぜひ見物したいものです」

「それはよろしいが、狸が大入道などに化けたらどうします」

「なに、大丈夫。雲見番には古山奈津之助という豪の者がおりますから、連れて参りましょう。夜桜には酒がないといけませんから、その方はこちらで算段いたします」

「お女中たちの無礼講ほど凄まじいものはねえ」

と、晴海紀右衛門は言った。

「花畑の中に踏み込んで大凧を上げる。遣《や》り羽子《ばね》に敗けて墨で顔を真っ黒にする。酔っ払って田楽の味噌《みそ》を顔に塗る。狐拳に負けて襦袢《じゅばん》一枚になる。泉水へ舟を浮かべて水の中に飛び込む。やりてえ放題だ」

藻湖猛蔵が吹上の庭に紀右衛門を訪ねると、御庭番は昨日の強者《つわもの》どもの夢の跡を片付けているところだった。

「そりゃあ、忙しくて大変だな」

と、猛蔵が言うと、紀右衛門は陽焼けした顔で笑って、

「なあに、片付けなどはいついつ迄と定められていねえから気楽なもんだ」

「気楽ならお互いだ。一日が長くて仕方がねえ」

「藻湖さんは取り立てられて雲見番になったわけだ」

「なんの、いるところが高くなっただけだ。手柄を立ててどうこうということはねえのさ」

「なるほど、相手が雲じゃあ、本当に雲をつかむようなものだ」

「だから、このごろじゃあ飯も多くは食わねえ。多く食や暴れたくなるから、なるべく櫓の上で霞を食い、じっとしているありさまだ」

「じゃ、まるで仙人だ」

「まあ、それは冗談だが、甲賀流忍術に黴《かび》が生えそうだ」

「そりゃ、勿体ねえ。それじゃ、狸と術較べでもしたらどうです」

「……狸と術較べ？」

「そう、このごろ吹上の庭の狸が――」

言いかけて紀右衛門はふと地面に目を落とした。

「こんなところにも落としていった」

身体《からだ》を屈めて、草の間からなにやら拾い上げる。猛蔵が見ると高蒔絵《たかまきえ》をした櫛《くし》のようだった。

「落とした上に踏み付けられたらしい。やれやれ」

「それは昨日の花見でお女中が落としたものかね」

と、猛蔵が訊いた。

「ああ、女が酔うと男よりも乱暴になる。これを見ねえ」

紀右衛門は懐からふくらんだ手拭を取り出した。中を開けると櫛や簪、紅板《べにいた》や笄《こうがい》などが出て来た。いずれも金、銀、象牙、珊瑚《さんご》などの材料で作られた贅沢《ぜいたく》な品だ。

「まあ、大奥の暮しは朝起きるから夜寝るまで規則ずくめだからなあ。たまには無礼講でもないと気がおかしくなってしまう。それにしても……おや」

紀右衛門は今拾った櫛を手拭で拭いていたが、ふと、手を止めた。

「この櫛は昨日今日落としたんじゃなさそうだ」

猛蔵が見ると、櫛の歯には木の根がからみついていて、何本かが欠けている。紀右衛門が丁《てい》寧《ねい》に木の根や土を落とすと、高蒔絵の菊模様で、螺鈿《らでん》で光琳《こうりん》の菊があしらわれていた。

「ま、いずれにせよ、これを奥に届けてやらなければならねえ」

紀右衛門はその櫛をまとめて、懐の中に入れた。

「今、狸と術較べをするとか言っていたが」

と、猛蔵が言うと、紀右衛門はうなずいて、

「そう、このごろ、花に浮かれるのか、ときどき狸が現れる。昨日も一人のお女中が庭の奥で怪しの者に出会い、目を廻してしまった」

紀右衛門の話によると、宴は夜に入ってからも続き、女中たちは篝火《かがりび》をたいて、夜桜も満喫していた、という。

その夜、庭の奥まった場所に陣取っていた呉服《ごふく》の間《ま》の女中たちが、そろそろ引き上げようとしているとき、突然、異様な叫び声を聞いた。心が裂けるばかりの女の悲鳴で、方向は庭の更に奥だった。

悲鳴を聞きつけた女中たちは一様にぞっとした。その方向は大奥七不思議の一つに数えられている、夜泣き石がある場所だった。

呉服の間の女中たちの中で、胆力のある何人かが、月明りを頼りに声がした方向に行ってみると、一人の女中が口から泡を吹いて倒れていた。

「その女中はおとらという、普段は明るいおてんば者で、その夜も大いに酒を飲んではしゃいでいた。女中たちはおとらと判ったから、大方、なにかにつまずいて酔い倒れたのだろうと、庭の奥から担ぎ出して、水を飲ませると息を吹き返しました。ところが、正気に戻ってもまだ

青い顔をしている。どうしたのだと訊くと、恐ろしそうな顔で化物と出会った、と言った」

「……化物ね。なぜ、おとらは皆の中から外れて、そんなところに行ったんでしょう」

「当人は記憶がない、と言っている。なにか、憑きものがしたように、足が自然に歩いていたそうなんだが、なに、おれの考えじゃ、用を足しに行ったんだと思う」

「そりゃ、あまり大声じゃ言いにくい」

「だが、恐ろしいものを見たのは本当だろう。実際に気を失ったんだからね。おとらが夜泣き石のあたりでぼんやりしていると、ふいに後ろの方でなにかが動く気配がした。振り向くと、それがぬう、と立ち上がった」

「不意を食らったわけだ」

「そのものは長い髪をおどろに乱し、ぼろをまとっていた。振り向いたおとらを睨《にら》みつけ、かっと口を開いたさまは、芝居で観たことのある、化猫そっくりだったという」

「とすると……夜泣き石の幽霊とは違うようですね」

「うん。夜泣き石の幽霊は怨《うら》めしそうに泣くだけで、人を威嚇したりはしない」

「……では、狸ですかな。書物奉行同心の朝日さんは、狸の化けかけを見たことがあるそうです」

「あの人ならあるでしょう。あの人には心易い狸が何匹もいる」

「五日ほど前、晴海さんも御庭の土塀を飛び越していった怪しの者を見たそうですね」

「うん。だが、おとらの言う化物とはだいぶ違うな。おれが見たのは、ぼろをまとってはいなかった。夜のことで確かなことは言えないのだが、黒装束のようなものを着ていたように見えた」

「なるほど、髪もおどろに乱していたのでもない」

「もっとも、逃げ足の速い点ではよく似ているようだ。おとらの悲鳴を聞いた女中たちが駈け付けたときには、あたりに怪しい者はいなかった。その者は素早く庭の奥に逃げ込んだに違いない」

「今、世を騒がしている、隼小僧という賊がいる」

紀右衛門は隼小僧という名を聞くと、目をぎょろりとさせた。

「うん、知っている。おれが見たのが隼小僧だとすると、とんでもねえ奴だ。あのときは逃してしまったが、今度出会ったらただじゃおかねえ」

「隼小僧なら、また城内に現れると思うかね」

「ああ。おれが見たときは、何も獲物はなかったと思う。素手で帰り、そのままじっとしている気遣いはねえ」

「でしょうな。面白くなりそうだ。隼小僧との対決と、狸との化け較べですか」

「しかし、雲見櫓はここからは遠い。あのあたりまで賊が行くかな」

「なに、こちらから出向くよ。実は、阿波様から晴海さんに力を貸せと言われているんだ」

「そうかい。藻湖さんが助けてくれるなら、鬼に金棒だ」

「雲見番の緋熊重太郎も連れて行きます。この男は臆病であまり役に立つとは思えないが、化物が出ないとき芝居の話でもさせましょう。そうした話をすると面白い男です」

その夜、雲見番は櫓を離れて、二手に分れた。

番頭の智一郎は古山奈津之助と紅葉山宝蔵の書物奉行同心、朝日響五郎のいる番所へ。また、藻湖猛蔵と緋熊重太郎は、吹上御庭番の晴海紀右衛門のところへ、それぞれ出向いて行った。

響五郎は智一郎たちを見ると、にこっとして、

「今夜はいい月夜ですな。この分だときっと狸が浮かれてやって来ます」

と、言った。

「狸は月夜が好きですか」

と、智一郎が訊いた。響五郎はうなずいて答えた。

「陽気も寒くなく暑くない。花は見ごろ。狸だって穴の中にじっとしてはいられません。さっき、いつものところに油揚げを置いておきましたから、そのうち狸が礼にやって来ます」

「狸は聞き分けがいいですか。たしか、いわという狸でしたか」

「そう。宝蔵のあたりをうろついていて、見咎められたのはいわです」

「そのいわに、これから人などに化けぬよう言い聞かせられますか」

「いわでしたら頭がいい。そんなことをすれば捕まって狸汁にされてしまうとでも言えば、いたずらをしなくなるでしょう」

「昨夜、大奥の女中をびっくりさせたのも狸ですか」

「多分、そうでしょう。女中たちの酒でも盗み飲みをし、気が大きくなったんだと思いますね」

「酒といえば、お約束の酒を持ってきました」

智一郎が酒徳利《どつくり》を見せると、響五郎は茶碗を持ち出した。肴《さかな》は智一郎が持って来たヘゲタウオの干物。

「阿波様は隼小僧がいよいよ城内に侵び込んだのではないかと心配していらっしゃる」

と、智一郎が言った。

「朝日さんの識り合いの狸の中に、隼小僧に化けそうな者はおりませんか」

響五郎はちょっと考えて、

「いませんな。大体、狸のいいところは物を欲しがらない。物を貯め込んで宝蔵など造ったりはしない。立派でしょう。ですから、隼小僧に化けて物を盗《と》るような世故《せこ》いことはしません」

「なるほど。すると、反対に隼小僧の方が狸に化けますか」

「それはあります。狸にとっては誠に迷惑ですが」

そのとき、表の戸を叩く音がした。響五郎はにこっとして、

「来ましたよ。この叩き方はまさに違いありません」

そして、外に向かって言った。

「お入り、まさ。今日の夜桜は綺麗だったろう」

その言葉で戸が開いた。戸の方は奈津之助の身体で影になっている。奈津之助が身体をずら

すと、行灯《あんどん》の光が当たった。それを見た智一郎は目を疑った。鈴木正團が土間に立っていたのだ。

だが、響五郎は少しも騒がなかった。

「こりゃ、今晩は大層な趣向だね。しかし、まさ。上手に化けたな」

正團に似た者は少し笑ったようだった。

「おれを楽しませようとするのは結構だが、今夜は客人がいる。びっくりするじゃないか。それとも、なにかしてほしいのかい」

「酒が所望じゃ」

と、正團に似た者が言った。

「なるほど。いい月なので酒が欲しくなったか」

響五郎は自分の茶碗に酒を満たし、干物を添えて差し出した。

「いいかい。これをやるから、これからは化物に化けて奥女中を恐がらせたりしてはいけないよ」

「汝《なんじ》の望みとあれば、以後は慎むことにいたそう」

正團に似た者は茶碗を受け取って酒を乾し、干物をくわえると外に出て行った。

「行ってしまった――」

智一郎は呆然として後を見送った。

「狸が大入道などに化けなくて、よかったですな」

と、響五郎が言った。智一郎が腰を浮かせようとするが、うまく力が入らないのをおかしそうに見ている。

「あ、あれは――」

「どうです。器用なものでしょう」

「いや……しかし……」

「頭は疑っていますね。だが、本物の阿波様なら、干物をくわえたまま、外は歩かないでしょう」

智一郎はやっと立ち上がり、外を透かして見た。月明りの中に、何やら黒く動くものがあった。

「あれは、狸ですか」

と、智一郎がそっと言った。

「元のまさに戻りましたか」

響五郎も土間に降りて外を窺った。智一郎の耳元で、

「おや――」

という声が聞こえた。

「あれはまさじゃあない。尻尾がない。変です」

「怪しいですか」

「すこぶる、怪しい」

「捕えましょう。これでも、足だけは自慢です」

智一郎は外に飛び出した。相手はそれに気付いたようで、背を丸めて駈け去った。

宝蔵を囲む土塀沿いに智一郎は後を追う。しばらくすると、紅葉山下門で番所の明りが見えた。相手は門に近付くと、矢庭に右手の土塀の上に躍り上がった。智一郎は足は速いが、塀を飛び越す芸当はできない。後から続く奈津之助はさすがで、何を足掛かりにしたのか土塀を乗り越える。智一郎は山下門の番人たちに、

「曲者《くせもの》だっ」

と、呼び、門を出るのが精一杯だった。門を出ると、

「頭、こっちだ」

と言う奈津之助の声がした。突き当たりが蓮池壕で、左手に橋が架かっている。奈津之助が橋の上を駈けて行くのが見えた。

橋を渡ると柴門で、その先が吹上の庭だ。賊が庭の奥に入っては事が面倒になる。智一郎は柴門の手前で奈津之助に追い付いた。門番が呆っ気に取られたような顔をしている。

「狸はどっちに行った?」

と、奈津之助が叫んだ。

「今の影は狸でしたか」

「そう、怪しい狸だ」

「夜泣き石の方です」

門番は西の方を指差した。その方に動くものはない。

——逃げられたか。

と、智一郎が思ったとき、遠くに白いものが現れた。だが、今までの黒い影とは違う。だが、この際、動くものならなんでも怪しい。

「待てっ——」

智一郎が突進すると、白いものは更に庭の奥に駈け込もうとする。そのとき、さっきの黒い影がどこからともなく現れた。黒い影も白いものを追っているようだ。智一郎は相手との距離を縮めた。

「姉ちゃん——」

智一郎は耳を疑った。その意外な声は更に、

「姉ちゃん、おれだ」

と、続けた。

二つの影が寄りながら、木立ちの中に紛れ込もうとしたとき、更に別の人影が二つ、行く手に立ち塞がった。

藻湖猛蔵と伊賀同心の御庭番、晴海紀右衛門であった。

翌日の夜、雲見櫓に登って来た鈴木正團は、四人の雲見番に昨夜の労をねぎらい、しばらく月を楽しんでいたが、

「今時分、狸も月に浮かれているだろうな」

と、話しはじめた。

「捕えられたときの女は、とんと能楽の鬼女の如くであったが、すっかり磨き上げると、世にも美しい女中になった。狸でもああは化けられまい」

「女の身元は判りましたか」

と、智一郎が訊いた。

「うん、判った。三年前から行方不明になっていた、お犬子供のおろくという女中だという」

「……天守閣の跡に呑み込まれたという、女中ですか」

「当時、大奥ではそういう噂が立ったな。足跡も残さず消えてしまったのだから無理もない」

「おろくがいなくなったのは十六歳だったそうですね」

「うん。奉公して間もなくだった。大奥の躾《しつけ》は厳しい。朝起きるから夜寝るまで規則ずくめ。それで女中たちは花見のときなどの無礼講では破目を外す。たまにはそうした息抜きがないと、気が変になってしまう」

「おろくは大奥の暮しに我慢できなくなってしまったのですね」

「そうだ。武家や町方で育った娘なら、辛棒《しんぼう》もしようが、おろくは葛西の農家の生まれだ。恐らく子供のころから田畑や森の中が遊び場で、狸や狐などの友達もいたに違いない」

智一郎は朝日響五郎のことを思い出した。

響五郎はしきりに狸を羨ましがっていた。狸は物を欲しがらない。寝たいときに寝て起きたくなったら起きる。響五郎もまた場合によっては狸と生活をしていたかもしれないのだ。

　正團は続けた。

「おろくは奉公してしばらくすると、生まれた葛西が恋しくてならなくなった。城内には広大な吹上の庭がある。ある日、おろくが外に出ると、懐しい森の香りがしてきた。おろくはその香りに誘われて、ふらふらと吹上の庭に入り込んだ。そして刻《とき》のたつのを忘れているうち日が暮れてしまった。これから帰れば上役からどんなに叱られるか判らない。育ちが育ちだから、上手な言訳《いいわけ》けが思い付かなかった」

「それで、そのまま庭に居付いてしまったのですね」

「おろくが言うには森の中での暮しは、少しも苦しくはなかったそうだ。森には草や木の実がいくらでもある。池には小魚がいるし、ときどき狸と紅葉山に行って、朝日さんから油揚げを貰う。洞穴を見付けてその中にいれば、暑さ寒さも凌《しの》げる、という」

「着るものも、他人の目を気にして、あれこれ案じる面倒もありませんね」

「頭はおろくの心が判るの。それなら、森の中でもやっていけそうだ」

　正團は智一郎を見て笑い、

「一方、もう少しのところで取り逃してしまった隼小僧だが、あの男はおろくの実の弟であった」

「……隼小僧はおろくに会うために城内に侵び込んだのですか」

「そうだ。一つ年下の小僧は、おろくが奉公に出たあと、江戸の日比野《ひびの》という骨董屋で働くようになった」

「その店で骨董の目を養ったわけですね」

「ところが、おろくが城内で行方不明になってしまった。この報《し》らせが実家に届き、小僧の耳にも入った。それでなくても姉が恋しい。おろくの性格をよく知っている小僧は、一度大奥へ入った女中が、一人易易と外へ出られるわけはないので、きっと庭の奥深くへ入ったに違いない、と思った。小僧は姉を思う一心、城内を探そうと決心した。とすると、頭。このところ連続して起きた、大名屋敷の盗難事件、これをどう解釈するな」

智一郎はちょっと髷に手を当てて、

「本当の狙いは盗みではない、と考えます。城内へ侵入するための下稽古だった。はじめは比較的警護のゆるやかな下屋敷から侵入して段段と厳重な廓内の屋敷に及んでいったのがその表れです。また、一度盗んだ品を、偽物だからといって危険をおかしてまで返しに行くのも不自然です。重ねて同じ屋敷に侵び込んだ理由は、下稽古のためと解釈すれば判り易い」

「さすがだな、頭。わしも同じ考えだ。大体、大名屋敷などというのは、江戸城に倣《なら》って建てられている。下稽古にはもってこいの場所だ」

正團は惚けたような顔をして付け加えた。

「ところで頭。昨夜の干物は珍な味だった。なんという魚の干物かな」

その後、ろくは女中奉公に戻り、神妙な態度で勤めていたが、ある満月の夜、再び姿を消してしまった。

今度は天守閣の跡が呑み込んでしまったという噂こそ立たなかったが、隼小僧がろくを連れ去ったという者、庭の生活が忘れられなくなって森の奥に戻ったという者、一時、大奥にさまざまな説が乱れ飛んだ。

そして、御庭番の紀右衛門が吹上の庭で拾った高蒔絵の櫛は、おろくが落としたものだった。

文銭《もんせん》の大蛇《だいじゃ》

「ねえ、頭《かしら》。〈雲見《くもみ》番《ばん》月が千出て肝つぶし〉というのはどうです」

「……よく判らない句ですな」

「月が千出る。つまり、月と千を組み合わせると肝という字になる、字詰めの句なのです」

「なるほど、面白いが正確には肝は千ではなく干でしょう。もっとも、こういう洒落《しゃれ》に文句をつけるほど野暮ではないが」

雲見番番頭《ばんがしら》の亜智一郎《あともいちろう》は煙草《たばこ》盆に煙管《きせる》を置き、少し考えてから、

「〈へらず口千の舌持つ男かな〉というのができました」

と、言った。

「口に千で舌ですか。二枚舌の上をいって千枚舌、さすがです」

雲見櫓《やぐら》の上。智一郎と番方の緋熊重太郎《ひぐまじゆうたろう》は、朝、登城して櫓に登り空を見ているのだが、抜けるような秋空は雲一つなく、優しい陽差しを浴びていると、つい瞼《まぶた》が垂れそうになる。眠気ざましに重太郎は字詰めの句をひねり出したのだった。

「それでは〈口開けて巾着《きんちゃく》のひもで首を吊り〉」

「……口と巾で吊、ですな。わたしのは〈石持って追いかけてくる妬く女〉」

妬く女と聞いて、重太郎は妻の美也《みや》のことを思い出した。

「ところで頭、まだ写真術を覚えておいでですか」

「写真術……そういえば、いつか上様を写真に撮りましたな」

「もう、三年前になります」

「そんなに前でしたか。あのころ上様はまだ若かった。いや、せっかく覚えた写真術だから、忘れてはいない」

「写真機も使えるのですね」

「ああ、あのときのまま、大切に蔵《しま》ってはあるが、肝心の薬品がもう使いものにならない」

「ははあ……あのときも薬品を揃えるのに苦労しました」

「緋熊さん、なにか写真に撮りたいものがあるのかね」

「ええ、実は内の妻《さい》がわたしの写真を欲しがっているのです」

「ほほう……」

「こういう世の中ですから、わたしの身にいつなにかが起こるかもしれない。万一というとき、わたしの写真があれば、想い出のよすがになる、といいます」

雲見櫓の上は安穏この上もないが、一度地上に降りれば、尊王攘夷《そんのうじょうい》の嵐が吹き荒れている。

安政《あんせい》の大獄を断行した大老、井伊直弼《いいなおすけ》は桜田門《さくらだもん》外で尊攘の志士に暗殺され、そのあとを受けた安藤信正《あんどうのぶまさ》は公武合体策をとり、皇女和宮《かずのみや》を将軍家に降嫁させて、これまた志士に非難されて坂下門外《さかしたもん》で傷を受けて失脚。以来、志士たちは「天誅《てんちゅう》」の名のもとに次次と暗殺を繰り返し、中にはその風潮に乗じて、富商の家に押し入って強盗を働く浪人たちの偽勤王《きんのう》派や佐幕派が京ばかりでなく、江戸にも現れた。

江戸は浪人の泥棒、辻斬りの横行で無政府状態となり、日暮れると出歩く人もない。京では尊攘派はのさばるばかり。たまりかねた幕府はこの年の三月、尊攘派を懐柔するため、将軍家《いえ》茂《もち》が上洛《じょうらく》したばかりだった。

将軍上洛に先立って、一月には、将軍後見職の一橋慶喜《ひとつばしよしのぶ》も京都に入った。この慶喜の供役として信望のある新門辰五郎《しんもんたつごろう》が、二百五十余人の乾分《こぶん》とともに上洛したが、このとき、辰五郎に親近のある雲見番の一人、藻湖《もこ》猛蔵《もうぞう》も自分から望んで供役を買い、京に行ってしまった。

あとの雲見番たちが将軍留守の江戸城に居残ったわけだが、いつ京に呼び出されて、尊攘派と一戦を交える場に立たされるか判らない。重太郎の妻が夫の写真を欲しがるのも無理はない。

重太郎の話を聞くと、智一郎は感心したような顔をして、

「緋熊さんは美也どのを娶《めと》って何年になります」

と、訊いた。

「早いもので、もうかれこれ十年近くになります」

「十年にもなって夫を思うその心。夫婦の愛情はそうありたいものですな。較べるわけではないが、内の荊妻《けいさい》に爪の垢でも煎じて飲ませてやりたい。いや……」

智一郎はぼうっと空を見て、

「写真は結構だが、今言うとおり、薬品が揃わない。ここであれこれ算段するより、連次《れんじ》が写真館を開いたと聞いておる。その連次のところに行った方が、手っ取り早くはありませんか」

と、言った。

連次はもと眼鏡《めがね》師で長崎に行って写真術を習得し、江戸へ帰って来たものの、金を使いはたしていた。そんなとき、雲見番は若い将軍の写真撮影を命じられた。重太郎は連次に写真術を習い、連次はその礼金で日本橋馬喰町《にほんばしばくろちょう》に写真館を建てることができたのである。

「連次なら、写真の代金を安くしてくれるでしょうな」

と、智一郎は付け加えた。

翌日、雲見櫓の番はもう一人の古山奈津之助《ふるやまなつのすけ》に任せ、智一郎と重太郎は連れ立って日本橋に向かった。連次の写真館は近くにある初音馬場《はつねのばば》にちなんで、初音写真館という。八丁堀《はっちょうぼり》の役宅から、江戸橋《えどばし》を渡り小伝馬町《こてんまちょう》通りに出れば馬喰町まで一本道だ。連次の初音写真館は白く塗った西洋館だった。

通りに面した窓はビイドロ張りで、数多くの女性の写真が飾ってある。どれも若く美形で、何人もの通行人がふと足を止めて、その写真に見入っていた。

玄関の扉を押すと、そこにもいろいろな写真が並んでいて、その奥が広広とした板張りの明るい仕事場だった。

連次は羅紗緬《らしゃめん》の立衿《たてえり》に、ビロードのカルサンをはいて、弟子に写真機を風呂敷に包ませてい

た。連次は重太郎を見ると、

「これは、かるた先生じゃございませんか。お久しゅうございます」

と、言い、丁重に部屋のひと隅に椅子をすすめた。重太郎は前に蘭学者、日暮軽太郎《ひぐらしかるたろう》という変名で写真術を習った。この日も、重太郎は唐桟《とうざん》の対服《ついふく》、宗匠《そうしょう》頭巾をかぶって学者の身形《みな》り、智一郎は商家の番頭、市助《いちすけ》というこしらえだ。

「写真館はだいぶ繁昌《はんじょう》しているらしいの。お前も以前とは違い、なかなかいい貫禄がついたではないか」

と、重太郎が言うと、連次はにこっとして、

「へい。世の中は不景気だそうでございますが、ここはお客様の絶える間がございません。これも皆、かるた先生のお陰で、毎朝起きると必ず神棚に向かって、かるた先生のご無事を祈っております」

「そうか。それはよかった」

「それで、今日はどういうご用でいらっしゃいました」

「なに、ほかでもない。わたしの写真を撮ってもらおうと思い立って来た。だが、忙しそうだの」

「へい。これから外の仕事で出掛けようとしているところですが、かるた先生のお頼みとあればたとえ火の中水の中で。そんな仕事はあと廻しにしておきます」

部屋には三、四人の若い者がいた。連次が一つ顎《あご》をしゃくると、若い者は心得て手分けをし

て、三脚の上に写真機を置く。その前に椅子の位置をきめる。天窓を開けて部屋を明るくする。薬の調合をする。たちまち用意ができて、

「じゃ、先生。写真機の前の椅子におかけになって」

と、連次が言った。

「ただ腰をかけるだけでいいのか。頭の支えはいらないのか」

前のときは写真用の腰掛けのうしろに、丈夫な柱が立てられ、写真を撮られる者は、動かないように腰掛けに坐り、柱で頭をしっかり固定させなければならなかった。

「へえ、ただ腰を下ろしていただくだけで結構でございます」

と、連次が得意そうに言った。

「あれから、いろいろ工夫をしました。前は二十ミニッツもじっとしていてもらわないと写真ができませんでしたが、今では撮影に一ミニッツもかかりません」

「ほう……たいしたものだな」

「それに、以前ですと種板は銀板であるとか、銅板に銀鍍金《めっき》したものを使っていましたが、今ではビイドロの板です。この板に写った絵は透けますから、同じ種板を使って何枚も複写することもできます。また、複写は紙に薬を引いたものが使えるような工夫もしました」

「なるほど。表に並んでいるのは、その紙の写真だな」

「へえ。紙でございますから、以前よりも安く仕上がります。ああして飾っておくと、ぜひ欲しいというお客さんもいらっしゃいます」

「うん、美人ばかり揃っている。欲しくなるのも無理はない」

「これが噂になりまして、遠くから買いに来る方がいらっしゃいます」

「写真は芸者のようだが」

「へえ、この近くの柳橋《やなぎばし》の料理茶屋に出入りしている芸者衆でございますよ」

「矢張り商売女は違うの」

「へえ。では先生、少しだけ動かないでください」

あっという間だった。以前は二十ミニッツも動けない、笑うことも喋《しゃべ》ることもできない。写される者は歯を噛みしめて脂汗を流さんばかりだったが、こう簡単に撮影が済めば、写真館に来る客も多くなるはずだ。

若い者がすぐ写真機から種箱を取り出して暗室に持って行った。

次は智一郎の番で、これもすぐ撮影が終った。

「芸者の写真は、一枚いくらで売っているかな」

と、智一郎が連次に訊いた。

「天保《てんぽう》十枚でございます」

「……千文か。いい値だの」

「先生方、相変わらずおおらかでいらっしゃる」

と、連次が笑った。

「天保銭一枚が百文に通用したのは昔で、この節はだいぶ値が下がっています」

天保時代に百文通用ではじめられた天保通宝は、かなり大きな銅銭だが、大きいといっても重さは五匁《もんめ》五分《ふん》。同じ銅銭の寛永《かんえい》通宝六枚とほぼ同じ重さだ。つまり、六文ぶんの銅を百文の天保銭に作った勘定で、作った幕府はこれで大いに利を得たのだが、当然ながら天保銭の評判はよくなかった。天保通宝が額面どおり一枚百文で通用したのは、発行された当初だけだった。

「今じゃ、天保一枚、六十文ぐらいでしょう」

と、連次は言った。

「お気に入った子の写真がありましたら、お持ち帰りください」

「それはかたじけない。いや、美人画は大勢の絵師が描いてはいるが、本人そっくりという点では、写真の方に軍配を上げたくなりますな」

「そのとおりでございます。絵は所詮絵空事。人物に限りません。建物や風景でも同じこと。真実に迫るのは写真をおいてないでしょう。写真を見て、これまでの絵師たちが、いかにいい加減な仕事をしていたか、誰にでもすぐ判ってしまう。これからは日本中——いや、世界中が写真に望みを持つようになるのであります」

と、連次は口から泡を飛ばした。智一郎は連次の熱気を煽り立てるように言った。

「そのうち、色付きの写真もできるでしょう」

「勿論、その工夫のために寝る暇もございません。同時に、袂《たもと》写真なるものを作ろうと苦心しております」

「それは、袂時計のようなものですか」

「はい。手軽く持ち歩いて、誰もが好きなときに撮影できる写真でございます」

「うむ。そういうものができたら、わたしも欲しい」

「はい、まずなにを措いても先生方に進呈いたします」

連次は床に置いてあった風呂敷包みを見て、急に夢から醒めたような顔になった。

「しかし、まだ袂写真はありませんから、外の撮影のときには、すべての道具を担いで行かなければなりません」

「これから、外の景色でも撮りに行くのかね」

「いえ、景色じゃございません。深川《ふかがわ》の浄心寺《じょうしんじ》のご開帳に珍しい細工物が奉納されましたので、それを撮りに参ります」

「なるほど、写真はそういうこともできるのだな」

「はい。一昨年《おととし》、麹町《こうじまち》の福寿院《ふくじゅいん》に虎、その前の年に両国《りょうごく》では豹《ひょう》が見世物になりました。そのとき、それぞれに一枚刷《いちまいずり》が出ましたが、実物を見た人によると、どれも本物とは似て非なる絵だそうでした」

「そのときは、まだ写真の技術が進んでいなかったのだ」

「残念ながら、虎や豹を動かないように柱にくくりつけておくことはできませんでした」

「浄心寺ではどんな細工物ができたのかね」

と、重太郎が訊いた。

「銭《ぜに》細工だそうでございます。今年の二月、文久銭《ぶんきゅうせん》ができましたので、それにちなんだ銭細工です」

正しくは文久永宝という。幕府が新しく鋳造した四文通用の銭である。これまた、天保通宝と同じように幕府の財政を助けるためらしい。

あとで重太郎が調べてみると、一文通用の銅の寛永通宝が鋳造されたのは寛永十三年、二百三十年前である。以来、小判と同じように寛永通宝は少しずつ軽くなり、しまいには半分近くまで縮まった。更に元文《げんぶん》四年には鉄銭、俗にいう銑銭《ずくぜに》まで現れる始末だ。明和《めいわ》五年になると、四文通用の裏に波形のある四文通用の寛永通宝が作られた。この波銭は当然ながら一文銭より大ぶりだが、今年、鋳造された文久永宝はそれよりはかなり軽い波銭だった。

「しかし、天下の通用銭に細工を加えるというのは、お上《かみ》が喧《やかま》しくはないか」

と、重太郎が言った。

「へえ、銭を切ったり曲げたりするわけじゃございません。ばらばらにすれば元通りの銭になりますから大丈夫なんで。昔にも前例がございました」

連次の話によると、文政《ぶんせい》年間に江戸の植木屋、巳之助《みのすけ》という者が、銭を使って鶏とヒヨコの細工物を作り、これが美事な作だというので評判になった。この銭細工はある人が買い取って、讃州《さんしゅう》の金刀比羅宮《ことひらぐう》に奉納額として納めた、という。

「それで、今度のは、どういう細工物なのかね」

「大蛇《だいじゃ》の銭細工だと聞きました」

「……大蛇とは目覚ましいの」

「へえ。浄心寺は身延山《みのぶさん》の弘通所《ぐつうしょ》でございます。七月十九日から六十日間、甲州《こうしゅう》身延山の奥の院の祖師、日蓮上人《にちれんしょうにん》の像が浄心寺でご開帳になっております。それにちなんで、日蓮上人の奇特を作物にしたそうで」

「なるほど、大蛇というのは七面天女のことか」

日蓮宗の総本山、甲斐《かい》の身延山久遠寺《くおんじ》には守護神七面大菩薩《ぼさつ》が祀《まつ》られている。

これは「現在七面」という能楽にもなっているのだが、日蓮が身延山にこもっていたときの話である。日蓮が法華経《ほけきょう》を読誦していると、毎日、花や水を持って仏を参詣に来る女人がいた。日蓮が感心な女人だと思って話しかけると、自分は七面山の池に住む蛇ですと言った。

蛇は三熱の苦に悩まされていた。熱風や熱砂に身を焼かれること。悪風が吹いて衣服を奪われること。金翅鳥《こんじちょう》に子供を捕食されることの三つである。だが、日蓮の女人成仏の法理を聞くうち、その三熱の苦から免れることができた、という。

女人は正体を現して大蛇になり、日蓮の高座《たかくら》のまわりをとりまいた。日蓮が経を唱えると大蛇は美しい天女の姿となり、この山の鎮守として衆生に済度《さいど》を与えると誓い、神楽《かぐら》を奏しながら天上に飛んでいった、という説話が七面天女である。

「この七面山の銭細工を作ったのは、今言った銭の鶏を作った巳之助の弟子で、定四郎《さだしろう》という植木屋です」

と、連次は言った。

「定四郎は巣鴨《すがも》の染井《そめい》で菊人形も作っています。今度の日蓮上人の顔は菊人形と同じで練物《ねりもの》細工、身体《からだ》には銭で作った法衣《ほうえ》を着せてあります。ですが、七面山の味噌《みそ》は矢張り大蛇で、胴体の鱗《うろこ》の一枚一枚が銭ですから、何万という銭が使われているか判らない。しかも、今までの黒い文銭《もんせん》とは違って、全部が鋳造されたばかりの文久銭ですから、大蛇は金色に輝いてそりゃ美事だそうです」

「銭細工だから、細工に元手はかかっても、開帳が済めば元通りの銭になる。うまく考えたの」

と、智一郎は感心して、

「わたしも、ぜひ見ておきたい」

と、腰を浮かせた。

「それじゃ、これからご案内しましょう」

「それはありがたい」

「その前に、そろそろ写真ができあがります」

「そう、それを忘れてはいかん」

連次は暗室に入り、奉書紙半裁《ほうしよがみはんさい》の紙を持って来た。紙はまだ乾き切っていなかったが、片面、鏡のように滑《なめ》らかな紙の上に、人物がはっきりと浮かびあがっていた。連次は一枚を智一郎に、一枚を重太郎に渡した。

「おう、まるで鏡を見ているようだの」

と、智一郎が満足そうに言った。

「これを、複写しまして、店の窓に飾ってもよろしいでしょうか」

と、連次が言った。

「わたしの写真を買おうというような者がいるかな」

「いえ、多分いないと思いますが、一つの見本としてでございます」

「なるほど、面相は自慢にはならないが、写真の出来工合は上等だの」

連次は何枚かの芸者の写真も持って来て、智一郎に見せた。

「これなどは中でも美形かと思います」

「結構ですな。いただきましょう」

連次は智一郎の写真と一緒に紙袋の中に入れて智一郎に渡した。

「かるた先生は?」

「いや……内の妻にこのようなものを見付かると、まずいことになります」

重太郎は片手を横に振った。


連次は写真の道具を包んだ風呂敷包みを弟子の一人に背負わせ、写真館を出て智一郎と重太郎の先に立った。

元柳《もとやなぎ》河岸から浜町《はまちょう》河岸、永代橋《えいたいばし》を渡って仙台《せんだい》堀を東へ。道道、連次は身延山の出開帳で、これまで奉納細工が評判になったことはあまりなかった、と言った。

「日蓮宗は熱心な信者が多い。講中も活発ですから、開帳ともなれば一門をあげてこれを盛り上げます。参詣者は回向院《えこういん》や浅草寺《せんそうじ》の開帳以上に集まるんですが、これまで、奇抜な奉納品や見世物を興行して、参詣者を煽る、というようなことはしませんでした」

「日蓮宗は堅い信者が多いのですな。見世物などなくとも、開帳が繁昌する」

と、智一郎が言った。

だいたい、開帳には本尊などはざっと拝んで、そそくさと見世物小屋に向かう参詣者の方が多いのである。見世物が評判になれば、それだけ賽銭《さいせん》も多く集まるから、寺と興行主はお互いほくほくしていられる。

寺社の賽銭は十二文が約束だ。波銭なら三枚を白紙に包んで拝殿の前に置くのである。一人十二文でもこれが何千何万人ともなれば山を成す。浅草寺の年間賽銭高は二千両を軽く上廻るという。まして、十六文から三十二文の入場料、札銭《ふだせん》を取る見世物の興行は、それを上廻るはずである。

とすると、一人でも多くの見物人を集めようと、興行主は智慧《ちえ》のありたけをふりしぼる。

開帳の飾付けだった奉納細工はだいたい無料だが、見世物と変わらない工夫が凝らされるようになった。手っとり早いのが巨大な細工類で人をあっと言わせる方法だ。大虎、大象、大唐《から》獅子《じし》などが次次と作られていった。

巨大な作り物を極めたのは合羽《かっぱ》大仏といわれた、十六丈（約四十八メートル）にも及ぶ大作であった。この大仏は品川鮫頭《しながわさめず》の海晏寺《かいあんじ》観世音開帳のとき、境内《けいだい》の大銀杏《いちょう》を心棒にして、雨具を入れる合羽籠を材料として作られた。多少の大作りには慣れっこになっていた江戸っ児も、この合羽大仏の出現にはびっくり仰天した。

「わたしの祖母が子供のとき、この大仏を見て来た話をよく聞かされました。晴れた日には、上総《かずさ》や下総《しもうさ》から大仏の頭が見えたそうです」

と、連次が言った。

だが、しばらくすると大風などで倒壊の危険があるというので、寺社奉行は取り払いを命じた。以後、重なる禁令のため、大作りや贅沢《ぜいたく》な奉納細工はしばらく絶えていたのである。

「浄心寺の開帳は七月十九日から六十日間の期限です。初日以来、七面山の銭細工がじわじわ評判になりまして、今日はちょうど中日《なかび》になるんですが、信者以外の参詣者も詰めかけ、押すな押すなの盛況だといいます」

「それで、七面山を写真にすることを思いついたのか」

と、智一郎が訊いた。

「へえ、開帳の世話人だという、神田伏町《かんだふせちょう》の頭《かしら》で菊五郎為吉《きくごろうためきち》という威勢のいい人が突然来まして、写真機を持ってすぐ来てくれという。こちらにも都合がありますから、話し合って、今日七面山を撮ることになったのです」

「為吉という人は、急に写真を思い立ったのだな」

「なんでも、たいへんな法華《ほっけ》の信者で、芝居の菊五郎の贔屓《ひいき》だそうで」

「日蓮宗と菊五郎——珍しい取り合わせだの」

「七面山の写真は開帳の思い出として大切にする。また、これを売り出せば何百万という信者がこぞって買うから、お前のところは金蔵が建つ、といいます」

「何百万は多すぎるでしょう」

「わたしもそう思いますがね。どうも派手なことが好きな人らしいのです」

仙台堀に架かる海辺橋《うみべばし》の北側に法苑山《ほうおんざん》浄心寺がある。

山門に向かう門前町は参詣者でごった返していた。広い境内には祖師堂や七面堂が点在し、正面の本堂には釈迦如来《しやかにょらい》の像が祀られているのだが、この日は本尊はほかに移され、久遠寺の本尊、祖師日蓮と七面大菩薩の像、そして十界曼荼羅《じっかいまんだら》がかかげられていた。

参詣を済ませて、見世物小屋の立ち並ぶ場所に行くと、各小屋の前には絵看板や幟《のぼり》がかかげられ、呼び込みの声が嵐のようだ。

美形と愛敬《あいきょう》が売り物の娘曲馬。博多《はかた》の曲独楽《ごま》。伊勢《いせ》音頭の大一座。細工物では小さな蜘蛛《くも》や蝸牛《かたつむり》を一丈もある大きさに作った籠細工の虫づくし。人形が文字を書いたりとんぼ返りをしたりする竹田《たけだ》のからくり芝居、ときりがない。

だが、目当ての七面山の銭細工の小屋はすぐには見付からない。しばらく見世物小屋を往きつ戻りつしているうち、妙にひっそりしている小屋が目についた。そのはずで、小屋の木戸口には、「都合により閉場申し候」と書かれた貼紙が出されていた。

なにごとだろうと近付くと、たまたま木戸口から大きな男が出て来た。男は連次を見ると、

「やあ、初音の親方。待っていたところだが、どうも困ったことが持ち上がった」

と、大声を出した。

「小屋が潰されそうな景気だと聞きましたが一体、どうしたんです」

と連次が訊くと、大男は眉を八の字に寄せて、

「うん、昨夜のことだが、七面天女が昇天していなくなってしまった」

と、答えた。


菊五郎為吉、刺っ子《さしこ》の火事羽織を着ている。赤龍と黄龍と青龍が三つ巴《どもえ》になっているという、思い切って派手な模様だった。

「まあ、とりあえず中に入ってくんねえ」

為吉は先に小屋の中に入った。

小屋は外の喧騒とは違って、ひっそりと静まり返っている。がらんとした小屋の中央に竹の柵が組まれていて、その中の高座に僧形《そうぎょう》の人形がぽつんと置かれている。これが日蓮上人らしいのだが、そのまわりをかこんでいるはずの、金色の大蛇の姿が見当らなかった。

「ご覧のありさまだから、見物人を入れるわけにはいかねえのだ」

と、為吉は言った。

日蓮上人は銭で作った法衣をまとっている。だが、黒い文銭なので少しも派手やかさがない。

「お上人様一人だけですね」

と、連次が言った。

「大蛇は本当に昇天してしまったのですか」

「まあ、それはもののたとえだ。実は、昨夜、五十人もの強盗がこの小屋に押し入って、大蛇をさらって行ってしまったんだ」

「五十人も？」

「いえ、強盗は三人だけでした」

声のする方を見ると、隅の方に二人の男がぼんやりと立っていた。

「うん。利平《りへい》さんが言うんだから間違いはねえ。だが、強盗は大勢の方が景気がよかろう」

利平は紺の腹掛けに、宝珠《ほうじゅ》の紋が入った半纏《はんてん》を着ていた。

「三人でも男　衆《おとこしゅう》だ」

と、もう一人が言った。

利平は小屋の番人、もう一人は七面山を作った細工人、植木屋定四郎だと為吉が教えた。

昨夜、利平が独り小屋に残って不寝番《ねずのばん》をしていた。八つの鐘が鳴り終った丑《うし》の刻（午前二時ごろ）木戸を叩く者がいた。

「佐賀町《さがちょう》の宝町《たからまち》の者でございます。急用があって参りました」

と、言う。

宝町は深川佐賀町の漁師の網主で、七面山奉納の金主である。なにごとだろうと利平が木戸を開けると、黒装束の者が刀を突き付けた。

「静かにしろ。声を立てると命はないものと思え」

黒装束はあとからも二人。利平は猿轡《さるぐつわ》を噛まされて、たちまち小屋の柱に縛りつけられてしまった。

「徳川《とくがわ》方に加勢する者である。軍用金にこと欠いておる。銭細工の蛇を頂戴《ちょうだい》に参った」

利平は目隠しもされたので、あとのことはよく判らない。銭細工の大蛇を引きずり出しているらしく、じゃらじゃらする音がしていたが、すぐに静かになった。

夜が明けて、もう一人の小屋番が来て、大蛇がなくなっていることが判った。

「奉納の細工物を盗み出すとは、罰《ばち》当たりな野郎だ」

と、為吉が言った。

「だが、さすがにお上人には手が出せなかった。まことに、霊仏の威徳、畏《おそ》れ多いことではある」

為吉は日蓮の人形に目を移して、

「初音の親方、このお上人の顔容《かんばせ》をよう拝みや。誰か似ていなさるとは思わねえか」

「さあ……美男ではおわしますが」

「美男の役者だ。今、美男の役者てえと、ほら――」

「音羽屋《おとわや》ですか」

「偉《えれ》え。そのとおりだ。菊五郎によく似ていなさる。おれは一目見てすっかり気に入ってしまった。定四郎さん、お前さんも音羽屋が好きか」

植木屋の定四郎ははじめてにこっとした。

「そりゃあもう、音羽屋に限ります。朝起きて顔を洗うのも飯を食うのも、音羽屋の型で」

「そりゃあたいしたもんだ。おれももし強盗をするのなら、どうしても音羽屋の型だ」

為吉は利平の方を見た。

「昨夜の強盗はどんな形で刀を突き付けたかね」

「さあ……恐ろしくてなにも覚えちゃいません」

「……仕様がねえなあ。なにか手掛かりになることはなかったのか」

「三人共、黒装束で顔を隠していましたから、人相も判りませんでした」

「身体つきなら黒装束でも判るだろう。図抜けて大きかったとか、肥っていたとか、痩せていたとか」

「……それが、皆さん、並で」

「並……鰻《うなぎ》を誂《あつら》えているんじゃねえや。長物《ながもの》……そうだ、刀なんかはどうだ。どんな長物を突き付けられた。相州正宗《そうしゆうまさむね》とか、粟田口吉光《あわたぐちよしみつ》なんかは豪的な業物《わざもの》だ」

「わたし、その方は無調法でやす」

「じゃ、声はどうだ。目隠しをされても、耳は聞こえていたはずだ」

「そういえば……仲間同士でなにか言っていたのが聞こえました」

「それだ。どんなことを話していた」

「わずか一言だけでしたから、手掛かりになるかどうか――」

「構わねえ。言ってみねえ」

「確か、レイガンジの方がどうした、とか」

「レイガンジ……霊巌寺というと、この浄心寺のすぐ北隣にある寺じゃねえか」

「へえ、そうです」

「とすると、賊は二手だな。一味は大勢で、一度に隣合った寺を狙ったのだ。賊は二手に分れて、一党は浄心寺に押し入り、もう一党は霊巌寺に侵入する」

「ここだけではない……途方もない賊ですな」

「そうだ。もし火でも放っていたら、江戸中がひっくり返っていたところだ」

「江戸をひっくり返す……それなら徳川方ではなく、尊攘派でしょうか」

「ううむ……まあ、いずれにしろ、大仕事をする連中なら、きっと押し入る前に下見をしているはずだな。このごろ、怪しい見物人がこの小屋に出入りをしなかったか」

「不届きな者ならいました」

「どんなことをした」

「この柵の下からもぐり込んで、大蛇の鱗を剝ぎ取ろうとした者がいました」

「……鱗ね、文久銭じゃねえか」

「へえ、わずか四文でも、蛇の鱗ともなれば縁起物になります」

「うん。弁才天《べんざいてん》のお使い姫は蛇だ。昔から蛇は金運をもたらすという」

「蛇の抜け殻を財布の中に入れておくと、金が貯まる、という人もいます」

「それで、鱗を剝ぎ取ろうとしたのは、どんな者だ」

「それが、一人や二人じゃございません。老若男女、毎日のようにいますから、わたしたちは見物人から目が離せませんでした」

為吉は黙って口をへの字にした。文銭の一枚二枚をかすめ取ろうとするような小者では不満なのだ。利平は言った。

「そんなに皆が欲しがるなら、開帳が終ったらばらばらにして売り出そうか、などと思っていたところです」

「じゃ、強盗も縁起物にしようと思って、蛇を丸ごと持って行ったというのか」

そのとき、もう一人の小屋番が侍を案内して来た。

寺社奉行配下の寺社役付き同心、開帳の見世物興行を見廻っている羽田《はねだ》三右衛門《さんえもん》は、黒羽二《くろはぶた》重《え》の羽織、野袴《のばかま》をはいて草履《ぞうり》取りを従えていた。

「ずいぶん手の込んだ細工だったが、残念なことをしたな」

と、三右衛門は定四郎に言った。

「全部、文久銭を使って作ったそうだの」

「さようでございます」

「一体、何枚の銭を使った?」

「ざっと、二万枚を結び合わせました」

「……重さにすると、二十貫目はある」

「さようで」

「二十貫目の銭を、大の男三人掛かりなら担ぎ出せるだろう。金にすると十両か」

「はい」

「銭はどうやって集めた」

「銭屋の福郎《ふくろう》という者に両替してもらいました」

「人の多い商家とは違い、掛け小屋なら仕事は楽だ。賊はそこを狙ったのだな。昨夜、ここにいたのは誰だ」

三右衛門は小屋番の利平から昨夜の一部始終を聞き出した。三右衛門は眠そうな顔で耳を傾けていたが、賊は「レイガンジ」と言ったと利平が話すと小さな目を光らせた。

「霊巌寺は隣の寺です」

と、為吉が言うと、三右衛門は判っているという顔をした。

「賊は大勢かと思います。賊は二手に分れて一党はこの浄心寺に押し入り――」

為吉が続けると、三右衛門は全部を聞かず小屋の外に出て行った。

「はて、怒らせてしまったか」

と、為吉がぼやいた。

「横合いから助言すると、腹を立てる人がいるものです」

と、智一郎が言った。為吉はうなずいて、

「うん、おれだって嬶《かか》あから余計なこと言われりゃ黙っちゃいねえ。だが、寺社奉行なんてのは、だいたい坊主の不行跡を取り締まることが多いから、強盗などの相手は馴れねえと思ったんだ」

「でも、せっかくの親切が仇《あだ》になっては詰まりませんから、わたしも気付いたことがありましたが口にしませんでした」

「ほう……どんなことかね」

「そこにある柱に、縄が結ばれているでしょう」

小屋の柱は丸太だった。その下の部分に縄がからんでいて、両端の切口はまだ新しいようだった。

「これか。これは利平さんが縛られていた縄だ」

「利平さんが縛られているのを見た人が、縄は解かずに、刃物で切って利平さんを自由にしてやったのですね」

寺社奉行所の同心を連れて来た小屋番がそうです、と言った。

「縄目は堅くて、早く楽にするには縄を切った方がいい、と思ったんでやす」

「それで、結び目は賊が縛ったときのまま、残っています」

と、智一郎が言った。

「うん、確かにそうだ。この縄目がどうかしたのか」

「結び目が堅いはずで、これは普通の真結《まむす》びなどじゃあない。舫《もや》い結びという結び方です」

「舫い結びというと、杭《くい》などに船をつなぐときの結び方か」

「そうです。ほかにもう一つ気が付いたことがある」

「まだ、あるのかい」

「この、利平さんを縛った縄ですが、これは綱手縄《つなでなわ》で、船の引き綱用の縄だと見ましたがいかがでしょう」

「ふうん……舫い結びに綱手縄、とすると、利平さんを縛った賊は、船にかかわっている者、船頭か漁師か」

「それに、二十貫もある銭細工の蛇を盗み出して、いくら夜中とはいえじゃらじゃらと引っ張っていくのはどうかと思う。この浄心寺と隣の霊巌寺の間は入堀が通っている。仙台堀の支流です」

「判った。賊は船を使って大蛇を運び出した。それに違《ちげ》えねえ。しかし、あの羽田さん、これに気付くかどうか」

「頭、教えておやりなさい」

「しかし、今、おれが口を出したら、奴《やっこ》さんむっとした顔をしていたなあ。相手は侍だ。生意気なことを言いやがると、長《なげ》えのを振り廻されちゃ、かなわねえ」

「まあ、それとなく教えてやるんですな。遠回しに当たり障りなく」

「どうも、じれってえな。おれはそういうの苦手なんだ。手っ取り早く、賊は船頭か漁師――」

言いかけて為吉は、ぴしゃりと頬を叩いた。

「そう言や、この七面山の細工物を奉納した宝町さんは漁師の網主だ」

「宝町さんというのはどこの方です」

「深川、佐賀町に住んでいなさる」

「大川《おおかわ》沿いですな」

「だと言って、自分で奉納したものを盗み出すわけはねえ」

「とすると、宝町さんをよく思わない人がいて、宝町さんの信心を邪魔してやろうと、奉納品をさらっていく」

「ううん……漁師をよく思わないのは、どんな者だ」

「釣人なんかどうでしょう。漁師は釣を楽しんでいる横合いから、網で沢山《たくさん》の魚をすくっていってしまいますからね」

「……お前さんはふしぎなことを考える人だ」

「ついでに、鵜飼《うかい》なんかも漁師をいまいましく思うでしょうな」

「鵜飼……日蓮上人は殺生禁断の土地で魚を取り、川に沈められた鵜飼の亡霊を済度したことがあった」

為吉は手持ち無沙汰にしている連次の方を見て、

「せっかく来てくれたのだから、お上人だけでも写真に撮ってもらおう」

と、言った。

早速、連次は写真の用意をはじめる。

「お上人の尊像は数多く残されていますが、皆、お顔が違うでしょう。絵の上手下手《へた》もありますが、昔に写真がありましたらありのままのお顔を残すことができましたのにね」

と、連次は自慢した。

写真が撮り終るころ、三右衛門が帰って来て、相変わらず眠そうな顔で、

「霊厳寺の方はなにごともなかった。いたって平穏なものだった」

と、言い、為吉に向かって、

「お前は賊が二手に分れたのを見ていたのか」

と、訊いた。

「いえ、見たわけじゃございません。見ていればひっ捕えます」

「ほう、お前は賊を捕えたことがあるのか」

「へえ、自慢するわけじゃあございませんが、以前、白煙《しろけむり》の浜蔵《はまぞう》という者を仲間と捕えたことがありやす」

「……拙者は、まだ、ない」

「お役目ご苦労様に存じます」

「破戒僧ならずいぶん捕えた。拙者はその名人である。坊主が近寄って来ただけですぐに判る」

「……すぐ判る骨《こつ》でもございますか」

「うん。女犯《にょぼん》僧ならそばへ寄ると女の臭《にお》いがする」

「恐れ入ります」

「しかし、妙だの。ここに女がいるわけでもないのに、臭う」

三右衛門はせわしく鼻で息をした。重太郎はびっくりして智一郎に言った。

「市助さん、驚きました。あなたの懐《ふところ》の中の写真を嗅ぎ取られています」

智一郎は半信半疑といった顔で、懐から写真の袋を取り出した。

「なるほど、言われてみると、さっきから花のような香りがしています」

「写真を引き立てるために、天女香《てんにょこう》をたきこんでおいたのです」

と、連次が言った。

智一郎は袋から写真を取り出して三右衛門に見せた。三右衛門は手に取り、

「なんですか、これは」

「柳橋の芸者衆ですよ。この節こういうものが売れるようになりました」

三右衛門はそのうちの一枚をじっと見入った。

「これは、双菊《もろぎく》という子じゃな」

「おや、お役人様はご存知でしたか」

「うん。双菊に悪客がついて困っていたとき、助けてやったことがある。なに、医者を装ってはいたが、すぐ坊主だということが判った。塔蓮《とうれん》という破戒僧で入牢したが、昨年、皇女和宮様のご降嫁の折の大赦で、出獄したと聞いたが、今、なにをしておるやら。どうせ碌《ろく》なことはしていまい」

「その、塔蓮という坊主は、船を漕ぎますか」

と、為吉が訊いた。

「そりゃ、坊主も人間だから、疲れれば居眠りもするだろう」

「いや、居眠りではなく、船の上に立って艪《ろ》を漕ぐのです」

「……坊主が船を漕ぐとどうなる」

「強盗の中に、もしかして船頭がいたのではないかと言う人がいます」

「誰だ、そんなことを言うのは」

「そこにいる市助さんです」

智一郎はとぼけたように空を見た。

「空に、船でも通っているのか」

「いえ……」

智一郎はどぎまぎしたように髷《まげ》に手を当てた。

「ただ、番人の利平さんが柱に縛られたと聞いて、舫っている船を思い合わせただけです」

三右衛門はふんという顔をして、柱に巻きつけられたままになっている縄に目を移したが、なにを思ったのか、縄の端をつまみ上げると口の中に含んだ。

「む、塩っぺえ。こりゃあ、海に潰《つか》っていたな」

と言い、小屋にいる者を見廻した。

「誰か、この縄を舐めた者はいるか」

返事をする者はいなかった。

「おらんな。当てずっぽうでものを言うのはいかん。拙者のように頭を働かせて立証するのだ。確かに賊の中には船頭がおる」

「漁師かもしれないと言う人がいます」

「誰だ、そんなことを言うのは」

「市助さんで」

三右衛門は嫌な目で智一郎の方を見た。智一郎はもうとぼけてはいられなくなった。

「生臭坊主なら、殺生禁断も平気でしょうから、魚など平気で取ります」

「なんだ、また当てずっぽうか。深川の漁師町といえば佐賀町――おお、この七面山細工の奉納主は佐賀町の網主、宝町芳之助《よしのすけ》であった」

そして、得意そうな顔になって、

「利平が聞いたという賊の言葉は、霊巌寺ではあるまい。霊岸島《れいがんじま》に違いあるまい」

「おっしゃる通りかと存じます」

と、為吉が言った。

霊巌寺を開山したのは霊巌和尚、もと、江戸の中島といわれていた日本橋新川《しんかわ》のあたりの埋立地、約二万坪に寺を建立したのだが、明暦《めいれき》三年の江戸の大火で焼け、焼跡の町整理に当たって今の深川の地に移された。もとの地名、霊岸島はそのまま残ったのである。

「そこまで判れば、賊は捕えたのも同じことである」

と、三右衛門は言った。

「だが、残念ながら拙者は蛮力に欠けており、賊をこの手で討伐できない。不本意ではあるが、町方の手を借りねばならぬ」

寺社奉行の要請をうけて、すぐ、町奉行が動きはじめた。

町方の御用聞きが、霊巌寺界隈を虱潰《しらみ》しに調べた結果、伊勢大神宮の裏手の一軒に、不審な者が出入りしているのを突き止めた。一味のうちの一人は、深川蛤町《はまぐりちょう》、鉾寺《ほこでら》の寺僧だったが、女犯の廉《かど》で入牢していた塔蓮だった。塔蓮は牢内で識《し》り合った二人と、皇女和宮の降嫁のときの大赦で出牢したが、寺には戻らず三人と企んで夜盗を働くようになった。

三人の手口は佐幕派の武士を装い、軍資金調達を口実に、商家などから金を奪うというものだった。

盗みの証拠を固めた町奉行所は、与力、同心に捕物出役《でやく》を命じ、一味の逮捕に向かわせた。三人はいずれも前科がある。下獄すれば再び世間には戻れない。それぞれはかなり激しく抵抗し、捕り方の何人かが怪我《けが》を負った。

三人は捕縄されてからもしぶとかった。奉行所の調べに対して、浄心寺の強盗は身に覚えがない、と言い張った。だが、奉行所が一味の家を捜索して、大量の文久銭を見付けた。

文久銭はすでにばらばらにされ、大蛇の形をなしていなかったが、細工師の植木屋定四郎に銭を両替した銭屋福郎は、この銭を見て全てが自分のところから出た銭だと判断した。

二月に江戸に出廻った新しい文久銭は、三つの種類がある、と福郎は言った。鋳造された銭の表の字体が三通りある。

一つは真体、楷書《かいしょ》で「文久永寶」としてある。もう一つは草文、草書体で、三つ目は玉宝《ぎょくほう》といい「文久永宝」の文字が当てられている。銭屋はきまった一軒の両替商から、未使用の文久銭を調達していて、定四郎に渡したのは全て深川東大工町《ひがしだいくちょう》の銭屋で鋳造された、玉宝の文久永宝だった。

もし、一味がいろいろなところから寄せ集めた銭なら、三種類の銭が入り混っているはずである。にもかかわらず、その全てが同種類の銭だというのは、銭屋から両替商に渡った、未使用の銭だということを意味する。不特定に集められた銭ではないのである。

このことを突き付けられると、さすがの一味もそれ以上白《しら》を切れなくなった。

更に奉行所が一味の家を調べると、余罪がでてきた。家の中に銅を鋳造する吹き場が作られていたのである。一味は銅で天保通宝を密造していたのだ。浄心寺から強奪した文久永宝を、天保通宝の材料にするつもりであった。

調べに対して、一味の一人、小奈木円蔵《こなぎえんぞう》は越後《えちご》、森川《もりかわ》藩の脱藩浪人で、深川永代寺裏の下屋敷で盗鋳の技術を覚えた。森川藩では藩の財政を立て直すため、小判や天保銭を密造していたのである。

一味のもう一人、椀河童《わんがっぱ》の雷太《らいた》は、網主、宝町芳之助のところにいた漁師だった。雷太は博《ばく》打《ち》好きで身持ちが悪く、お払い箱になったのだが、それを根に持っていて、宝町の奉納品を盗み出すことを考えたのだった。智一郎が考えたとおり、一味は盗んだ銭細工の大蛇を船に積んで、雷太が漕いで逃走したのだった。

何日かのち、智一郎と重太郎は雲見櫓の上で、こんな話をしていた。

「ねえ、頭。〈水は浅くきらきらするは金《かね》の銭〉というのはどうです」

「なるほど、水の三水《さんずい》と金で、浅と銭ですか。ではわたしも一つ。〈虫は蛇《へび》馬は駝《らくだ》となりにける〉」

この日も秋空は晴れやかであった。

妖刀時代

「ねえ、頭《かしら》。さっきから考えていたんですがね」

「……ほう。尊王攘夷《そんのうじょうい》でこの国の将来はどうなるのか、などですか」

「いや、そんな七面倒臭いことは判りません」

「それなら大丈夫。わたしにも世の中の動きはまるで見えない」

京都、二条《にじょう》城風見櫓《かざみやぐら》の上。

雲見番頭《くもみばんがしら》の亜智《あ　とも》一郎《いちろう》と雲見番の三人。いつもなら江戸城の雲見櫓の上にいて、櫓の警護に当たっている。

京都の二条城の風見櫓は少し勝手は違うが、警護といっても空を見上げて行く雲を見送っているという、眠くなるような役は同じだった。

雲見番、表向きはこれ以上はないという閑職なのだが、実は裏では将軍直属の隠密方という、重要な役目を抱えている。このことは幕府百官の中でも一握りの者しか知らされていない。

二条城の櫓の上は、毎日が長閑《のどか》なのだが、地上では尊王攘夷の嵐が吹き荒れているのである。

文久《ぶんきゅう》二年には、朝廷と幕府との一致協力を図り、世を鎮めようとする公武合体派が立ち上がり、皇女和宮《かずのみや》を将軍家茂《いえもち》に降嫁させることに成功した。

家茂はなお公武合体制を固めるため、文久三年三月入京して二条城に入った。江戸の将軍が入京するのは、寛永《かんえい》年間、三代将軍家光《いえみつ》のとき以来、二百数十年ぶりのことであった。

そのとき雲見番の四人も将軍上洛《じょうらく》に加わり京に着くとそのまま二条城に入った。

雲見番頭の亜智一郎をはじめ、緋熊重太郎《ひぐまじゅうたろう》、藻湖《もこ》猛蔵《もうぞう》、古山奈津之助《ふるやまなつのすけ》は二条城に入ると、風見櫓に配属されたのだが、地上と違い櫓の上では閑《ひま》なことにかけては江戸と変わらない。

退屈のあまり、緋熊重太郎がなにか妙なことを考えていたらしい。

「天下国家のことでないとすると、どんなことを思いついたのですか」

と、智一郎が訊いた。

「天下国家と並べられるとまことに恥しい」

「なに、かまいません、聞かせなさい」

「実は、日本橋本材木町《にほんばしほんざいもくちょう》一丁目、というんですが」

「……本材木町一丁目になにがあります」

「いえ、なにもありません。ただ、地名だけですが、一応、五七五の句になっているでしょう」

「なるほど……言葉遊びですか。でも、こういうのは今までにありませんでしたな」

「小石川白山御殿《こいしかわはくさんごてん》大通り、というのもできました」

「それなら……小石川大塚上町富士見坂《おおつかかみまちふじみざか》、はどうです」

「さすが、頭は打てば響くようですね。ではもう一つ。八丁堀玉子屋新道岡崎町《はっちょうぼりたまごやしんみちおかざきちょう》」

「どんどんできますな。愛宕下大名小路大横町《あたごしただいみょうこうじおおよこちょう》」

「では、江戸ではなく、ご当地でいきましょうか。東山松原通り弓矢町《ひがしやままつばらゆみやちょう》」

「いっそのこと、京から東海道《とうかいどう》五十三次の宿宿を詠みこんで江戸に下る、というのはどうでしょう」

「なるほど、道中退屈することはありませんね」

「まず、この二条城を出て――」

そう言って智一郎はふと口をつぐんだ。重太郎には判らなかったのだが、智一郎はなにかの音に気付いたらしい。智一郎の耳は信じられぬほど敏感なのだ。

はたして、すぐ風見櫓の階段を登って来る足音が聞こえてきた。

「あの足音は、阿波《あわ》様ですな」

将軍側衆《そばしゅう》の鈴木《すずき》阿波守正團《あわのかみまさあつ》、六十前後のでっぷりした身体《からだ》で、ブドウ鼠《ねずみ》の小紋に麻の半裃《はんがみしも》。にこやかな顔で風見櫓の上に登ってくると、智一郎たちの前にどっかりと胡坐《あぐら》をかき、とぼけたような口調で、

「烏丸二条通り金沢町《からすまるにじょうかなざわちょう》――というのはどうかな」

と、言った。

「こりゃあ、大出来提灯――いや、阿波様はなかなか隅へは置けません」

と、智一郎が言うと、正團は懐《ふところ》からオランダ渡りのパイプを取り出した。

「ここの櫓の上も江戸の雲見櫓と同じで、騒騒しい娑婆《しゃば》を忘れるのう。雲を見ながら呑むと煙草《たば》も一段とうまい《こ》」

と、櫓の窓から京の町を見渡して、

「その上、寒さも一段落。言葉遊びでもしていなければ、居眠りが出てしまいそうですな」

風見櫓の窓からは爽やかな風が吹き抜けていく。

「といって、わたしは言葉遊びの仲間に入れてもらいたくて、ここに登ってきたわけではない」

「はあ……」

「すでに知ってのとおり、独断で日米修好条約に調印して反対派の公卿《くぎょう》、大名、志士らを片端から投獄して、結局は桜田門《さくらだもん》外で暗殺された大老掃部頭《かもんのかみ》さま（井伊直弼《いいなおすけ》）の後をうけて老中になった対馬守《つしまのかみ》さま（安藤信正《あんどうのぶまさ》）も昨年、坂下門《さかしたもん》外で公武合体反対の浪士に襲撃されて老中を退いてしまった。以来、各地で天狗《てんぐ》党《とう》、天誅組《てんちゅうぐみ》、新撰組《しんせんぐみ》などが結成されて入り乱れ、寺田屋《てらだや》騒動や生麦《なまむぎ》事件、薩英《さつえい》戦争などを引き起こしている。この二条城も今のところ安泰だが、明日にも騒動に巻き込まれるようなことになってもおかしくはない」

「はあ、二条城番頭の唐巣《からす》さんも、しょっちゅう神経をぴりぴりさせています」

長年二条城に勤務している番頭の唐巣は色の黒い、鼻の尖った人物で智一郎たちが二条城に配属されたとき、外に出ていて配下の者たちと白刃を振り廻していた。いつ戦いが起こって斬り合いがはじまるかも判らない。そんなとき、木刀などの稽古《けいこ》では生ぬるく、真剣を使って猛練習をはじめているのだ。

そこへのほほんとした顔の智一郎たちが二条城に配属されると、江戸から邪魔者が来たと言わんばかりに、さっさと風見櫓の上に上げてしまった。

将軍側衆の鈴木正團は、そんな智一郎たちがどうしているか、気になって見に来たようだった。

「そういえば唐巣さん、わたしが亜さんに会いに来たと言うと、とたんに顔色が変わって刀の柄《つか》に手をかけました」

「なにか気に入らないことでもあったんでしょうか」

「わたしの言葉を聞き違えたのです。わたしが亜と言ったのをカアと聞こえたようなのです」

「それはまた短気な」

「おっと、それもいけません。短気は狸と聞こえます」

「それじゃ、なにも言えませんね」

「もっとも、ぴりぴりしているのは唐巣さんだけじゃあない。京都中が癇癖《かんぺき》になっている」

とにかく、京都に集まってくる一人一人が、激しい政論を持っている。議論の下手《へた》な連中は言葉につまるとすぐに刀を引き抜いて振り廻す。

各地にいる主家を離れた浪人たちも続続と京都に向かう。どさくさにまぎれて一旗揚げようとする者たちだ。

中にはただの浪人が組んで幕兵を名乗り、両替屋や貿易商などの大商人の店に押し入る。

「われらは徳川《とくがわ》方に味方する者である。ついては軍資金にこと欠いているので、少少拝借したい」

と、強請する。これもすぐ刀の柄に手をかけるので、強盗と変わらない。

こうした連中が京の町を押し歩くようになって、夜になると外に出る者がいなくなった。

正團は一服するとパイプを懐に入れて、猛蔵の方を見た。

「ところで、藻湖さん。いつかお上《かみ》から拝領した短筒、まだ持っているでしょうな」

「もちろん、肌身離さず身に着けております」

「ちょっと、それを拝見したいのですが」

猛蔵は手を懐に入れた。

安政《あんせい》二年、江戸に大地震が起きたとき、その混乱に乗じて江戸城本丸ご座所近くに押し入った一味があった。そのとき、智一郎はいち早く闖入者を観破、大手御門《おおてごもん》に詰めていた甲賀《こうが》百人組の猛蔵が、甲賀流忍法の手裏剣で仕留めた。そのとき、将軍家定《いえさだ》から褒賞として拝領したのがこの短筒であった。

正團は手渡された、黒光りのする掌に乗るほどの短筒を見廻して、

「うん、なかなかよく手入れが行き届いているようだの」

と、言った。

「はい、日ごろからいつでも使えるよう、磨いております」

「それはいい心がけです。心がけといえば、緋熊さん」

正團は重太郎に言った。

「江戸で言われるとおり、京には美人が多い。いかがです。ご婦人方に目移りがしませんか」

「とんでもない」

重太郎は片腕だけしかない、その手を振って、

「そんなことをしたら、江戸にいる妻《さい》が熱を出します。ついでに角も出します」

重太郎の妻、美也《みや》は将軍のお声がかりで結ばれたので、頭が上がらないのだ。

「ところで、もう一人、古山さんの姿が見えませんが」

正團はあたりを見廻して言った。智一郎が答えて、

「古山さんはここにいると身体が鈍《なま》ると言って、今、庭に出てとんぼ返りを打っております」

「相変わらず元気な男だの。ところで、あのとき、頭もお上から拝領したものがあるでしょう」

正團は智一郎に言った。智一郎はうなずいて、

「はあ、わたしがいただいたのは、袂時計《たもとどけい》でした。今でも寸分も違わず刻《とき》をきざんでおります」

「しかし……袂時計では武器にはなりにくい」

「敵と戦うときは刀を使います」

「業物《わざもの》でしょうな」

「はい、先祖代代、わが家に伝わっております、鎌倉《かまくら》の明光《あけみつ》」

「――なまくらの竹光《たけみつ》？」

「いや、なまくらではありません。鎌倉時代の名工、明光の作です」

「拝見しましょうか」

智一郎は刀掛けに架けてある一刀を手に取った。刀は黒鞘《くろざや》、鮫皮柄《さめがわつか》のありふれた拵《こしら》えだった。

正團は渡された刀の柄に手をかけ、抜こうとしたが顔をしかめた。

「これは……妙に固いですな」

智一郎が言った。

「はい、少少頑丈に収まっています。これを抜くにはちょっとした骨《こつ》がございます」

智一郎は刀を返してもらい、右手で拳を作り、三、四回柄のあちこちを叩いてから、すらりと刀を引き抜いた。

「見たことのない抜き方ですな」

と、正團が言った。

「実は、何年か前、曲者《くせもの》をこの刀で峰打ちにしました。そのとき、刀身に歪《ゆが》みができたようなのです」

「……それからずっとその刀を差しているわけですか」

「はあ」

「そのような刀が名刀といえますかな。それにいきなり抜刀するときには困るでしょう」

「なに、大丈夫。わたしには足も揃っています」

「いざというときは逃げるわけだ」

「武田信玄《たけだしんげん》も言っています。〈三十六計逃げるにしかず〉」

「待てよ。信玄がそんなことを言ったかな」

「〈いろはがるた〉でしたか」

智一郎、剣術はともかく、駈け足の速さでは馬にも引けを取らないほどだ。だが、正團は面白くもない、といった顔をして、

「今、言ったとおり、かつてないほど世上は騒がしい。剣戟《けんげき》の響かぬ日はないほどである。そのようなとき、お上の警護を務める雲見番の頭が、すぐ曲がってしまうようななまくら刀を手挟《たばさ》んでいるのは言語道断ではないのかな」

「はあ、お言葉、ごもっともで。いつかは誰に見せても恥しくない刀を手に入れようと思っていました」

智一郎は刀を返してもらうと、

「これがいい機会ですから、これから名刀を探して手に入れてきましょう」

と、言った。正團は、

「くれぐれも、鎌倉の明光などは選ばないように」

と、付け加えた。

「ねえ、頭、せっかく京の町が騒騒しいというのに、毎日櫓の上にいちゃ、勿体のうござんす

ね」

と、古山奈津之助が言った。

「そうですな。わたしも京に来て刀を買いに行くとは思いませんでした」

智一郎と奈津之助の二人連れ。二人はぶつぶつ言いながら堀川を渡って寺町《てらまち》にさしかかったとき、突然、二人の目の前に三人連れの侍が現れた。総髪《そうはつ》に束ねた髪を後ろに垂らし、袴《はかま》をはいている。浪人者か壮士らしい。その三人が智一郎たちに近付くといきなりずらりと抜刀して斬りかかった。

「なにをする」

奈津之助はとんぼ返りを打って相手の刃をかいくぐった。相手は奈津之助の意外な動きにびっくりしたようで、二の太刀を続けることができないで棒立ちになった。

智一郎の方は右手で拳を作り、腰に差した刀のあちこちを叩いている。その頭の上に白刃がきらめく。智一郎が真っ二つになったと思いきや、相手がへなへなと地面の上に崩れてしまった。一瞬早く、智一郎の刀が相手の脇腹を峰打ちにしたのだった。

奈津之助は棒立ちになっている相手の腕首を拳でしたたかに打ちすえた。

「う――」

それがかなり効いたらしい。相手は持っていた刀を地面に放り出した。

「ばか者が。おれを誰だと思う」

奈津之助が大音声《だいおんじょう》で一喝すると、その勢いにひるんだのか、三人は背を向けて逃げ出した。

「逃げ足も遅いですな」

と、奈津之助が言った。

「追い掛けて叩きのめしてやりましょうか」

「まあまあ――」

智一郎は押し止《とど》めて、

「古山さんにはとうていもの足らぬ相手ですから、叩きのめしたところで気持はすっきりしないでしょう。それよりも」

智一郎は自分の刀を鞘に収めようとするのだが、どうしても鞘の中に入らない。

「いかん。今の峰打ちで刀が更にひどく曲がってしまった」

改めて見ると、智一郎の刀は弓形《ゆみな》りに曲がっていて一目見たのではとても刀とは思えない。

「これは困った」

智一郎は侍が捨てていった刀を拾い、刀身を見渡した。

「ほう……あの男は腕には似合わずなかなかいい刀を持っています」

「どうせどこかから盗《と》って来た刀でしょう。捨てていったものです。分捕ってもかまいませんよ」

と、奈津之助が言った。

「そう、このままうっちゃってもおけませんからな。人が踏めば怪我《けが》をします。ちょうどこれから刀屋へ行くところですから、そこで引き取ってもらいましょう」

「……抜身をぶら下げたまま町中を歩いては、人が怪しみますよ」

「では、こうしましょう」

智一郎は羽織を脱ぎ、二本の抜身の刀に巻きつけた。


刀脇差拵所の柏屋《かしわや》は寺町の角にある立派な店だった。

「なるほど……これはごく珍しいものをお持ちになりましたな」

柏屋の番頭は智一郎が持って来た二口《ふたふり》の抜身の刀を見較べてふしぎそうな顔をした。

「こう拝見しましたところ、結構な作でございますが、鞘はいかがしましたかな」

「鞘は……なくてはいけませんか」

「いや、のうてもよろしいが、内の方で新規に誂《あつら》えんと売れませんので、その分、引き取りの値は低うなります」

番頭はそう言いながら刀の目貫《めぬき》を外し、柄を抜いて刻まれた銘を見た。

「ほほう……正團。阿波の正團ですかな」

阿波の正團と聞いて、智一郎はびっくりして飛び上がった。

「どうかなさいましたか」

と、番頭が訊いた。

「なに、識《し》り合いに阿波の狸——いや、似たような名の人がおりましてな。なに、そんなことはどうでもよろしい」

番頭は怪訝《けげん》な顔になった。

「失礼ではございますが、この刀はどこでお手に入れられましたな」

「拾って――いや。ついその先で闇雲に斬り掛かって来た無法者がいましてな。その刀を奪い取って来たのが、これです」

「……その者はお識り合いではない？」

「見も識らずの者でした」

「とすると、悪いのはその者ではありません。この刀が悪い」

「……この刀が？」

「はい。確か、阿波の正團というのは」

番頭は部厚な刀剣鑑《かがみ》を引き寄せ、あちこちを繰っていたが、

「間違いございません。この一口《ひとふり》は妖刀でございますよ」

「……妖刀？」

「見も識らずのお方に斬り掛かるというのは、尋常じゃございませんで、この刀がそそのかしたものと承《ぞん》じます」

「それが、妖刀か。妖刀というと、大原《おおはら》の安綱《やすつな》、室町《むろまち》時代の村正《むらまさ》などが妖刀と聞いたことがある」

「はい。村正、安綱というのは妖刀の中でも相撲《すもう》で言うと大関格でございますよ」

「なるほど。すると、この阿波の正團はどれほどの格かな」

「まず、関脇、小結は下らないでしょう」

「というと、妖刀でも名刀の部類に入るわけだ」

「さようで」

「正團という刀工は多くの刀を打ったのかな」

「いえ、多くはございません。村正も同じでして、数が少ないとこれを欲しがる人も多くなります。ですから、今、世の中に出廻っているほとんどの村正は、大きな声では言えませんが、にわか造りの偽物でございますよ」

「妖刀に人気が集まるというのは妙な世の中だの」

「お蔭さまで、こういうご時勢になりまして内の店もえろう忙しゅうなりました。また、以前とはお武家様の刀の好みも変わりましたな」

「妖刀に人気が集まったのだな」

「さようで。以前ですと刀はお武家さまの身の飾りでして、切れ味は二の次、華奢《きやしや》な作りでそのかわり柄や鞘に金銀をちりばめたものを自慢にするというのが一般でしたが、この節は刀本来の丈夫さが好まれております」

「なるほど」

「古渡りの南蛮《なんばん》鉄の刀は兜《かぶと》が斬れます。南蛮鉄の悉皆拵《しつかいごしら》えは味があるというのでお求めになる方が多うございます。それと、村正の作」

「妖刀と呼ばれるからには、わけがありそうだな」

「へえ。村正が妖刀と呼ばれますわけは、徳川の大御所さまの祖父、松平清康《まつだいらきよやす》公、お父上の広《ひろ》忠《ただ》公がともに村正の刀で討ち取られました。以来、村正は徳川に災いをなす不吉な刀とされたのですが、今では逆に討幕軍の間で尊重されております」

「村正が少ないとすると、ほかの妖刀も引っ張り凧なのだな」

「はい、さきほど申しました大原の安綱、鎌倉時代では暑がりの吉光《よしみつ》、女斬りの国武《くにたけ》、戦国時代の太田《おおた》の景恒《かげつね》などが妖刀とされています」

柏屋の番頭は知識をひけらかすのが好きなようで、立て続けに刀工の名前を並べたてた。

「大原の安綱と申しますのは、この刀で源頼光《みなもとのよりみつ》が大江山《おおえやま》の酒呑童子《しゆてんどうじ》を斬ったというので、童子斬りと呼ばれている刀でございます」

「暑がりの吉光、というのは」

と、智一郎が訊いた。

「これは刀を枕元に置くと、夜中に〈抜いてくれ、抜いてくれ〉と口をききはります。なんでも鞘の中はむし暑くてかなわんのだそうで」

「女斬りの国武は」

「この国武で三人の女子が斬り殺されました。その三人の怨念が刀にこびりついて、ときどき恐ろしい形相で現れます」

「太田の景恒は」

「江戸城を開いた太田道灌《どうかん》が所持していた一口《ひとふり》でございます。この刀を所持していた者の多くは非業の死をとげています。道灌公もその一人で、上杉定正《うえすぎさだまさ》に討たれてしまいました」

「ただ妖刀と言っても、現れる怪異はさまざまに違うのですな」

と、智一郎は感心したように言った。

「そうした妖刀はここの店に置いてあるのかね」

「はい、しかし全部揃っているわけではありません。今申しましたように、徳川様が嫌う村正や童子斬りの安綱は尊王派に人気が出て売り切ってしまいました。そのほかの刀でしたら残っております」

「それにしても、今まで人に嫌われていた妖刀をよくそんなに集めたものだな」

「人に嫌われてきたので逆に手に入り易くなったのでございますよ」

「と、いうと?」

「人に嫌われる刀というのは、普通なら気味が悪くて家には置けませんので。といって捨ててしまうにもいかんわけで、檀那寺《だんなでら》などに納めるわけです。そういう刀が長い間に、お寺にはぎょうさん溜まっているものなのです」

「なるほど。それが今になって寺から流れ出したというわけか」

「さようで。噂をすれば影――ご覧なさい。坊さんが刀の相談に来たようです」

柏屋の暖簾《のれん》をくぐって店に入って来たのは、大柄な膏《あぶら》ぎった中年の僧で、すぐ主人が見つけて奥に案内した。

「大黒屋町《だいこくやちょう》にある、茶誰山布施寺《ちやすいざんふせじ》の坊さんや。布施寺には昔から寄進された刀が蔵に一杯詰まってるちゅう噂でしたが、今まで、どうしても捌《さば》こうとはしませんでしたのや」

「蔵から出さないわけでもあるのかな」

と、智一郎が訊いた。

「へえ。ご住持はんが信心深いお方やさかい、怨念や遺恨のこびりついとる刀を寺から放出すると、必ず世の中が乱れる、こう言わはりますのや」

「それが、今になってどうして売る気になったのだろう」

「そのお住持はんが、昨年亡くなりましたからです。今、奥に入って行った坊はん、えろう道楽者や。お住持はんがいなくなって、急に遊びたくなったのでしょうな」

「なるほど」

智一郎は感心したように言った。

「矢張り外へは出るものですな。櫓の上にいていつも雲ばかり見ていたのでは、こういう知識は学べません」

柏屋の番頭は阿波の正團を柄に戻し、智一郎の曲がった刀を手に取った。

刀の地金は板目肌で刃文は鮮やかな小乱れだった。番頭は刀を打ち返し打ち返し眺めて、

「いい作物でございますな。拵えも立派でございます」

拵えは一見、素っ気ない黒鞘だったが、兜金《かぶとがね》や鍔《つば》など飾りものもいい細工だった。

番頭は刀の柄を外し、銘を見ていたが首をひねった。

「明光——鎌倉の明光ですかな」

「さよう。わが家に伝わる先祖伝来の刀でござる」

と、智一郎が言った。

「明光も正團に劣らない名工でございます」

と、番頭が言うと、奈津之助が口を挟んだ。

「しかし、そんな名工が曲がるような刀を打ちますかな」

番頭ははっきりしない口調で、

「そうおっしゃいますが、名人の手から水が洩れる、ということもございまして」

「弘法《こうぼう》にも筆の誤りですか」

「はい。たぶん焼きの加減を間違えたのかと思います」

「生焼けの明光ですか」

番頭は真面目《まじめ》な顔で、

「しかし、折れてしまうより幸いでしたな。折れた刀は薪割りにでもするしか手がございませんが、これですと刀工が叩いて曲がりを伸ばし、焼きを入れ直して研ぎに出せば、元が名工明光の作でございますから、よう斬れるようになります」

智一郎は感心したように、

「なるほど、本来の明光に戻るわけですな。明光さんが聞いたら感謝するでしょう」

「手入れには二、三日かかります。三日後改めてお越しください」

「では、そうしましょう。しかし、これから外を歩くのに脇差一本ではどうも格好がつかないの」

「それでは、内の一刀をお貸しいたしましょう」

番頭は小僧を呼び、なにか言いつけた。小僧は奥に入ってすぐ一口《ひとふり》の刀を持って来た。

「これでございましたら拵えも明光に引けを取りませんが」

「どういう刀工の作かな」

「武蔵国住《むさしのくにじゅう》　菊五郎《きくごろう》とあります。芝居の音羽屋《おとわや》と同名ですな」

「ほう……今日は同名に多く出会う日だ。芝居好きの緋熊さんが聞いたら欲しがりそうな名ですな」

「裸の正團はいかがいたしましょう」

「うん……持ち主を探し出して返すほどわたしは人が良くない。なにしろ、いきなり斬り掛かって来た男ですからな。ここに置いて裸でも構わぬと言う茶人がいたら、譲ってやりなさい」

智一郎は菊五郎を腰に差して柏屋の店を出た。

智一郎と奈津之助、店を出たばかりのところで二人連れとすれ違った。

一人はすっきりと背の高い、二十七、八。目鼻立ちのはっきりした美人で、どこか垢抜けた供の者を連れている。

丸髷《まるまげ》で縞物の着物。女はふと智一郎と顔を見合わせると、にこっと笑った。

奈津之助はあわてて、

「頭、いけません。妖刀の利き目です」

と、智一郎の袖を引いた。

「菊五郎は女を呼ぶ妖刀ですか」

二人連れはそのまま柏屋の暖簾をくぐって店に入った。

「あの女、刀でも求める気なんでしょうかね」

智一郎は二人を見送って言った。

「ああいう美人が阿波の正團を買うと奇でしょうな」


その奇が現実になっていたことが、三日後に判った。

智一郎と奈津之助が柏屋に行くと、智一郎の刀は曲がりも直り、すっかり研ぎあげられていた。

「では、この菊五郎はお返ししましょう」

と、智一郎は腰に差した一刀を前に置いた。

「この菊五郎のおかげで、このところえらい目に遭いました」

番頭は首をかしげて、

「ほう……なにかございましたか」

「城内のことは話せませんが、一歩外に出るとあたりの女が変な目でわたしを見ます。中には後をついてくる女もいる」

「それは……羨ましい」

「羨ましいものですか。もう武蔵の菊五郎はこりごりです」

「では、鎌倉の明光、曲がりが直りましたので、ご覧下さい」

番頭から一口《ひとふり》を渡されて、智一郎は刀を抜いた。刀は音もなくするりと鞘を離れた。

「なるほど。前とは違い刀の品格もあがったようですな」

智一郎が満足して刀を鞘に収めるのを見て番頭が言った。

「あれから珍しいことがありましたよ。あの裸の正團が売れてしまいました」

「ほう——あれを買ったとは。どんな茶人だったかな」

「茶人ではございません。美しいご婦人でした」

「すると……この間、わたしがこの店を出たときすれ違った？」

「さようです。あの方が裸の正團を気に入られました」

「女が刀をねえ……女新撰組というのもあまり聞かないが」

「実はあのお方、女太夫《だゆう》はんでございますよ」

「女太夫……芸人か」

「はい。中村湖月《なかむらこげつ》一座の女座長はんで、今、四条河原《しじようがわら》の見世物小屋に出てはります」

祇園町《ぎおんまち》の西、鴨川《かもがわ》に架かる四条大橋《おおはし》あたりの河原には芝居や見世物小屋が集まって祭のように賑やかだった。

小屋小屋の幟《のぼり》がはためいている中に中村湖月一座の名はすぐに見つかった。

智一郎と奈津之助は木戸銭の十六文を払い小屋の中に入った。

高座には幕が引かれ、今、その前でからくり師が苧桶《おごけ》の芸を見せているところだった。からくり師は二本の空の桶《おけ》を改めながら、その中から長い布や毬《まり》を次次と取り出すのである。

その芸が終ると水からくり。手はじめは水からくりの曲独楽《ごま》だった。

太夫は若い男で、下手《しもて》に口上言いが現れ、ひとしきり下座《げざ》が囃《はや》し立ててから、

「そもそも独楽の始まりは、昔、菅丞相《かんしようじよう》、筑紫《つくし》博多《はかた》の島に流され、或る日里人を招き、これこれ何かなぐさみものはないかとたずねられ、ハッと答え、梅の古木を切り取り独楽になぞらえ菅丞相に奉る。菅丞相、自ら冠の紐をお解きになり、独楽にキンリキリキリと巻きつけ、あなたへ二問、こなたへ三問、投げつけるときは七日七夜廻ったという。さてそれだけではお慰《なぐさ》みが薄い。これから阿波の鳴門は渦巻の水、この独楽から水をわき出させてごらんにいれます」

言い終ると口上言いは下座に合わせて喧《やかま》しくイボ太鼓を打ち鳴らす。

若い太夫は独楽を取り出して糸を巻き、勢いよく投げ出すと、独楽は高座の上で芯棒から水を吹き上げながら廻るのだった。

その前芸が終るといよいよ幕が引かれ、水からくりの芸となる。

正面に朱塗りの欄干《らんかん》をしつらえ、その上に坐った中村湖月は、武家島田に裃《かみしも》姿で、白の手《てっ》甲《こう》をつけた手に扇を持っている。欄干の左右には花を飾りその向こうに稚子《ちご》を従えて、今、手に持った扇をかざすとその先から水が吹き出すのだった。

水は更に欄干にしつらえてある御酒徳利《おみきどっくり》の中や盃《さかずき》の中、欄干の擬宝珠《ぎぼし》の先から、稚子が持っている花の先からも吹き上げた。

そして、欄干には刀掛けが置かれていた。刀掛けは二段で、下段には刀の鞘、上段には抜いた刀身が光っている。

湖月はその刀に手を掛けた。

「えいっ――」

気合いとともに、刀の切っ先から水がほとばしったのである。

「頭、見ましたか」

と、隣にいる奈津之助が言った。

「見た段ではござらぬ」

と、智一郎が言った。

「あんな妖刀でも、女太夫の水からくりにされちゃ、形なしですな」

その年の六月、将軍家茂が江戸に帰り、智一郎たち雲見番も京を後にした。

一口《ひとふり》の妖刀は女太夫の湖月によって骨抜きにされてしまったが、残る妖刀はなお京に残り、そののち池田屋《いけだや》騒動、蛤御門《はまぐりごもん》の変などを起こしたのである。

「こんなものが出来たんですがね。〈酒屋さん麹《こうじ》〉というんですが」

「……なんですか。それは」

「山号寺号です。閑《ひま》な町人たちの言葉遊びで〈金竜山浅草寺《きんりゅうさんせんそうじ》〉といった寺号を洒落《しゃれ》にしたもの、です」

「なるほど、面白いですね」

「こういうのも出来ました。〈お爺さんもみ療治〉〈お染《そめ》さん恋路〉」

「それではわたしも一つ。〈桃太郎《ももたろう》さん鬼退治〉どうです」

「さすが頭《かしら》は頭のめぐりが速い。〈岡本屋《おかもとや》さん遊蕩児〉」

「岡本屋は吉原《よしわら》の遊郭ですね。では――」

と、言いかけて亜智一郎《あともいちろう》は口をつぐんだ。古山奈津之助《ふるやまなつのすけ》ははじめ気が付かなかったのだが、耳を澄ますと誰かが雲見櫓《くもみやぐら》に登って来る足音が聞こえてきた。

雲見櫓は江戸城中奥《なかおく》に建っている物見櫓で、中奥番衆《ばんしゅう》の番頭《ばんがしら》、智一郎と配下の奈津之助たちは一日中櫓の上に詰めて雲を見送っている。

雲見番の役目は、一応雲見櫓と中奥の警護だが、城内には至るところに番士が詰めているので、将軍が居住する中奥あたりになると、日日安泰でいざこざが起こることはまずない。それで雲見番は一日中空を見上げて、天気予報の真似事のようなことをしているのだが、この報告が重要視されたのは一度もない。

はたから見れば、江戸城広しといえ、これ以上の閑職があるとは思えない。

だが、雲見番には隠された役職が与えられている。それは将軍直属の機密機関で、このことは将軍つき側衆《そばしゅう》の鈴木《すずき》阿《あ》波守《わのかみ》正團《まさあつ》ほか、一と握りの者しか知らない。雲見番の妻でさえ、夫が将軍と間近に話ができるとは夢にも思っていない。

雲見櫓に登って来る足音をじっと聞いていた智一郎は、

「あの足音なら、阿波守様でしょうな」

と、言った。

智一郎はいい耳をしている。昔の忍者は一里四方に落ちる針の音を聞き分けたそうだ。それほどではないにしろ、耳のいいのは隠密方として有利には違いない。

智一郎が言ったとおり、鈴木正團は櫓に登って来ると、智一郎と奈津之助の前にあぐらをかき、いたずらっぽい顔で、

「〈亜さん一字〉というのはどうです」

と、言った。

正團はでっぷりとした体格で、髪に白いものが混っている五十代はじめ。丸に唐木瓜《からもっこう》の紋が

入った半 裃《はんがみしも》を着用し、懐《ふところ》からオランダ渡りのパイプを取り出した。

「なるほど、この櫓の上にいると、俗界を忘れてしまいますな。あなた方が閑な町人の言葉遊びをしている気持がよく判ります」

と、パイプをくゆらしながら、地上を見渡して、

「と、言って、私は山号寺号の仲間に入れてもらおうとしてここに来たわけではない」

「……はあ」

「ここでは毎日を長閑《のどか》にしていられるが、地上では尊王攘夷《そんのうじようい》の嵐が吹き荒れているのである」

大老井伊《いい》掃部頭直弼《かもんのかみなおすけ》は独断で日米修好条約に調印、反対派の公卿《くぎよう》、大名、志士らを片端から投獄した安政《あんせい》の大獄の翌年、桜田門《さくらだもん》外で暗殺されてしまった。この桜田門外の変のあと、各地で天狗党《てんぐとう》、天誅組《てんちゆうぐみ》、新撰組《しんせんぐみ》などが結成されて入り乱れ、寺田屋《てらだや》騒動や生麦《なまむぎ》事件、薩英《さつえい》戦争などを引き起こした。

「昨年、お上《かみ》は朝廷と幕府とが一致協力して国難を処理しようとする公武合体制を固めるため、江戸を出発、入京して二条《にじよう》城に入ったそのときは雲見番一行も同行したので記憶も新しかろう」

と、正團は言った。智一郎はちょっと髷《まげ》に手を当てて、

「そのときはたいした働きができませんでした」

将軍家茂《いえもち》は今年のはじめにも上洛《じようらく》したのだが、そのとき京都の御所や二条城の警備、防火にあたったのが浅草伝法院《あさくさでんぽういん》の新門《しんもん》の辰五郎《たつごろう》と、二百人の仔分たちであった。

その家茂は五月、江戸に帰っている。

「ところで、近ごろ失せ人《うびと》があった」

と、正團は言葉の調子を変えた。

「その者を探し出してもらいたいのだ」

「それはどのような者でしょう」

と、智一郎が訊いた。

「城内の御庭の者、支配下《しはいした》の二人なのだ」

御庭の者、一名御庭番。いつもは城内の庭を警護する役だが、一旦、事が起きると将軍直直《じきじき》に命じられて、その場からあらゆる場所に出掛けて行く隠密である。

ただし、時代が下るにつれ御庭の者は有名になり、気の利いた大名なら隠密の氏名人相、悉知《しっち》されてしまい、役に立たなくなった。

その穴を埋めるため、雲見番が起用されたのだが、御庭者はまだ隠密としての役割がなくなったわけではなかった。

「その二人は代代、御庭番御用を勤め、なかなかの切れ者だ。御庭番支配は角倉信之助《かどくらしんのすけ》、支配下は宝井数馬《たからいかずま》という二人である」

「その二人ならよく存じております」

と、智一郎が言った。

「角倉さんは隠密というものは、目くらましが必要だというので、忍術や曲技を研究していました。わたしは角倉さんから手妻を見せられたことがあります。なんともふしぎな芸でした」

「その反面、おっちょこちょいなところもあった」

その二人は長州《ちょうしゅう》（山口県）に向かったまま、消息を絶ってしまった、という。

「長州——尊王攘夷の過激派の巣ですな」

と、智一郎が言った。

「そう。昨年、長州藩攘夷派はアメリカの商船を襲撃して下関《しものせき》海峡から追い払い、続けてフランスの軍艦、オランダの軍艦を砲撃した。世事にうとい朝廷はこれを誉めたたえたが、公儀は困り果てて長州藩を叱った。だが、長州は公儀の叱責に耳を貸そうとはしなかった。もっとも、すぐアメリカ、フランスによって手痛い報復を受けたのだが、これによって長州藩は更に戦闘準備を強化させた」

長州藩尊攘派は朝廷から称賛を受けて恐悦しているのである。だから公儀の注意など耳も貸さない。

公儀はその長州藩の動向が気がかりで仕方がない。

そこで、老中有馬《ありま》遠江《とおとうみのかみ》守道純《みちずみ》は御庭番支配の角倉信之助と支配下の宝井数馬の二人を長州に放ったのだが、その二人の行方が判らなくなってしまった、というのである。

正團は言った。

「二人が長州に向かったのは、今年、上様が京から江戸へお帰りになった五月、そのすぐあとのことだった。二人は絵師とその弟子という姿で長州に入り、尊攘派が依然、勢力を強めていることを知った。そして、更に薩摩に潜入して、薩摩藩が大量の武器を調達していることを突き止めた。その資金は薩摩藩の密貿易だ、という」

角倉信之助は以上の報告を密書にしたためて公用の継飛脚《つぎびきゃく》に託して江戸に送った。

その後、二人は薩摩をあとにし、備中《びっちゅう》岡山へと向かった。

岡山には昔、儒学者、熊沢蕃山《くまざわばんざん》が開いた岡山藩校がある。盛んなときには五万坪もの敷地があり大勢の門弟が集まっていた。

その教えはのちの尊王攘夷に多大な影響を与えた。当然、幕府は危険視し、蕃山を禁錮にしてしまった。その残党の活動を探るのが信之助たちの役目である。

信之助たちは岡山に潜入し、大黒屋《だいこくや》という宿屋に泊って岡山城の城下町を探索したが、岡山には尊王攘夷が活躍している気配はなかった。

信之助は岡山からも密書を江戸に送ったのだが、それ以来、連絡がぷっつりと途絶えてしまった。

「角倉信之助になにがあったのか、気掛かりだ、と遠江守様は心配している」

と、正團が言った。

「そこで、雲見番の力を借りたい、と依頼されてきた」

と、正團は二人を見て、

「番方のあと二人、藻湖《もこ》猛蔵《もうぞう》さんと緋熊《ひぐま》重太郎《じゅうたろう》さんはどうしました」

「あの二人は非番でございます」

と、智一郎が答えた。

「いや、非番ならそれでよろしい。四人が連れ立って旅をすれば目立ちますからな。亜さんと古山さんなら、智力、腕力、一騎当千であるから、これ以上の相棒はない。あなた方に岡山で紛失した御庭番の二人を見付け出して来てもらいたい」

智一郎と奈津之助は雲見櫓を降りて、そのまま城を出、日本橋弓町《にほんばしゆみちよう》の裏通り、俗に蛙小路《かわずこうじ》へ急いだ。蛙小路には雲見番の役宅がある。役宅はひっそりとした仕舞屋《しもたや》で、富本豊絹大夫《とみもととよきぬたゆう》が暮している。豊絹大夫の本名はきぬ。白粉《おしろい》っ気のない三十前後の櫛巻《くしまき》で、きぬは二人の顔を見ると、

「今日はなんのご趣向でございますか」

と、訊いた。

「うん、巡礼になって、西国を旅することになった」

きぬはすぐ二階に案内し、簞笥《たんす》の中から白無垢《むく》の装束、脚絆《きやはん》、甲掛けを取り出し、次の間から笈《おい》と菅笠《すげがさ》を持って来た。

「巡礼になって、ご詠歌を唄《うた》えますか」

と、きぬが訊くと、智一郎は自信ありげに、

「それでしたら大丈夫。わたしの歌を聞いた人は、皆、ご詠歌のようだ、と言います」

と、答えた。

巡礼になった智一郎と奈津之助は、同行二人《どうぎょうににん》、東海道《とうかいどう》を上り大坂から京。これより山陽道《さんようどう》に入って、兵庫、神戸《こうべ》、明石《あかし》、姫路《ひめじ》を過ぎ、岡山城城下にある問題の大黒屋を探し当てた。

大黒屋は岡山城城下町の西のはずれにあり、宿場町では中ぐらいの大きさの宿屋だった。

部屋に入ると女中が茶菓子を運んで来た。上薬《うわぐすり》をかけない茶色の厚手の皿に、小ぶりな団子が三つほど。智一郎はその一つを口にして女中に言った。

「なかなかいい味だの。これはご当地の名物かな」

「へえ。吉備《きび》団子と申します」

「桃太郎さんが持って歩いていた、吉備団子がこれか」

「さようでございます。この近くには鬼ヶ島もございます。この土地の人は鬼之城《きのじょう》と呼んでおります」

「ほう。岡山にははじめて来たが、桃太郎さんのゆかりの土地とは知らなかった」

「お客さん、江戸の方でいらっしゃいますね」

「――こりゃ驚いた。いかにも江戸だが、どうして判った」

「この前も江戸のお客さんがお宿りなさいました。その方と言葉が同じでした」

「ほう――どんな方だ」

「絵描きさんと、そのお弟子さんです」

「絵描きはいいな。名所や景勝の地を絵にすることができる」

「でも、その絵描きさんはふしぎな方でございましたよ」

「絵は描かないのか」

「へえ。絵を描く様子はなくて、宿場町の銅物屋《かなもの》で、大きな釜を買い、お弟子さんと二人で担いで行きました」

「釜——飯をたく釜か」

「へえ。釜の口が二尺以上もありましたから、ご飯ならずいぶんたけるでしょう。あたしがずいぶん大きな釜ですね、と言いますと、絵描きさんは、ああ、人でも煮られると言いました」

「人を食った話だの」

女中と入れ違いに、番頭が宿帳を持って部屋に入って来た。

智一郎は宿帳に「江戸日本橋、酒問屋番頭市助《いちすけ》」と書き付ける。智一郎が町人に変装したときの変名である。奈津之助の変名は「江戸日本橋、提灯屋六兵衛《ろくべえ》」だ。

智一郎が帳付けをして、なにげなく宿帳を繰ってみると「江戸八丁堀《はっちょうぼり》、絵師小早川雲斎《こばやかわうんさい》」と「同、金二郎《きんじろう》」という文字が見えた。御庭番支配、角倉信之助と宝井数馬の変名である。

この二人は確かに大黒屋に泊っていたのだ。

智一郎は宿帳に名を書き終えると、

「この近くに、昔、桃太郎さんが鬼を退治したという、鬼之城というところがあるそうだの」

と、番頭に訊いた。

番頭は几帳面に宿帳を膝の上に乗せて、

「はい、村境の万成《まんなり》というところから入れます。山の頂上が鬼之城でございます」

「ここに桃太郎さんの鬼ヶ島があるとは知りませんでした。話の種に見物しておこうと思いますが」

「それはお止《よ》しになった方がようございます」

と、番頭は白髪《しらが》頭を横に振った。

「山への入口には棒杭が立っております。それには〈此道往来の旅人通るべからず〉とあります」

「ほう——なぜかな」

「山の上には深い洞窟がございまして、そこには山賊が住みついて、なにも知らずに通りかかる旅人を捕えて食ってしまう、といいます」

「わたしはそううまくはないと思うが」

「いや、連中はうまいまずいで人を食うのではないのです。立派な旅人を殺すと、その精神がその地にとどまるので吉なのです。あるいは聖人を食うと不老長寿になると信じられているそうです」

とすると、御庭番支配の角倉信之助は、見たところ金持ちの絵師だから、山賊に食われる資格は十分に備わっている。

智一郎は一瞬、信之助が食われてしまったのではないか、と疑った。

奈津之助もそう思ったようで、

「市助さん、鬼之城へ行ってみましょう」

と、腰を浮かせた。智一郎は、

「まあ、お待ちなさい」

と、押しとどめた。

よく考えると、信之助がここで大釜を手に入れた、という意味が判らないのである。信之助は大黒屋の女中にこの大釜なら人でも煮られると言ったそうだが、自分が煮られることになるかもしれない大釜を担いで大黒屋を出て行った、というのが判らない。

力自慢の奈津之助は、腕がむずむずするようで、

「山賊などひとひねりにしてみせます」

と、言った。智一郎は顎《あご》をなでて、

「山賊なら草鞋《わらじ》が三足必要ですな」

と、わけのわからないことを言った。

大黒屋の番頭はふしぎそうに二人を見較べて、

「このあたりを見物なさるのでしたら、鬼之城などより吉備津《きびつ》神社の方をおすすめします」

と、助言した。

「吉備津神社——有名なお宮さんなのか」

「はい。備前《びぜん》、備中、備後《びんご》、三備の一の宮と言われています。それに、名高い釜鳴《かまなり》の神事があります」

「釜鳴——釜が鳴るのか」

「はい。ふしぎでございますよ。吉備津の釜と申しまして、大釜を火にかけますと、突然うなり出します。風の向きによっては、ここまで釜の音が聞こえます」

「とすると、そう遠くはない」

「はい。ここから西に一の宮村という村がございまして、そこの吉備の中山《なかやま》という山の麓《ふもと》にあります」

智一郎はその釜が気になった。角倉信之助も大釜を手に入れて大黒屋を発ったと聞いたからだ。その上、ふしぎなことがとても好きな男だ。

「その釜鳴神事はいつ行なわれるのですか」

と、智一郎は番頭に訊いた。

「釜鳴はその音で吉凶を占うのですから、毎日、お供え物と一緒に執り行なわれます」

智一郎の考えはきまった。

「六兵衛さん、鬼之城はあと廻し。これから吉備津神社へ行ってみましょう」

智一郎と奈津之助は大黒屋の番頭から聞いた釜鳴神事の時刻をはかって、朝早く吉備津神社に向かった。

杉並木の参道の先が随身門で、神官に祈念を依頼すると、比翼入母屋造《ひよくいりもやづくり》の拝殿に案内された。拝殿で祈念を済ませたあと、二人は廻廊をつたわって御釜殿へ。

御釜殿は七間に三間、単層入母屋造、円柱《まるばしら》、本瓦葺《ほんかわらぶき》の建物だった。内部に入ると屋根裏が見通せる野天井《のてんじよう》、中央は板敷の広間で、北半分は床が一段と高く造られ、ここに二口一連の土竈《どがま》を置いて、それぞれに注連縄《しめ》を張った大釜がすえられていた。

板敷の広間には薄縁《うすべり》が敷かれ、すでに五、六十人の参詣者がかしこまっている。

智一郎と奈津之助はその後ろに着座して、二つの大釜を見較べた。

二つのうち、右手の竈《かまど》には火がたかれ、釜から湯気がゆるやかに立ち昇っている。釜の上には蒸籠《せいろう》が置かれているが蓋のかわりに載せられているのは編んだ萱《かや》の簀《す》だった。左の大釜はひっそりとしていて、釜鳴には使用されないようだ。

智一郎が着座してしばらくすると、二人の巫女《みこ》が静静と現れた。いよいよ神事のはじまりだ。

まず、神官が竈の前に平伏してから、祝詞《のりと》を奏しはじめた。

二人の巫女のうち、一人が手に持っていた松葉木を竈の口に投げ込むと、ひときわ火勢が強くなり、薄暗い殿内を照らし出す。

もう一人の巫女は大釜の後ろに廻り、釜の上の蒸籠の簀を払い、釜の中に生米をふりかける。

神官の祝詞がすすむうち、やがて釜は小さな唸りを立てはじめた。

しばらくすると釜音は大きくなり、あるいは高く、あるいは低く、釜音は腹の底にまで響き、祝詞の声もかき消されるほどだ。

そのうち釜がすっきり静まるのを待って、神官は参詣者の方を向いた。

「お聞きになったとおり、今朝の御釜は実によく鳴りました。これほど鳴ったのは珍しいことでござる。よって今日は大上上吉、運気強く意気大いに高まり、大飛躍の機会に恵まれる日であります。諸事思惑どおりに運びますが、力んだり背伸びをすれば急転直下に逆運を招くことをお忘れにならぬようお気をつけ下さい」

最後に苦言を付け加えることを忘れなかった。

参詣者たちは度肝を抜かれたようで、私語を交す者もいない。

やがて、一人が立って白紙に包んだ賽銭《さいせん》を竈前に置くと、我に返った参詣者は我も我もと賽銭を用意し、たちまち竈の前が紙包みの山になった。

参詣者は賽銭を置くと御釜殿を出て行き、最後に智一郎と奈津之助の二人になった。智一郎は神官に声をかけた。

「実にあらたかな御釜鳴の霊験、ほとほと感じ入りました。この神事は太古より続いているものなのでしょうな」

神官は折烏帽子《おりえぼし》を脱いで、額の汗を拭きながら、

「さよう。当社の縁起によると、第十代崇神《すじん》天皇のころ、この地に下られた吉備津彦命《ひこのみこと》をお祭りしてございます」

「はあ――」

「吉備津彦命はこの地で温羅《うら》という悪鬼を退治され、その首をこの御釜殿の竈の下に埋められましたが、その首は夜な夜な異様なうめき声を発して近里の者をおびえさせました。それで命《みこと》は温羅の妻、阿曾媛《あそひめ》に神饌《みけ》をたかせたところ、怪異は静まり、以来、釜鳴の高低によって、吉凶禍福を占うようになった、と言われます。それで、当社の巫女は阿曾女《あそめ》と申しております」

智一郎が言った。

「いい土産《みやげ》噺《ばなし》になります。ついては釜を近くで拝見したいのですが」

「どうぞ、気の済むまでご覧下さい。お国はどちらですかな」

「江戸でございます」

「なるほど、江戸の方はもの好き――いや、好奇心が旺盛ですな。この前も参詣に来た江戸の方が、絵描きさんだということで、この釜をすっかり図面に写し取って帰られましたよ」


智一郎と奈津之助は岡山を出て、山陽道を東へ。

歩きながら智一郎は奈津之助に言った。

「角倉さんのことですから、きっと方方で釜鳴神事を行なっていると思います」

奈津之助は首を傾げて、

「しかし、角倉さんは釜鳴の祝詞を知っているとは思えませんがね」

「なに、あれは神業でもふしぎでもない。道具さえ揃っていれば、誰でも釜を鳴らすことができるのですよ」

「――本当ですか」

「普通の釜で飯をたいても、釜が鳴るじゃありませんか。それを大きく鳴るように工夫したものです」

「すると？」

「釜の中には湯が入っていて、釜の上には蒸籠が載せられている。蒸籠の上には編んだ萱の簀が置かれていましたね。巫女が竈の口に松葉木を投げ込んで火の勢いを強くする。次に蒸籠の簀を取って、中に生米を入れる。すると、釜の湯が盛んに沸騰《ふっとう》しますから、周囲の空気がどっと釜の中に流れ込み、このとき音を立てるわけです」

「なるほど」

「ただ、むずかしそうなのは蒸籠の中にふりかける米の分量と均《なら》し方でしょうな。それがうまくいけば、誰が行なっても釜が鳴ります」

「つまり神主の祝詞は必要ないのですね」

「まあ、強いて言えば、祝詞をとなえながら、釜の湯が沸騰するのを待っているわけですから、祝詞でなくカッポレでもカンカンノウでも釜を鳴らすことができます」

智一郎の言う通りだった。

姫路の城下町に入って町の人に訊くと、ありがたい人が来て、姫路の八幡宮で釜鳴神事を行ない、吉凶を占ってくれた、と言う。吉備津の釜はここでも有名だったが、わざわざ岡山まで行った人は少ない。

姫路では大勢の人が神事を参詣しに来て、多くの賽銭が集まったらしい。

姫路の次は明石、兵庫でも信之助は釜鳴神事を行なっていた。

「釜を一つ持っておくだけでいい。うまい商売ですな」

と、智一郎が言った。

奈津之助はうなずいて、

「この味をしめたら、なかなか江戸へ戻る気にはならないでしょう」

と、言った。

二人は信之助の後を追いながら、京に入り伏見稲荷《ふしみいなり》大社にたどり着いた。

伏見稲荷は全国の稲荷の総本家である。

鳥居の傍には鍵をくわえた石の狐が建っている。

本殿は流造《ながれづくり》で、左には若宮、右には神輿《みこし》庫、神饌《しんせん》所、能楽殿、祭器庫が建ち並び、本殿の後ろには神木の杉林が鬱蒼《うっそう》と生い茂っている。

釜鳴神事はその神饌所で準備されているところだった。

神主の衣装を着た角倉信之助と宝井数馬は神饌所にいて、働き手たちにいろいろ指図しているところだった。

信之助は智一郎の顔を見ると、びっくりした顔になった。

「これは雲見番の。意外なところでお目にかかります」

「意外でもふしぎでもないのですよ」

と、智一郎は言った。

「わたしたちはあなたを探しに来たのですよ」

「――と、いうと?」

「呑気なことを言っちゃ困ります。あなたは長州に行ったきり、行方が判らなくなってしまったじゃありませんか」

「それはおかしい。わたしは長州から岡山に入りましたが、その都度書面を遠江さまに送っていました」

「確かに、岡山の大黒屋にいたまでは判っています。その後のことです」

「その後、わたしはかねがね噂に聞いていた、岡山の吉備津神社へ寄ったのです。わたしの仕事は一段落し、そこで、思うことがあり、しばらくこのあたりで滞在する、そう書き送りました」

「遠江さまはそれをご存知ないので心配していられるのですよ」

「それは、知りませんでした」

信之助の話によると、帰国が遅れるという書状も飛脚に托したのだが、なんらかの手違いがあったかして、書状は江戸に届かなかったのだろう、と言い、平謝りに謝った。

そう言ううちにも刻刻と釜鳴神事の参詣者が集まってくる。

「わたしも吉備津神社へ行き、釜鳴神事を見て感心しました」

と、智一郎が言った。

それを聞くと信之助ははじめて硬かった表情をほぐした。

「そうですか。わたしも同じでした。ただ、わたしは大勢の参詣者たちが釜が鳴り出すのを見てびっくりするのがとても心に残りました。それで、わたしも大勢の人を驚かせたいと思い、釜鳴神事の段取りや道具類を書き留めて神社を後にしたのです」

殿内が参詣者で一杯になると、信之助は神事をはじめた。

信之助が怪し気な祝詞を読むうち、二人の巫女が段取り通りに釜の湯を沸騰させ、中に米を入れる。

だが、どうしたことか、いつまでたっても釜が鳴り出さなかった。

それを見ている信之助は少しも動じなかった。

祝詞を止め、信之助は参詣者の方を向いて、

「ご覧のとおり、今日は全く釜が鳴ろうとしません。これはよくないしるし。これから不吉な凶事が起こる前兆でありますから、皆さん、くれぐれも用心して早く家に帰られますよう」

と、言った。

それまで、尊王攘夷の嵐が吹き荒れていた京の町は、厳戒下におかれ、会津《あいづ》見廻組と町奉行所が警備に当たり、一時、平穏を取り戻したかに見えた。

だが、そのうち武芸に勝《すぐ》れた浪士を集めた新撰組は、志士の名のもとに、長州浪人に対して容赦ない剣をふるいはじめた。京の町に血の流れない日はないありさまになった。

元治《げんじ》元年六月、祇園《ぎおん》祭の夜、池田屋《いけだや》の変をきっかけに、長州藩は形勢挽回のため、大勢の兵をひきいて上洛、ついに諸藩の兵と、京都御所、蛤《はまぐりご》御門《もん》附近で戦いが起こり、この禁門の変で、京の町はその大半を焼き尽してしまった。

逆鉾《しやっちよこ》の金兵衛《きんべえ》

「ねえ、頭《かしら》。奥という字を二つ書いて、何と読むでしょう」

「……奥奥《おくおく》、じゃ変哲ないですな」

「そうです。これは奥奥《おうおく》（大奥）と読みます」

「なるほど」

「じゃ、灰を二つ並べると？」

「大奥と同じ趣向ですな。とすると灰灰《はいかい》（俳諧）でしょう」

「さすがです。では、もう一つ。寄という字が二つだと」

「……寄寄《よりき》（与力）ですか」

「谷の字では」

「谷谷《こくたに》（古九谷）でしょう」

「どんどんいきます。今度は家の字にしましょう」

「家ですと家家《かや》（蚊屋）です」

雲見櫓《くもみやぐら》の上、雲見番番頭《ばんがしら》の亜智《あ》一郎《ともいちろう》をはじめ、番方の四人が、朝、登城をして役職の雲見櫓に登って空を見上げていたが、この日は寒さも遠退いた花曇《はなぐもり》で、うっかりすると居眠りが出る。眠気ざましに駄洒落《だじゃれ》問答をしていると、ふと、智一郎が口をつぐんだ。

戦国時代の忍者は、一里四方に落ちる針の音を聞き逃さなかった、という。江戸城雲見櫓の警護役、雲見番番頭の智一郎も耳がいい上に、勘が異常に鋭い。

予想通り、櫓の階段を昇ってくる足音が聞こえ、でっぷりした体格の男が姿を現した。将軍側衆《そばしゅう》の鈴木《すずき》阿波守《あわのかみ》正團《まさあつ》、六十を越した福相で、麻の半裃《はんがみしも》は栗色の渦巻小紋だった。

正團は智一郎の前にどっかりと胡坐《あぐら》をかき、しばらく外を見渡していたが、

「ときに頭。小の字を二つ並べると何と読むかな」

と、いたずらっぽい顔で訊いた。智一郎はしごく真面目《まじめ》な顔で、

「小の字なら小小《こしょう》（小姓）でしょう」

と、答えた。

「では、穴の字では？」

「……穴穴《けつあな》（尻穴）ですか」

「尻穴……いかん。これはわしが悪かった。こういう遊びは下品であってはならぬ」

正團はそう言って、懐《ふところ》からオランダ渡りのパイプを取り出した。

「なるほど、この櫓の上から見下ろす桜はまた格別ですな。ここで一杯やりながら駄洒落問答などしていれば、ずいぶん寿命も延びるでしょう。気のせいか、ここで呑む煙草《たばこ》もうまい」

正團は最近手に入れたという自慢のライターでパイプに火をつけながら、

「だが、今、地上ではそれどころじゃあない。大老、掃部頭《かもんのかみ》様が独断で日米修好通商条約に調印して以来、桜吹雪が吹き荒れて止《と》まるところを知らない」

井伊《いい》掃部頭直弼《なおすけ》は日米条約に反対する公卿《くぎょう》、大名、志士たちを片端から投獄した安政《あんせい》の大獄の翌年、桜田門《さくらだもん》外で暗殺されてしまった。この桜田門外の変のあと、各地で天狗党《てんぐとう》、天誅組《てんちゅうぐみ》、新撰組《しんせんぐみ》などが結成され、多くの騒動や事件を引き起こした。

「そして今年（元治《げんじ》二年）に入っても、江戸は開国、京は攘夷《じょうい》と、議論は真っ二つに割れたまだ。もし、江戸で攘夷を口にすれば、その者の首はたちまち飛んでしまう。反対に京で開国を説く者あれば、その息の根は絶たれてしまう。こうした世の中の乱れは人心を不安にし、このところ、物価が鰻《うなぎ》登りにはね上がっている」

智一郎はうなずいて、

「そう言えば、昨日食べた鰻丼もかなり高くなっていて肝をつぶしました」

「鰻の肝がつぶれたのでは味気ないですな」

「これからは鰻ではなく、泥鰌《どじょう》を食べることにしましょう」

正團は嫌な顔をして、

「そんな呑気なことを言っていると、目高《めだか》も食べられなくなりますな」

と言って、パイプの煙を智一郎に吹きつけた。

「こうした世の混迷に乗じて、浪人たちが江戸に集まって商家に押し入り、強盗を働く。あるいは、偽勤王《きんのう》派や佐幕派が現れて、勤王の名のもとに軍資金を強要する。江戸市中は浪人の強盗、辻斬りの横行で、日暮れになると出歩く者もいなくなった。とても、鰻や泥鰌を食べている場合ではない」

正團は櫓の上にいる雲見番衆を見渡した。

番頭の智一郎をはじめ、短筒の名人、藻湖《もこ》猛蔵《もうぞう》、大力無双で、背には普賢菩薩《ふげんぼさつ》の彫物《ほりもの》がある古山奈津之助《ふるやまなつのすけ》、ただ一人、名に似合わず臆病で安政の大地震のとき左腕を失った緋熊重太郎《ひぐまじゅうたろう》の四人である。

「ところで、昨夜、毛利大膳太夫《もうりだいぜんのたゆう》様のお屋敷に、賊が押し入った、という」

「毛利様のお屋敷は、日比谷御門《ひびやごもん》外ですね」

と、智一郎が言った。毛利家は萩《はぎ》藩三十六万石、高家《こうけ》に次ぐ家格を持っている大名である。

「このごろ、少なからぬ大名家が盗賊の被害を受けている。というのは、町の商家より、武家屋敷の方が、賊は仕事をしやすいのだそうだ」

「――武家屋敷は門の出入りが厳重で、屈強な若侍も多くいるはずですが」

「それが、そうでもない。馴れた盗賊なら、高い塀などわけなく乗り越えてしまう。そして、奥向きに忍び込めば、たとえ見付かっても、表の侍は自由に奥へ入ることはできない。奥の女はたやすく表に出られない。また、屋敷の財産は自分たちのものでないので、下手《へた》に賊に手向かいして疵《きず》でも負うようなことがあってはつまらない。また、盗賊に入られたとあっては家の恥辱であるから、表向きにはしたくない」

「なるほど」

「これが商家なら、財産を奪われれば、たちまち困窮するから、必死で賊に立ち向かうはずだ」

「おっしゃるとおりです」

「それで、毛利家に押し入った賊は、屋敷の塀を乗り越え、奥向きに侵入した。それも一人や二人じゃあない。四、五人が徒党を組んでいたそうだ。盗まれた金は二十両。毛利家にとっては高の知れた額だが、盗品の中には金には替えられないものもあった。たとえば『日本霊異記《にほんりようい き》』一巻。これは写本だが、平安期に写されたごく古いもので、城内にある紅葉山《もみじやま》文庫の書物奉行、筑波外記《つくばげき》殿に話を聞くと、文庫に収められているものよりも古く、たいへんに稀重な書物だという」

「そういうものは、賊が持ち出しても金に替えるのは難しいでしょう」

「うん、うかつなところに持ち込めば足がつく。賊はわけもわからず闇雲に盗《と》って行ったのだろうが、賊はそれと知って、その盗品を荷厄介《にやっかい》に思っているだろう。それを口惜しがって、賊は再び毛利家を狙うかもしれない」

「最初のときと違い、馴れていますから。吉原《よしわら》でも初回より裏を返した方が——いや」

智一郎は言いかけて、おほんと咳をした。

正團は続けて、

「毛利殿とお上《かみ》は同い年、幼少のころ学問や武道を一緒に学んだ仲であるから、お上はこのことを聞いて心を痛めていなさる。毛利家にはもちろん番衆がいるはずだが、こういうざこざには不馴れだろう。そこで、あなた方が行って、一肌脱いでもらいたい」

「承知いたしました」

「それでは、とりあえず、亜さんと古山さん。ご苦労だがお願いします」


「まったく今どきの若い者はだらしなく無能でござるわ」

と、毛利家の広敷《ひろしき》用人、稲葉《いなば》達左衛門《たつざえもん》忠休《ただやす》は智一郎と奈津之助を前にしてぼやいた。

「昨夜、当家の奥に賊が押し入ったとき、機敏な女中がすぐ急を知らせに来た。そのときも若侍たちは龕灯《がんどう》に火を入れろとか言ってまごついておる。中にはわれわれはみだりに奥へは入れぬ、重役の許可を得なければならぬなどと言い出す者もおって、みすみす賊を取り逃してしもうた」

達左衛門は七十歳前後、白髪《しらが》の髷《まげ》を小さく結っている小柄な老人だが、言動は年を感じさせないほど威勢がいい。

「と言って、若者をあなどっていると、いざ勝負となると年寄りに対して遠慮というものがござらぬ」

「若者と武術をなさいますか」

と、智一郎が訊くと、達左衛門は采《さい》を振る手つきをして、

「なに、この方じゃ」

と、言った。

「だいたい盗賊は金を奪っても、これはもとよりあぶく銭でござるから、使う場所は知れておる」

「北国《ほっこく》――吉原でございましょう」

「さよう。吉原といえば――古山さんの彫物で思い出したのじゃが、以前、京町《きょうまち》一丁目の岡本《おかもと》屋《や》に白蘭《びゃくらん》という花魁《おいらん》がおって、この者の身体《からだ》にはそれは美事な娘道成寺《どうじょうじ》の彫物が入っておった。だが、残念なことに白蘭はさる大家の主人に落籍《ひか》されてしまったが、拙者は今でもその白蘭の彫物を――いや」

達左衛門が口を濁したので、智一郎が訊いた。

「それで、昨夜、お屋敷へ忍びこんだ賊の面体《めんてい》など、気付かれた点などございますか」

「さよう、四、五人の賊はいずれも黒装束で顔を隠しておったが、一人だけ希《まれ》に見る大男だったという。この男が賊の首領らしく、いろいろ指図していたそうじゃ」

「賊はどれほどの刻限、お屋敷にいたのでしょう」

「さして長くはなかった。線香一本分もなかった」

「ぐずぐずしていないところを見ると、もの馴れた賊のようですな」

「ところで、亜さんは将棋をさしますかな」

「はあ、上手ではありませんが」

「それはよかった。これから夜は長い。お手合わせねがいましょう」

達左衛門は手を叩いて若侍を呼び、将棋盤を持って来させた。

盤の上に駒を並べ終えると、

「ただ指すだけでは張合いがござらぬ」

と言い、盤の横に一分銀を置いた。智一郎もそれにならい、一分を取り出す。

一局目は智一郎の勝ち。二局目は奈津之助が替ってさし、最後のところで逆転負けをして一分銀を取られた。三局目、智一郎が相手をしている途中で、

「亜さんはお酒をおあがりかな」

と、達左衛門が訊いた。

「はあ、たしなむ程度ですが」

「それは嬉しい。拙者は酒が入った方が頭のめぐりがよくなります」

「しかし、これから宿直《とのい》でしょう。宿直のわたしたちが、酒を呑んでいては不都合ではございませんか」

「なんの、酒の一升や二升呑んでも、よたよたになるような男ではござらぬ」

達左衛門は再び手を叩いて若侍を呼び、酒の支度《したく》を命じた。

達左衛門が言うとおり、酒が入ると俄然、将棋が強くなった。だが、それもわずかなうちで、
達左衛門の負けがこんできた。

達左衛門、呑みっぷりがいいのである。

「どうも、将棋というものはまだるっこしいですな」

達左衛門はまたも一分銀が智一郎の手に取り上げられるのを見て口惜しそうに、

「やはり、釆と壺の方が――」

そのとき、やにわに奈津之助が脇差をつかむと障子を開けて外へ飛び出した。この大力無双の男は、なにかのもの音とただならぬ気配を感じ取ったらしい。

たちまち、何人かの叫び声が聞こえた。智一郎が駈けつけると、奈津之助が塀のそばに棒立ちになっていた。

「すばしっこい奴らだ。もう少しのところで取り逃してしまった」

奈津之助は片手にぶらさげているものを智一郎に見せた。

「この草履《ぞうり》に手がかかったんですが、奴は脱ぎ捨てて逃げて行った」

奈津之助が草履を捨てようとするのを、智一郎が手にして、

「ごらんなさい。この草履の鼻緒は変わっているとは思いませんか」

「そうですね。普通の鼻緒よりも、ずいぶんと太い」

「それに、鼻緒に巻かれている布が絹です。その上、いろいろな色がつけられているでしょう」

「――なるほど。珍しい柄です。もとはどんな柄だったんでしょう」

「いや、この色は染めた柄じゃなさそうですよ」

「と、いうと？」

「紺屋《こうや》の試し布《ぎれ》のような気がします。紺屋ではいろいろな染料を調合して生地を染めますが、調合した染料を端布《はぎれ》につけて色合いを点検する。そのときの試し布だと思うんですがね」

「なるほど。それで、いろいろな色がごちゃごちゃにつけられているんですね」

「ですから、この草履を作ったのは色染屋に関係している者にちがいありません。染屋が使い古していらなくなった試し布を、この草履の鼻緒に利用したわけです」

二人が座敷に戻ると、達左衛門は四つん這いになっていて、

「面目ござらぬが、酒を呑みすぎたようで、腰が立たなくなった」

と、むにゃむにゃ言った。

「この草履の片方を探さなければなりませんね」

と、智一郎が言った。

「染めの試し布で鼻緒を作ったとすると、鼻緒に使う布はわずかですから、まだ残りがあるはずで、それを使ってなくなった片方を作りなおすかも知れません」

「とにかく変わった鼻緒ですから、履いていればすぐ判りますね」

と、奈津之助が言った。智一郎はうなずいて、

「しかし、江戸は広いですから、歩いている人の足元を片端から見て廻ることはできません」

「とすると、大勢の人が履物を脱いで集まるところ。寄席とか芝居の下足番を訪ねたらどうです」

「吉原も沢山《たくさん》人が集まります」

それを聞くと、達左衛門は急にしゃっきりとして坐りなおし、

「吉原でしたら拙者にまかせていただきたい。拙者十五のときからこの日まで、ざっと六十年

も吉原に通い続けておる。では、さっそく出掛けましょう」

と、言った。

そのまま毛利家の屋敷を出て、近くの船宿から猪牙船《ちょきぶね》を誂《あつら》え、三人は船に乗って日本堤《にほんづつみ》へ。船を降りると前が吉原の大門。大門番所には金魚《きんぎょ》の岩治《いわじ》という御用聞きがいて、達左衛門とは顔馴染みだという。

岩治は達左衛門の顔を見ると、

「こりゃあ裏縞《うらしま》の旦那、何かお忘れものですか」

と言った。

「なに、忘れものじゃございらぬ」

「旦那は一昨日《おととい》もお見えになったばかりですからてっきりお忘れものかと——今日もお遊びとはお元気なことで」

「なんだその言葉は。お前は拙者を年にしては腎張《じんば》りだと思っているな」

「とんでもないことでございます」

「だが安心しろ。今日は遊びじゃない。詮議があって来た」

達左衛門は例の草履を取り出して見せ、毛利家に忍び込んだ賊を探しているのだ、と言った。

「さようでございましたか。なに、探すのはわけはねえ。ちょっとお待ちなすって」

岩治はすぐ若い者を呼び寄せる。若い者は指図を聞くとすぐ駈け出し、ほどなく帰って来た。

「親分、それと同じ草履を履いた男なら、さきほど五人連れ立って岡本屋に上がったそうです」

それを聞くと達左衛門は、感心したような顔になり、

「はて、妙な縁だの。拙者も一昨日は岡本屋へ登楼したばかりだ」

と、言った。岩治は気色ばんで、

「盗んだ金で女を買うとは太い奴らだ。すぐ、しょっ引きましょう」

と言うのを、達左衛門は押しとどめて、

「まあ、そうあわてることもござらぬ。今、事を荒立てて縄付きを出そうものなら、岡本屋でも迷惑するであろう。ここはそっとしておき、明朝、一味が大門を出たところで一網打尽にしましょう」

「そうですねえ。そうすりゃ岡本屋も助かるでしょう」

「明朝まで、われわれも岡本屋で一味を見張ることにしましょう」

吉原の大門を入った大通りが仲の町《なかちょう》。

吉原もちょうど花の盛り。遊郭に花を植えるのは唐土《もろこし》の風習で、吉原はそれに倣《なら》ったのだという。

仲の町の大通りから突き当たりの水道尻《すいどじり》まで、道の中央に欄干《らんかん》を作り、その中にいろいろな花を植える。ちょうど気候もよく、遊びの客や見物客が集まって祭のように大賑わいだ。

岡本屋は仲の町の奥、京町一丁目に店を構えている半まがきという中流の見世である。

見世の前に立つと、すぐ若い衆が寄って来た。

「これは裏縞様、ようお越しで」

「今日は忘れものを取りに来たんじゃねえ」

「はあ？」

「なに、こっちのことだ。お客様をお二人お連れした。よろしく頼む」

「かしこまりました」

若い衆が先に立ち、広い階段を登って二階へ。三人を引付《ひきつけ》座敷という明《あき》部屋へ案内する。

若い衆と入れかわりに禿《かむろ》が煙草盆や広蓋《ひろぶた》、銚子などを運んで来る。

一杯やりながら待っているとほどなく岡本屋の女将《おかみ》が顔を見せる。女将は愛想よく三人に酌をした。

「今日は忘れものを取りに来たんじゃねえ」

と、達左衛門は言った。

「さっき、若い衆にも言ったのだが、このお二人をお連れした」

「ごひいきにしていただき、ありがとうございます」

「お二人はご城中にお勤めの偉いお方で、今日はお忍びのお遊びである。こちらのいい男が市《いち》助《すけ》さん。将棋が滅法にお強い」

言われて智一郎は酒にむせそうになった。

「そのお隣りが六兵衛《ろくべえ》さん。釣鐘《つりがね》を一人で持ち上げるほど力のあるお方じゃ」

「まあお頼もしいお方でございますね。ではどの妓《こ》を呼びましょう」

「拙者は矢張り白蘭を――いや、白蘭はもうここにはいなかった」

「白蘭さんが落籍されたあと、裏縞さんの相方はいつも玉手《たまて》さんでございます」

「うん、玉手もいい妓じゃ」

「お二人のお連れさまのお見立ては？」

「いや、この方たちは格子《こうし》の中の女をあれこれ品定めするような野暮ではない」

「さようでございますか。ではわたしがいい妓を見立てましょう」

女将はそばにいる禿になにか耳打ちをした。禿はうなずくと座敷を出て、すぐ三人の女と共に戻って来る。

三人は床の間を背に坐ると、揃って頭を下げる。

玉手箱に宝尽しの模様を描いた上衣《うわぎ》を着ているのが玉手。

「中の妓が雲衣《くもい》さんで、その向こうが飛蝶《ひちょう》さん」

と、女将が言った。

雲衣は四季の草花の上衣、飛蝶は観世水《かんぜみず》に蝶。それぞれ頭は島田髷に二枚櫛《ぐし》、べっ甲の簪《かんざし》を八、九本もさして、まるで後光のように飾っている。

達左衛門は雲衣と飛蝶を見較べていたが、

「はて、見覚えのある妓だが」

と、首をかしげた。女将はにこっとして、

「お忘れですかねえ。もと白蘭さんについていた禿でござんした」

「おお、そうだ。ずいぶん立派な花魁になったの。言われなきゃ判らぬわ」

「雲衣さんは将棋が上手でございます」

「そうか。それなら市助さんの相方になってやりなさい」

「飛蝶さんは踊りが上手でございます」

「じゃ、六兵衛さんに見せてやりなさい」

と、三人は禿に手を引かれてそれぞれの部屋へ向かった。


翌朝、三人は朝早く起きて、女たちに送られて大門を出る。五十間道《ごじっけんみち》から日本堤に出て、五人の賊が大門を出て来るのをそっと待ち受ける。

「どうでした。昨夜の首尾は」

と、達左衛門が訊いた。

「いやもう、夜っぴて将棋に付き合わされて、もうふらふらです」

と、智一郎が答えた。

「じゃ、古山さん、飛蝶さんの踊りはいかがでしたか」

「それが、あんな力の強い女には会ったことがない。一晩中腕相撲《うでずもう》の相手をさせられて、もうくたくたです。稲葉さんはいかがでしたか」

と、奈津之助が訊いた。達左衛門は懐手をして、

「こっちはずっと釆を振り続けていまして、だいぶ金を巻き上げられました」

と、憮然とした顔で言った。

「お互い、色男は難儀ですな」

と、奈津之助が言った。

それからしばらくして、大門から五人の男が姿を現した。五人とも太い鼻緒の草履をはいていた。

すると、どこにひそんでいたのか、大勢の捕方がわっと現れ、たちまち五人に縄をかけてしまった。


「呼という字を二つ書くんですがね」

「それなら呼呼《よぶこ》(呼子)でしょう」

「じゃ、渡を二つ並べると?」

「渡渡《とわたり》(門渡り)ですか」

雲見櫓の上、雲見番衆の四人が駄洒落問答をしていると、将軍側衆の鈴木正團が櫓の階段を昇って来た。

正團は四人の前にどっかりと胡坐をかくと、懐からパイプを取り出した。

「昨夜は五人組の賊を捕り押さえたそうで、ご苦労でした。今朝、毛利家から使者が来て、礼を言って帰って行った」

「いや、微力ながらお役に立てば結構でした」

と、智一郎が言った。

まさか、一晩中、吉原で遊んでいたとは言えない。

正團はパイプをくゆらしながら、

「ところで、太い鼻緒の草履を作っていた者も判った。大門番所の金魚の岩治の子分たちが江戸中を駈け廻って、やっと突き止めた、と言う」

「それはなによりでした」

「賊の首領は逆 鉾《しやっちょこ》の金兵衛《きんべえ》という男で、金兵衛の妹がおつるという名で、深川《ふかがわ》の型万《かたまん》という小紋染屋で働いている。染屋は雨の日は仕事にならないので、そういう暇な日におつるはせっせと草履の鼻緒を作っていた。鼻緒の材料は染の仕事で使い終った試し布を使っていたのだ」

「その鼻緒を特に太くしたことに、理由はあるのですか」

「うん、仲間を見分けやすくするためだった。盗みの仕事はとかく夢中になって、もし見つかって大勢に立ち向かわなければならなくなると、敵味方がまぎらわしくなる。そうしたとき目立つように草履の鼻緒を太く作っているのだという」

「なるほど」

「それに、草履は縁起物だからな。昔から村境や門に草履をかかげて魔除けにする習わしがある」

「浅草《あさくさ》の浅草寺《せんそうじ》の仁王門《におうもん》には大草鞋《わらじ》が信者から奉納されていますね」

「そう。金兵衛の妹のおつるも、兄の無事を祈りながら、暇な日になると、せっせと鼻緒を作っていたのだろう」

「そう思うと、おつるがいじらしくて可哀相です」

「うん。本来なら、賊の手助けをしたことになる。おつるもただじゃ済まないところだが、奉行所はおつるの心を察して、なにも咎《とが》め立てないことにしたそうだ」

「それはようございました。これで、一件落着ですね」

「ところで、八を二つ並べると何と読むかな」

「八八《やっはし》（八つ橋）でしょう」

それから一と月ほど後、年号が改まり、元治二年四月から慶応《けいおう》と改元された。

喧嘩《けんか》飛脚《びきやく》

「ねえ、頭《かしら》。さっきから考えていたんですがね」

「……まさか、尊王攘夷《そんのうじようい》でこの国がどうなるか、などではないでしょうね」

「はあ、そんな野暮なことで頭を痛めたりはしません」

「では、どんなことです」

「片目《かため》の目高《めだか》というのです」

「……なんです、それは」

「カタメという字を組み換えます。するとメタカになりますね。それをつなぎ合わせて、片目の目高です」

「なるほど」

「切《き》り出《だ》しで舌切《したき》り、というのもできました」

「じゃ、わたしも。……神田《かんだ》で啖呵《たんか》、というのはどうです」

「なかなか結構です。では、もうひとつ。島田《しまだ》で欺《だま》し」

江戸城中奥《なかおく》に建っている雲見櫓《くもみやぐら》の上。

七月、盂蘭盆《うらぼん》が過ぎてほどなく、地上は暑さも一段落し、雲見櫓の上は爽やかな風が通り過ぎるので快い。ただし、ぼんやり空を見上げていると、つい居眠りがでてしまう。上番中《じょうばん》に眠るなどできることではない。眠気ざましに番頭《ばんがしら》の亜智一郎《あともいちろう》と、配下の緋熊重太郎《ひぐまじゅうたろう》が駄洒落《だじゃれ》問答をしているところだった。

「それでは旅籠《はたご》で煙草《たばこ》——」

智一郎はそう言いかけて、ふと口をつぐんだ。

戦国時代の忍者は、一里四方に落ちる針の音でも聞き逃さなかった、という。雲見櫓の警護役、智一郎も耳がいい上に、勘が異常なほど鋭い。

はたして、櫓の階段を昇ってくる足音が聞こえ、でっぷりとした体格の男が姿を現した。将軍側衆《そばしゅう》の鈴木阿波守正圀《すずきあわのかみまさあつ》。六十を越した福相で、三本紹《さんぼんろ》の鳶《とび》色の石垣小紋の着物に麻裃《あさがみしも》だった。

正圀は智一郎の前にどっかりと胡坐《あぐら》をかくと、いたずらっぽく、

「櫓《やぐら》は楽《らく》や」

と、言った。

「これは、恐れ入りました」

と、智一郎が言うと、正圀は懐《ふところ》からオランダ渡りのパイプを取り出した。

「文字の組み換えなら、まずいろは歌。昔の人はとんでもない歌を作りましたな。それを作った人は、きっと閑《ひま》を持てあましていたのでしょう」

と、自慢のライターを取り出してパイプに火をつけた。正團はうまそうに煙草をくゆらしながら、

「四十八文字の仮名を重複せずに全部を使って歌を作るという思いつきは、いろは歌ができる前にもありました」

「あめつち、ですね」

「そう。頭、それを覚えていますか」

正團に言われて、智一郎は少し目を白黒させていたが、もの堅く坐り直して口を開いた。

「あめ　つち　ほし　そら　やま　かは　みね　たに　くも　きり　むろ　こけ　ひと　いぬ　うへ　すゑ　ゆわ　さる　おふせよ　えのえをなれゐて」

「さすが、頭は偉い」

と、正團は満足そうに言った。

「つまり、いろは歌はあめつちの歌を組み換えたものだといっていいでしょう。こういう歌を作る人なら、たぶん俗界を離れた雲見櫓のようなところに住んでいたでしょう」

正團は智一郎と重太郎を見較べて、

「雲見番のあとの二人はどうしました」

と、訊いた。

「藻湖《もこ》猛蔵《もうぞう》は短筒の稽古《けいこ》をしております」

「うむ。藻湖どのはお上《かみ》から拝領した短筒を持っておったの。だいぶ、腕は上達したかな」

「はい、石を投げ上げて、撃ち落としたりします。まず、百発百中でございます」

「む。頼もしいな」

「古山奈津之助《ふるやまなつのすけ》は上様の御進発《ごしんぱつ》に従って、京に行っております」

「おお、そうであった。幕府軍が江戸を発ったのが昨年の五月であった。あれからざっと一年がたつ。今度の長州《ちょうしゅう》征伐には手古摺《てこず》っているようだの」

将軍家茂《いえもち》が尊王討幕の急進派、長州征伐を断行したのはこれがはじめてではない。

元治《げんじ》元年（一八六四年）の七月、形勢挽回のため上京した長州軍は幕府軍と京都市内で交戦。最も激しかったのは京都御所外郭西側の蛤御門《はまぐりごもん》だった。

ところが、長州軍の放った大砲の流れ弾がこともあろうに御所内に飛び込んでしまった。

この蛤御門の暴動は幕軍にとって長州藩を圧伏する絶好の機会であった。

幕軍はただちに征討軍を派遣したが、たまたまそのとき長州では英、米、仏、蘭の連合艦隊が下関《しものせき》に来襲して藩内が危殆《きたい》に瀕したので、幕軍と戦ってはいられなくなった。長州軍は騒動の主謀者を処刑し、幕府に恭順の意を表して長州に引き上げていった。

そして年号が慶応《けいおう》と改元された翌年、一度服罪した長州藩が、軍を立て直し、外国から大砲や小銃などを仕入れ、その上藩ぐるみで密貿易をしている疑いがある、という理由で、再び幕府軍は長州征伐に踏み切り、江戸城を出発して東海道《とうかいどう》を西に向かった。

「御進発は昨年の五月十六日であった」

と、正團は言った。

「この日、お上は錦《にしき》の陣羽織に陣笠。金扇と銀三日月の馬標《うまじるし》を立てたのは、神君徳川家康《とくがわいえやす》公が関《せき》ヶ原《はら》に御進発なされたときの例にならったのだという。歩兵、騎兵、砲兵が前後を警護して、老中、若年寄たちも随行して、それは威風堂堂たるものであった」

「それを真似て大騒ぎした町人もいました」

と、智一郎が言った。

「うん。御進発の仮装行列をした茶人がいたな。〈御膳汁粉〉の馬標を立て、三味線《しゃみせん》を鉄砲、味噌漉《みそこし》を太鼓に見立て、芸者を交えた三十人ほどが、向島《むこうじま》でどんちゃん騒ぎをしたが、翌日代官所に呼ばれて大目玉を食らった。だが、この者たちを馬鹿者と笑い飛ばすことはできない」

「ここしばらく、長いこと続く混迷で、町人たちも困り果てていますからね」

「そのとおり。世のごたごたに乗じて、諸国の浪人たちが江戸に集まって商家に押し入り強盗を働く。京では偽勤王《きんのう》派や佐幕派が現れて軍資金を強要する。世の中が不安定であるから物価の上昇は止《とど》まることを知らない。戦争だというので商人は米を買い占める。この五月には大坂で大規模な打ち毀《こわ》しがはじまっている。江戸でも五月の末から六月にかけて、品川《しながわ》宿から横浜《よこはま》の金持ちの商家が数十軒も打ち毀された。また、秩父《ちちぶ》から川越《かわごえ》、更に奥州《おうしゅう》地方にかけて百姓一揆が起こり、それが全国に波及している。御進発ごっこの馬鹿騒ぎで世の中の憂さを晴らす方がずっとましだと思う」

「長州征伐はまだ長引きそうですか」

と、智一郎が訊いた。

「うん、今年に入って早早、薩摩《さつま》と長州が手を結んだ。薩長連合によって倒幕の勢いはますます強くなる。とても前のときのように相手は後へは引かないだろう」

「明日は二十三夜になります」

「おお、もう三夜待ちか」

正團は空を見上げた。

「よく晴れている。このぶんだと明日もいい月見ができそうだ。この櫓から見る月もいいに違いないが、頭などはもう見飽きているだろう」

「……」

「気分を変えて、海から昇る月などはどうかな」

「というと、品川あたりですか」

「さすが頭はものわかりがいい。芝田町《しばたまち》から品川にかけて、薩摩の上屋敷、中屋敷、下屋敷が分散している。このごろ、江戸市中に出没して商家を脅かしている浪士の多くは、その薩摩屋敷にたむろして品川の遊廓、土蔵相模《どぞうさがみ》に出入りしている、という」

「薩摩の浪士たちは獣《けもの》の肉が好きで、なかでも赤犬が珍重されるので、あのあたりには赤犬が少なくなっていると聞きました」

「赤犬も大いに迷惑しているだろうが、商家も安楽にしてはいられない。この際、月見かたがた、薩摩屋敷の下見などという趣向は結構だと思いますね」

結構な趣向どころか、下手《へた》をすると首が胴から離れてしまうかもしれない。だが、雲見番衆はそういうことに否とは言えなかった。

「薩摩飛脚《びきやく》」という言葉がある。他国の者が薩摩国に入り込むと、国情の洩れるのを恐れ生還させなかった。再び帰らぬことを薩摩飛脚と言う。


翌日、智一郎と短筒の名手、藻湖猛蔵は江戸城を出て京橋《きようばし》へ向かった。

弓町《ゆみちよう》の裏通り、俗に蛙小路《かわずこうじ》という。その奥まったところ、小ぢんまりした仕舞屋《しもたや》で、女師匠の富本絹大夫《とみもときぬたゆう》。表向きは女師匠だが、この家の二階が雲見番の秘密の溜まり場になっている。

絹大夫は三十五、六。色白で切れの長い目、髪は小枝《さえだ》島田、藍錆《あいさび》色の結城紬《ゆうきつむぎ》に丁字《ちようじ》色の無地の帯。地味な身形《みな》りを手綱染《たづなぞめ》の前垂れが引き締めている。

絹大夫は長火鉢を前にして、稽古本を拡げているところだった。

絹大夫は二人を見て、

「今日はどんなご趣向でございますか」

と、訊いた。智一郎は、

「うん、今日は薩摩飛脚——」

と言いかけて、むにゃむにゃと言葉を濁し、

「いや、薩摩上布《じようふ》に薩摩下駄という趣向にします」

と、答えた。

絹大夫は二人を二階に案内し、簞笥《たんす》から着物を取り出し、商人らしい姿にこしらえた。

二人は蛙小路を出て南へ。芝口橋《しばぐちばし》を渡り、飯倉神明宮《いいくらしんめいぐう》の神明町《しんめいちょう》を過ぎて浜松町《はままつちょう》、金杉橋《かなすぎばし》から本芝町《ほんしばちょう》には薩摩の上屋敷、中屋敷、下屋敷が散在している。

高輪《たかなわ》の大木戸あたりには茶店が並んでいる。

ここのあたりを古くは潮見坂《しおみざか》と呼び、広広とした青海原の向こうに安房上総《あわかずさ》の山山を望む絶景の場所だ。

二人は一軒の茶屋で一服してから、再び東海道を南へ。

品川宿は東海道でも一番賑やかな宿場町で、遊廓では土蔵相模が有名で、その名は家の表が土蔵造りであるのに由来する。

品川の遊廓は江戸の吉原《よしわら》のように、店の表が格子《こうし》で、何人もの遊女が並んでいるわけではない。店の表には杉戸を背にして三人の遊女が坐っている。

品川では遊女の名目は飯盛女《めしもりおんな》で、一軒の店に三人までが許可されているからだ。もっともそれは名目で、奥には何人もの飯盛女が抱えられている。

智一郎と猛蔵が土蔵相模の前を通りかかると、店先にいた若い衆《し》が袖を引いて、無理矢理に家に上げてしまった。

若い衆は先に立って広い階段を登って二階へ。引付《ひきつけ》座敷という明《あき》部屋に案内する。

若い衆と入れかわりに、禿《かむろ》が煙草盆や広蓋《ひろぶた》、銚子などを運んで来る。禿の酌で一杯やっていると、すぐ店の女将《おかみ》が顔を見せる。

「いらっしゃいまし。一見《いちげん》さんでいらっしゃいますね。どの妓《こ》がお好みでしょう」

智一郎は呆《とぼ》けて、

「はて、どの妓でしたかの」

「階段の横の部屋に、女の妓が並んでいましたでしょう」

「どうも、あんまり綺麗な妓ばかりでしたので、まだ目がくらんでおります」

女将は笑って、禿になにか耳打ちをした。禿はうなずくと座敷を出て、すぐ二人の女と戻って来た。

二人は床の間を背にして、にこっと笑った。

「こちらがお染《そめ》さん」

ぽっちゃりとした愛敬《あいきょう》のある丸顔で、忍髷《しのぶわげ》に何本も笄《こうがい》を差し、秋草の友禅染《ゆうぜん》の着物に黒魚子《くろななこ》の平絎《ひらぐけ》の帯。

「そちらが、錦《にしき》さん」

錦は瓜実顔《うりざね》でお染と同じ忍髷。上衣《うわぎ》は山道《やまみち》の紫の絞りに帯は紅梅色の麻の葉を締めている。

「わたしはお染さんがいい」

と、智一郎が言った。

「お染さんとわたしとで、愛染《あいぜん》になりますから」

お染はきょとんとしている。女将はそれにはかまわず、

「さあ、あっちへお出《いで》なんし」

と、二人をそれぞれの部屋へうながした。

智一郎は禿に手を引かれて、お染の部屋へ。

座敷には銀の燭台《しょくだい》、衣桁《いこう》には琥珀《こはく》織の桜川模様の上衣、床の間には長谷川雪旦《はせがわせったん》の軸、違い棚にはギヤマンの壺。

「はて、この座敷はいい匂いがするの」

と、智一郎が言った。

「これは沈香《じんこう》でございます」

「ほう、贅沢《ぜいたく》だの。お前の笄をちょっと見せや」

智一郎はお染の笄を受け取り、

「白珊瑚《さんご》だの」

ギヤマンの壺といい、沈香といい、白珊瑚といい、外国からの密輸品に違いない。

「お客さんからの、頂きものです」

と、お染が言った。

「そのお客は羽振りがいいようだ」

「まあ、気前はいいんでしょうが、皆の嫌われ者なんですよ。野暮天で。それで機嫌を取ろうとして、いろいろなものを持って来るんですがねえ」

「お侍か」

「はい、赤犬が大好きな薩摩侍なんでございます」

そのとき、外で荒荒しい怒鳴り声が聞こえた。

「噂をすれば影。あの薩摩侍が来たようです」

大声に混って、それを押し止《とど》めるような声もする。騒ぎが近付いてきたと思うと、座敷の襖《ふすま》が押し倒され、襖と一緒に店の若い衆が転がり込んだ。

その向こうに、色の黒い大男が仁王《におう》立ちになっていた。

「おぬしら、おいどんのことば、赤犬のノミがついていて、まきちらしているちゅうたな」

「言いません、赤犬のノミとは」

と、若い衆が起き上がりながら言った。

「赤犬のノミとは言いませんでした。赤犬のダニで」

「赤犬のダニだと?」

侍が若い衆につかみかかろうとするのを、猛蔵が中に割って入った。

「まあまあ、落着いて」

「なんだ、おはんは。この者にかわって、おはんがおいどんの相手になる、とでも言うのか」

「いや、そうは申しません。ただ、ここでごたごたしていては、この店に迷惑がかかります」

「よし、判った。外に出よう。外で相手になろう」

侍はそう言うと、外へ飛び出した。

「お頭、どうしましょう」

と、猛蔵が智一郎に訊いた。

「仕方がありません。外へ出て適当にあしらい、隙を見て逃げ出しましょう」

二人が外に出てみると、野次馬が集まりはじめている。

「喧嘩《けんか》だ、喧嘩だ」

その野次馬は、ただ見物しているわけではない。

「薩摩の芋侍」

「山猿」

「浅黄《あさぎ》裏《うら》」

「薩摩下駄」

言いたい放題、悪口雑言を浴びせかける。

侍は顔を赤黒くさせて、

「やい、お前ら、なにかというと水道の水で産湯《うぶゆ》を使っただの、お城のお膝元で育ったなどと威張るが、のさばれるのも今のうちじゃぞ。ほどなく薩長軍が攻めて来て、江戸中が丸焼けになる。京の天子様の世の中になるのじゃ」

そのとき、鈴の音が聞こえてきた。それを聞くと野次馬は道のわきに寄って通りを開けた。

鈴は飛脚がかつぐ状箱の長柄《ながえ》の先に下がっているもので、飛脚が通るのを知った人たちが飛脚に道をゆずったのだ。

侍は気が立っていたためか、飛脚の鈴の音に気付かなかったようで、身体《からだ》を避けることができなかった。

飛脚は凄い勢いで侍にぶつかり、二人は地面の上に転がった。飛脚の状箱も地面に叩きつけられ、その弾みで箱の蓋が開くと、中の書状や金包みが飛び出した。

野次馬の中にはすばしこい男がいる。小判の包みが転がり出したと思うと、やにわにつかみ取って駆け出した。

「待てっ——」

転んだ飛脚はすぐ飛び起きて、その男の後を追う。足には自慢の飛脚、見る見る二人の間が狭くなる。

飛脚が遠くなると、地面に落ちた書状を拾った男がいる。書状の中にも金が入っていると思ったらしい。男はすぐ書状を引き裂いたが、中は紙だけだった。

「ちえっ——」

男は舌打ちして裂いた状を猛蔵の足元に投げ捨ててどこかへ行ってしまった。

猛蔵は足元の状を拾った。目が自然に文面を読む。

「頭、こりゃあ、奇妙な手紙ですよ」

猛蔵は破られた二片の状を智一郎に渡した。智一郎が受け取って読むと、

「なるほど、こりゃ変な文だ」

と頭を傾げた。

のっぺら金吾《きんご》といふ男
竹屋町《たけやちょう》に住まいしがた
ぬきに化かされ孫の
手を棒鱈《ぼうだら》かと思ひおの
れの口に入れ歯を
あてればがちがちで目
蓋から火が飛びいで
おどろきあわてあたりを
かけめぐりけり

書状の送り主は大坂馬場町《おおさかばばちょう》の多田屋万兵衛《ただやまんべえ》、受取人は江戸日本橋《にほんばし》通り一丁目の多田屋与左衛門《よざえもん》。

そこへ飛脚が帰って来た。

「とんでもねえ野郎だった。高輪の番所に突き出してやった」

猛蔵は破れた書状を飛脚に渡した。

「これを裂いた男がいました。中に金が入っているとでも思ったのでしょう」

「いや、ありがとうございます」

飛脚は落ちていた状箱を拾った。状箱には「飛脚　品川梅花屋《ばいかや》」と書いてある。飛脚の着ている纏《まとい》の胸には梅鉢《うめばち》の紋が染め抜かれている。

「梅花屋さん、というのかね」

と、智一郎が訊いた。

「へえ、品川に問屋場《といやば》がございます」

「この状の送り主は、大坂の人らしいね」

「さようで。大坂の米問屋さんで。大坂から四日走り継いできました」

「たった四日間ですか。早いものですな」

飛脚は地面に倒れている薩摩侍をちょっと見て、

「先を急ぎます。ごめんなすって」

と言い、状箱を担ぎなおすと、鈴を鳴らしながら駆け去った。

倒れている薩摩侍は打ち所が悪かったのかびくともしない。

猛蔵は侍を見て、

「この男、どうしましょう」

と、智一郎に訊いた。

「息を吹き返せば、また喧《やかま》しくなりますから、このまま放っておきましょう」


土蔵相模の裏手。

土蔵相模をはじめ、数多い料理屋は海亭や茶屋を設け、芸妓や幇間《ほうかん》を集めて二十三夜待ちの宴をはじめている。

海上にも貸し船や屋形船などの遊山船が集まり、鳴物や唄《うた》で賑やかなお祭騒ぎが果てしなく続く。

と思うと、香具師《やし》たちがあちこちに見物人の輪を作っている。

江戸の浅草《あさくさ》で人気の、居合抜きの長井兵助《ながいひょうすけ》が来ている。

兵助は大小の三方《さんぼう》を積み重ねた上に、一本歯の下駄をはいて乗り上がり、三、四尺の太刀を気合もろとも抜いて見せる。兵助は居合抜きで人を集めては薬や歯磨を売っている。

また、独楽《こま》廻しの松井源水《まついげんすい》。将軍の上覧に浴したこともある博多《はかた》曲独楽の名人だ。

猛蔵と智一郎は茶店の隅に腰を下ろした。

智一郎はあたりを見ながら、声を低くして、

「どうも、あの飛脚が持っていた書状が気に入りません」

と、言い、懐から懐紙を取り出し、矢立《やたて》の筆で字を書きはじめた。飛脚が持っていた状の文面だった。

智一郎はいつも記憶力を訓練しているのだ。

「第一、男が狸に化かされたというような愚にもつかないことを、わざわざ大坂から早飛脚で江戸へ送るような阿呆がいるものですかね」

と、智一郎が言った。猛蔵が、

「では、その文面には別の意味が隠されているのですか」

と訊くと、智一郎はうなずいて、

「他人には知られたくない密書だと思いますね。と思って見ると、ところどころ不自然な点が目につきます。まず、二行目の終わりの〈たぬき〉という言葉が三行目にかかっているのがおかしい。ここでは三行目から〈たぬき〉を始めるのが筋でしょう」

「なるほど」

「それから最後から三行目。〈目蓋から火〉も変てこですね。普通なら〈目から火〉です。ということは〈たぬき〉の〈ぬ〉と〈目蓋〉の〈蓋〉が、一列目に欲しかったに違いありません。ということは、一列目の字が問題なのでしょう。一列目の字を拾っていきましょうか。〈の竹ぬ手れあ蓋おか〉」

「――まだ、なんだか判りませんねえ」

「ただ一列目を拾って意味が通じれば簡単ですが、これを作った人はもうひとひねりしています。たまたま昨日、いろは歌とあめつちを話していましたね。いろは歌はあめつちを綴り換えたものだ、と。これはあめつちでできているようですから――」

「――すると、これをいろは歌に置き換えるのですか」

「そう。このようにね」

智一郎は紙の上に次のような字を書いていった。

あめつちほしそら
いろはにほへとち
↓↓↓↓↓↓↓

そして、更に、

のたけぬてれあふたおか
しようくんせいきよさる
↓↓↓↓↓↓↓↓↓↓

「――将軍逝去さる」

読み終えた猛蔵は、あっと言った。

「思うにこの書状の送り主、多田屋万兵衛は大坂馬場町の米問屋。馬場町といえば大坂城の近くの町。上様逝去の変事をなにかで知ってしまい、江戸の多田屋与左衛門に知らせるため、早飛脚を飛ばしたのでしょう」

「――上様がお亡くなりになると?」

「そう。こういう変事が起これば、必ず諸式が高騰《こうとう》する。まず、米などは真っ先に値上がりするでしょう」

「大坂の多田屋は、江戸の多田屋に米の買い占めをするよう言いたかったのですね」

二人が雲見櫓に帰ると、すでに公用の継飛脚で一足早く将軍逝去の報《し》らせが届いていた。城内は寂として人のいないような静かさだ。

あとで判ったのだが、将軍家茂の死因は脚気衝心《かつけしようしん》、二十一歳であった。

将軍が出陣中に死亡したのは、幕府はじまって以来、はじめてのことだった。

死は七月二十日だったが、幕府は公表をひかえ、一と月たった八月二十日に公表した。

その日から五十日間、市中での鳴物が禁止された。

翌月、曲独楽廻しの松井源水、手妻の柳川蝶十郎《やながわちようじゆうろう》、自動人形の隅田川浪五郎《すみだがわなみごろう》、曲芸の浜碇定吉《はまいかりさだきち》など、三十人ほどがアメリカの興行師ベンクツによって雇われ、アメリカに渡った。

長州征伐もこれによって一時中止。

物価は相変わらず鰻登《うなぎ》りだ。

幕府は諸問題を抱えたまま、慶応二年（一八六六年）が過ぎていった。

雲見櫓では智一郎が、

「攘夷《じようい》は異常《いじよう》」

などと、駄洒落を言った。

敷島の道

「ねえ頭《かしら》。〈犬も歩けば足が棒〉というのはどうです」

「――なるほど、犬棒カルタのもじりですか。面白いですな」

「こういうのもできました。〈論より団子〉」

「じゃあ、わたしも一つ。〈泣きっ面《つら》に質〉」

「さすがです」

「〈鬼に女房〉」


江戸城の中奥《なかおく》、雲見櫓《くもみやぐら》の上。

前の日はかなり冷え込み、夜半から雨になったが、一夜明けた朝には、その雨もすっかりあがり、陽差しは日に日に強まっている。遠くでは初鶯《はつうぐいす》に混って烏《からす》の声も聞こえる。

こうした長閑《のどか》な櫓の上でぼんやりしていると、ついうつらうつらとしそうになる。もちろん、上番《じょうばん》中に居眠りなどはできないので、雲見番番頭《ばんがしら》の亜智一郎《あともいちろう》と、番衆《ばんしゅう》の緋熊重太郎《ひぐまじゅうたろう》、藻湖猛蔵《もこもうぞう》の三人が、駄洒落《だじゃれ》問答をはじめていた。

番衆にはもう一人、古山奈津之助《ふるやまなつのすけ》という、背中一面に普賢菩薩《ふげんぼさつ》の彫物《ほりもの》を入れた強者《つわもの》がいるが、奈津之助は、駄洒落問答のようなことが大嫌い。少しでも閑《ひま》があると櫓を降り、中奥の空地で木刀を振り廻したり、宙返りをしたり、木に登ったりしている。この日も朝から姿が見えなくなった。

重太郎が「鬼に金棒」のもじりで「鬼に女房」と言ったのを聞いて、智一郎はくすりと笑った。緋熊重太郎は豪傑のような名とは反対の臆病者で、女房に頭の上がらない男だからだ。

だが、智一郎はすぐ笑いを引っ込めて、真顔になった。

この男、予言者かと思うほど勘が鋭い。戦国時代の忍者は一里四方に落ちる針の音も聞き逃さなかったというが、智一郎は重太郎たちが感じなかったなにかの気配を聞き取ったようだ。

しばらくすると、はたして櫓の階段を登ってくる音が聞こえてきた。

将軍側衆《そばしゅう》の鈴木阿《すずきあ》波守正團《わのかみまさあつ》、六十に近いでっぷりとした福相で、鳶《とび》色の細かい紗綾形《さやがた》の小紋に、麻の半裃《はんがみしも》、紋は四つ穂抱き稲だった。

正團は上座にどっかりと腰をおろすと、智一郎に顔を向けて、

「〈目から出たヤニ〉」

と、言った。智一郎は、

「これは、恐れ入りました」

と、頭を下げる。

「ふしぎだな。ここに来ると、つい駄洒落が言いたくなる。だが、駄洒落を言いたくて、わざ

わざ櫓に登ってきたりはしない」

「はあ――」

智一郎が煙草盆《たばこ》を差し出すと、正團は懐《ふところ》からオランダ渡りのパイプを取り出して、自慢のライターで火をつけた。

「ここでは相変わらず煙草もうまい。ここにいてのんびりと駄洒落問答などしていれば、ずいぶん寿命も延びるでしょう」

そして、真顔になった。

「昨年七月、第二次長州征討《ちょうしゅう》の折、お上《かみ》は大坂城中で病死なされ、以来、鳴物、歌舞音曲を停止。加えて昨年暮には江戸の中心市街地が大火に見舞われた」

その日は十一月十日。たまたま西北の風が強く、火は神田《かんだ》、日本橋《にほんばし》、京橋《きようばし》一帯を焼き、八丁堀《はつちようぼり》の南北奉行衆、与力同心組屋敷から、佃島《つくだじま》まで延焼した。焼死者、怪我人《けがにん》を多数出し、数知らずの倉庫が焼け落ちた。

翌十一日には吉原江戸町《よしわらえどちよう》より出火、揚屋町《あげやまち》、京町《きようまち》、角町《すみちよう》などを焼失した。

翌、慶応《けいおう》三年の元旦は美しく晴れ上ったが昨冬の火事と政局の不安定で、正月を祝う万歳《まんざい》、太神楽《だいかぐら》なども姿をひそめ、年始に歩く人もいない。

「ただ、相変わらず威勢のいい連中がいる。辻斬り強盗のたぐいだ」

このごろの世の混迷に乗じて、各地の浪人たちが江戸に集まって徒党を組み、商家に押し入り強盗を働く。

あるいは、偽勤王《きんのう》派や佐幕派が現れて、勤王の名のもとに軍資金を強要する。江戸市中は浪人の強盗、辻斬りの横行で、日暮れになると出歩く者もいなくなった。

「ところで、物騒なのは江戸市中ばかりではない。このご城内にも穏やかならぬことが起こっている」

と、正團が言った。

「このところ、ご金蔵のあたりで、不審な出火が続いている。いずれもご金蔵番衆が早く気付き、大事には至っていないが、出火の原因は判らぬままだ」

江戸城は総面積三十万余坪という広大な城で、中心部の本丸御殿《ごてん》には二ヵ所のご金蔵がある。

一つは本丸の東南、辰巳《たつみ》櫓のそばに建っている蓮池《はすいけ》ご金蔵。

もう一つは反対側、本丸の北西、大奥戌亥《いぬい》櫓の近くに建っている。そばには本丸天守台があったが、明暦《めいれき》の大火で天守閣は焼け落ち、櫓の跡だけが残っている。

この奥ご金蔵は一度だけ、賊に破られたことがあった。

安政《あんせい》二年、浪人藤岡藤十郎《ふじおかとうじゅうろう》と野州《やしゅう》無宿の富蔵《とみぞう》という二人組で、三日月《みかづき》濠の桔橋《はねばし》を通り、二十人も詰めているご金蔵番同心の目をかすめ、数回にわたって大奥御殿に忍びこみ、門や蔵の錠前をうつしとって合鍵を作り、まんまと二千両箱二つを盗むのに成功した。

二人はのちに捕えられ、安政四年処刑されてしまった。

正團はその奥ご金蔵あたりで不審な出火が続いている、と言う。

「ご金蔵番衆は安政二年にあったご金蔵破りの事件を忘れていない。それで、もしものことがあったら一大事、どなたか助っ人が欲しい。そう、奥ご金蔵番の番頭が言って来たのです」

「番頭は稲葉竜左衛門《いなばたつざえもん》さんですね」

「そう。亜さんが知っていれば話は早い」

雲見櫓はもともと敵兵の物見をする物見櫓だったが、泰平が続く世になって敵兵の物見の意味はなくなってしまった。

以来、物見櫓は雲見櫓と名を変え、常時二、三人の番衆が櫓の上に詰めて、一日中、雲の行方をぼうっと見送っている。江戸城内広しといえどこれにまさる閑職はなさそうだった。

将軍側衆の鈴木正團は、奥ご金蔵の稲葉竜左衛門から相談を受けたとき、すぐ、閑を持てましている雲見番衆のことを思いついたようだった。

「と言って、雲見番全員が奥ご金蔵の方に行って、雲見櫓が空っぽになってしまってもいけない」

「はい。それでは誰かを残しましょう」

と、智一郎は言うと、正團は満足そうな顔をした。

「人は大切なものを、なるべく奥の方にしまいこむものですな」

と、正團が言った。智一郎はうなずいて、

「まあ、それが人情でしょう」

「ところが、大切なものを、より奥にしまいこもうとすると、反対に外に近くなるものです」

「——」

「ご金蔵がそれで、ご城内でももっとも奥まった場所に造られている。ところが蓮池ご金蔵は蓮池を一つ越せばもうご城外です。奥ご金蔵も同じ。三日月濠を渡ればお城のお廓内を出てしまう」

「なるほど。お城の一番奥というのは、外からは最も近い場所なのですね」

「そう。ですから、安政のときの賊は、外に近くて忍びこみやすい奥ご金蔵に狙いをつけたわけです。もし、ご金蔵がご城内の真中にあったとすると」

「簡単には踏み込めませんね。はじめから盗みをあきらめるでしょう」

「ところで、このごろ奥ご金蔵のあたりで、不審火が発生している。もしかして安政の事件を真似る悪党どもが、火事のどさくさにご金蔵を狙っているかもしれない。もし、そうだとすると、ご金蔵番衆の手におえない事態になるとも考えられる」

「判りました。それではご金蔵番衆のところに行き、事情を訊いて来ましょう」

「それについて一つだけ注意したいことがある」

「はあ――」

「奥ご金蔵の近くに、大奥の長局《ながつぼね》が建っている」

「それが?」

「判らんかな。番頭をはじめ、雲見番衆は若くていい男が揃っている」

「――恐れ入ります」

「恐れ入っている場合ではない。それが危険だというのだ。大奥は男子禁制、中には一生の間、男と話すこともなく終える奥女中もいる」

「――はあ」

「そんなお女中が三千人も暮らしている中に、無防備のままのこのこ入っていってみろ。どうなるか」

「食べられてしまいそうですね」

「うん。骨も残さず、消されてしまうかもしれない」

智一郎の顔がさあ、と蒼白になっていった。


奥ご金蔵は大奥御殿の北面に建っている。

江戸城本丸御殿の建築面積はざっと一万余坪。この御殿は、表向《おもてむき》、中奥向《なかおくむき》、大奥の三つに区別されている。

表向は将軍の謁見、そのほかの儀式や政務をとる幕府の中心である。

表向には身分格式による多くの座敷に分れ、それらの部屋をつなぐ大小無数の廊下が張りめぐらされている。

芝居『仮名手本忠臣蔵《かなでほんちゅうしんぐら》』で有名になった、松の廊下もここに設けられている。

中奥は将軍の居室で、昼の居間であるご座の間、くつろぎのご休息の間と、それに続く多くの座敷があり、将軍の楽しみのための能舞台も造られている。

中奥の北側に建てられている広大な御殿が大奥である。

本丸御殿、ほぼ一万余坪のうち、表向と中奥が四千六百余坪。残り六千三百余坪が大奥に当てられている。

大奥は他の建物と銅塀で厳重に遮断され、中奥とは上下《かみしも》二本の御鈴廊下だけでつながれている。表から大奥にはこの廊下の入口、上の御錠口《おじょうぐち》から入るが原則として、将軍以外の男性がここを越えることはできない。

御錠口には鈴がつるしてあり、将軍の出入りにこの鈴を鳴らすと、双方の役人が錠を外して門を開ける。

ただし、火事や地震などで避難しなければならないときのため、銅塀には三十ヵ所ほどの非常口が設けられている。ここにも双方に番衆がいて、それぞれに錠を開けなければならないので、緊急の場合には非常口を打ち毀《こわ》すこともあった。

また、胎内潜《たいないくぐ》りという地下の廊下もある。これは御庭番衆が西の庭と東の庭を往き来するためのもので、いつもは出入口が石の蓋でふさがれている。

問題の大奥は御殿向《ごてんむき》、広敷向《ひろしきむき》、長局向の三つにわかれていて、御殿向は御台所《みだいどころ》の御殿、将軍が奥泊りをする建物。御広敷は大奥の事務を取り扱う役人が詰めるところで、大奥で男性がいるのはこの御広敷だけである。

長局は大奥の北東にある長屋で、数百人の奥女中たちが住んでいる。

一棟を一の側《かわ》といい、四の側まであり、二階建てで、一の側はお年寄、上臈《じょうろう》、中臈《ちゅうろう》などの高級お女中が住み、三十坪ほどの庭には泉水《せんすい》、築山《つきやま》、燈籠《とうろう》などを配し、向島《むこうじま》あたりの料理店を見るようである。

二の側、三の側はお次頭《つぎがしら》ご祐筆頭《ゆうひつがしら》などの部屋で、庭は草花が植えてある程度の簡略なものだ。四の側は御錠口番、表使《おもてづかい》などのお女中の部屋で、庭も造られていない。

長局はもちろん将軍以外の男子禁制。

にもかかわらず、この長局に出入りした豪の者がいた、という。正徳《しょうとく》年間の昔、絵島生島《えじまいくしま》事件で、大奥のお女中、絵島が上野《うえの》の寛永寺《かんえいじ》と芝増上寺《しばぞうじょうじ》へ代参した帰り、木挽町山村座《こびきちょうやまむらざ》で生島新《しん》五郎《ごろう》の芝居を見たうえ、茶屋に呼んで遊んだというかどで罰せられた。

そのとき連座した者、千五百余人、死罪二人、遠島四十数人、山村座は廃絶という大事件だった。

一説によると、新五郎は長持《ながもち》の中に入り、長局に入り込んだという。そんな俗説が生じるほど、男子禁制の大奥は、人人から好奇の目で見られていたのだ。

鈴木正團は奥ご金蔵に行くように言うと、雲見番頭の智一郎に、用意していた通行切手を手渡した。

「これさえあれば大奥を通り抜けても、お女中たちに食べられてしまうようなことはない」

正團はそう言って、パイプの煙をくゆらせた。

雲見番番頭の亜智一郎、番衆の藻湖猛蔵、緋熊重太郎の三人は中奥の雲見櫓を降り、奥ご金蔵に向かった。

その途中、数多くの門や番所があり、正團の通行切手がなければ一歩も奥に入ることができない。

ご金蔵のそばにご金蔵番所が建ち並んでいる。その南はご天守閣跡で、東側に長局が見える。

ご金蔵番番頭の稲葉竜左衛門は、七十前後、白髪《しらが》の髷《まげ》を小さく結っている小柄な老人だが、言動は年を感じさせないほど威勢がいい。

竜左衛門は智一郎たちを番頭の部屋に通すと、

「火事といえば、昨年の暮吉原江戸町より出火しましたな。江戸町の紀《き》の字屋《じや》には雲妙《くもたえ》という新内《しんない》の上手な花魁《おいらん》がいましたが、今度の火事では無事だったでしょうかな」

と、奥ご金蔵の不審火より、吉原の火事の方を心配した。

「それで、ご金蔵の不審火というのは、なん刻《どき》のことでしたか」

と、智一郎が訊くと、

「いずれも明け方でござった」

と、意外な言葉が返って来た。

「夜中、などではないのですね」

「さよう。朝、陽が昇ってから四半刻（約三十分）ほどすると、怪しの火が現れます。思うに、賊は夜目の利かぬ鳥目《とりめ》でござろう」

「――賊というと、不審火の下手人をご覧になっているのですか」

「さよう。一度だけちらりと目撃したことがござる。もっとも一瞬のこと。しかも逃げ出す後姿だったから、男か女かも判らなかった」

「そして、賊はどちらの方に逃げて行きましたか」

「大奥、長局の方でござった」

「とすると、賊は外から侵入して来たのではありませんね」

「拙者もそう思う。外から来た賊なら、逃げるときも外に戻るであろう」

「とすると、大奥の者でしょうか」

「うん、そうかも知れん」

「しかし、大奥のあたりには、大勢のご番衆が詰めていますが」

「ところが、その連中ほど頼りにならぬものはいない。なにしろ、大奥で起こった事件といえば、絵島生島事件。それも百五十年も前のことで、以来、無事安泰の日が続いているから、体力気力、ともに鈍《なま》っているであろう」

「まあ、そうでしょう」

「もっとも、他人の悪口ばかりは言えない。この奥ご金蔵にしてからが、十年ほど前には四千両も盗まれてしまった」

「あれは大変な事件でした」

「もう、二度とああいうことがあってはならない。今度の不審火については雲見番のあなた方に来ていただいたので、百万の味方を得たのも同じ。必ず賊を捕り押えるつもりでおります」

と、竜左衛門は胸を張った。

「だが、これから朝まではかなり長い。ずっと気を張り詰めていれば疲れてしまい、いざというときしくじってはならん。というので、あなた方はこうしたものなどたしなまれるかな」

竜左衛門はそう言って、懐から小さな箱を取り出した。箱の中は花札だった。

「カルタですか。なつかしいですね。カルタを持つのは子供のとき以来です」

「それはよかった。お手合わせ願いましょう」

竜左衛門は器用な手つきでカルタを切り混ぜ、皆に札を配った。そして、

「ただ遊ぶだけでは張り合いがござらぬ」

と、言い、自分の前に文久銭《ぶんきゅうせん》を一枚置いた。智一郎たちもそれにならい、文銭《もんせん》を取り出す。

勝負は勝ったり負けたり。文銭はあっちへ行ったりこっちへ来たりしていたが、

「文銭ではらちが明きませんな」

と、一分銀を取り出す。智一郎も一分銀を取り出すと、

「どうもしらふでは意気があがりませんな。拙者は酒が入った方が、頭のめぐりがよくなります」

「しかし——これから、もし賊が現れたとすると、酒を呑んでいては、不都合ではございませんか」

「なんの。酒の一升や二升で、よたよたになるような拙者ではござらぬ」

と、竜左衛門は手を叩いて若侍を呼び、酒の支度《したく》を命じた。

竜左衛門が言うとおり、酒が入ると俄然勝負が強くなった。カルタが強くなったのはいいのだが、ある一回のとき、竜左衛門は相手の一分銀を全て集めにかかったのにはびっくりした。

相手の手札を見ると、鶴と蛙と盃《さかずき》の三点で、

「これはカスでしょう」

と、智一郎は言ったが、竜左衛門は、

「いや、これはケンケンという役でござる」

と、一歩も退かない。

智一郎たちはケンケンなどという手役など寝耳に水だ。

どうやら、これは奥ご金蔵番衆の間で生まれた役らしいのだが、理屈を言っても無駄らしい。

それならというので智一郎たちもケンケンを作って負を取り戻そうと意気ごんだが、欲が出たときには勝負の流れが変わって、智一郎たちの一分銀の多くは竜左衛門の前に集まってしまった。

そうなると竜左衛門はますます上機嫌になり、再び手を叩いて若侍を呼び、

「ブリッキを持って来なさい」

と、命じた。

若侍は心得て、すぐ徳利《とつくり》と半円形をした銀色の器を持って来た。

「ほう、珍しいものですね」

と、智一郎が言うと、竜左衛門は、

「なに、これは今、大奥のお女中たちの間ではやっている、オランダ渡りのブリッキというものでござる」

と、説明した。

「お女中たちはこれに水を入れ、手や顔を洗うのに重宝しておるが、拙者は酒を呑む盃にしておる。では、お毒味を」

言いながら竜左衛門はブリッキに徳利の酒をなみなみと注ぎ、口に運んだ。

「こう、寒い日の上番には、これに限りますな」

竜左衛門は智一郎たちにも酒をすすめていたが、まだ外が暗くならないうちに、ひっくり返っていびきをかいてしまった。

翌日、奥ご金蔵の不審火は朝早く発するというので、智一郎はまんじりともしなかった。そのうち外が明るくなる。雲見番衆の三人も奥ご金蔵の方から目を離すことができなかったが、竜左衛門は昨日明るいうちから寝ついたのに、見るとよだれを流しながら、まだ夢の中だった。

日が昇りはじめて四半刻後、奥ご金蔵のあたりで動くものがあった。

「来た——」

小さな火も見える。

敏捷《びんしょう》な藻湖猛蔵が番所を飛び出し、緋熊重太郎があとに続く。二人は天守台の土台の石垣の向こうに駆け込んで姿が見えなくなったが、しばらくすると妙な顔をして番所に帰って来て、

「怪しい者は消えてしまいました」

と、狐につままれたような顔で、智一郎に言った。

「消えた？」

「ええ。見事にいなくなりました」

猛蔵は片手に燭台《しょくだい》を持っていた。燭台のロウソクの先が焦げている。智一郎が顔を寄せて臭《にお》いをかぐと、焦げた臭いがした。ロウソクは消えたばかりだ。

すると、竜左衛門がのそのそと起きあがった。

「おお、もう夜が明けましたか」

「とうに夜が明けた上、今、不審火が現れたところです」

と、智一郎は手燭を示し、怪しい者が置いて行ったものですと付け加えた。

竜左衛門は酒臭い息で、ふんふんと言って聞いていたが、

「ご本丸にはもと壮大なご天守閣が聳《そび》えていたが、明暦の大火、一名振袖火事のとき、おしくも焼け落ち、以来、二百年、お城に天守閣が再建されたことは一度もなかったのでござる」

その天守閣跡が目の前に見える。

土台の石垣は南北二十間（約三十六メートル）東西十八間（約三十三メートル）、石垣の高さは六間（約十一メートル）という広大なものだ。

「ところで、いざ戦いがはじまり、城廓が敵兵に取り囲まれてしまい、すぐにも落城しそうである。そんなとき、頭ならどうするかな」

「逃げ出します」

と、智一郎が答えた。

「城廓は敵兵に囲まれておる。どこから逃げる」

「そのための用意に、あらかじめ抜穴を作っておきます」

「そのとおり。どこの国の城廓にも天守閣には必ず抜穴が作られているものじゃ。この江戸城も例外ではない」

「取締りが厳重な大奥にも、非常口や胎内潜りが作られています」

竜左衛門はそこで声を低くした。

「更に、万一落城したときのための抜穴もござる。ご存知かな」

「——いや」

「雲見番の方もご存知ないとすると、知っているのはわれわれだけか」

竜左衛門は満足そうな顔をした。

「その抜穴を敷島の道という」

「——敷島の道とは、ずいぶん風雅な名ですね」

「昔、御広敷のご祐筆で、今仮りに尾上《おのえ》菊五郎《きくごろう》としておく。この菊五郎は若くていい男だと思いなさい」

「はあ——」

「一方、大奥には小野小町《おののこまち》というお女中がいた」

「小町はもちろん美女ですね」

「そう。この菊五郎と小町とが互いに慕い合うようになった。下世話では出来てしまった、という」

「悦血《えっち》とも申します」

「いくら取締りの厳しい大奥でも、男と女の間は別だの。遠くに離れていても、目と目がものを言う」

「さようです」

「その二人は夜になると人目を忍んで逢瀬を重ねるようになった。そのときに敷島の道が使われたのでござった」

「はあ」

「拙者なども若かったころはよく敷島の道を抜け、大奥のお女中と——いや、そのことはどうでもよろしい」

竜左衛門はおほんと咳ばらいして、

「だが、やがて二人の仲は表に現れてしまった。不義はお家の法度《はっと》でござる。成敗されてもいたしかたないが、そのときの上司の情ある計らいで、二人はそれぞれ追放ということで事が収まった、ということですな」

「なるほど」

「というわけで、今の怪しい者は幽霊でもないかぎり消えてしまうなどということはござらぬ。その敷島の道を使って逃げ去ったに違いない。では、その抜穴をご案内いたしましょう」

竜左衛門は手を叩いて若侍を呼んだ。

「酒を持って来なさい――いや、酒ではなかった、手燭である」

若侍が手燭を持って来ると、竜左衛門は手燭を受け取り、よたよたと立ち上がった。

足取りはおぼつかないが、行く先ははっきりしている。

竜左衛門は天守台跡の向こう側に廻り、積み重ねられた石垣を目で算《かぞ》えていたが、一つの石に手を掛けると、その石が動きはじめ、ぽっかりと穴が開いた。

「これが、敷島の道への入口でござる」

入口からは黒黒とした隧道《ずいどう》が奥に続いている。

竜左衛門は手燭をかざしながら中に入って行く。人が十人ほど横に並んで通れそうな広い道だった。

すぐ、道は下りの石段になる。

石段を降りると平坦な道となり、道は左右に分れている。

「これを左手に行くと大奥の庭に出ることができる」

と、竜左衛門が説明した。

「右方向に行くと、竹橋《たけばし》の濠の下を抜けてご城外の火除地《ひよけち》に出るのでござる」

火除地は濠に沿って一番火除地から三番火除地まである広大な場所だ。

火事や地震などのとき、大奥の女中たちは南側のご本丸への非常口とともに、この敷島の道からご城外へ避難することができる。

しばらくすると竜左衛門はふと足を止め、手燭で足元を照らしていたが、身体《からだ》をかがめて、小さなものを拾いあげた。

智一郎が見ると、半月の形をした櫛《くし》だった。

櫛はベッコウの挿し櫛で、富士山《ふじさん》に松を配した図が見事に彫られていた。


大奥の入口、御広敷の部屋。

広大な大奥でも男の役人が詰めているのは、この御広敷だけである。

竜左衛門は広敷用人に、敷島の道で拾った櫛を渡し、竹川《たけかわ》さんとお会いしたい、と言った。

広敷用人が奥に行くと、竜左衛門は智一郎に言った。

「竹川というのは今、中年寄だが、拙者が若かったころはお小姓でな。それは可愛らしい娘でござった。そのころ、拙者は御錠口番で、お上が大奥に出入りするとき、御錠口で顔を見合わせると、竹川はぽう、と顔を赤らめたものでござる」

「ははあ――」

「そのうち、竹川は夜になると大奥を抜け出し、人目を忍んで拙者のところに会いに来るようになった」

「――尾上菊五郎と小野小町のような話ですね」

「うん。違うところは、二人の仲が誰にも気付かれなかったことでござる」

「それはお目出度《めでと》うございます」

そのとき、さっきの広敷用人が、二人の女中と一緒に戻って来た。

一人は白地に梅の花の刺繍《ししゆう》をした打掛《うちかけ》、髪をお長《なが》に結んでいる。

若い女中は鹿《か》の子絞《こしぼり》の振袖で、帯を竪《たて》やの字に結び、髪は島田髷だった。

竜左衛門が、

「竹川どの、お役目ご苦労にござる」

と、声をかけたが、竹川はにこりともせず、

「あなたはまたご酒を召し上がっておいでですね」

と、恐い顔で言った。

「いや、少少――」

「少少でも上番中でございましょう。それに、このごろではオランダ渡りのブリッキを盃のかわりにしているとか」

竹川はなにもかも見通しのようだった。

「あなたは昔からそうでございましたね。あのころもわたしに酒臭い息で――」

竜左衛門はえへんえへんと竹川の言葉をまぎらわした。

「ところで、あなたはまだ江戸町《えどちよう》にお出かけになりますか」

「――江戸町、というと」

「おとぼけになってはいけません。江戸町といえば吉原でございましょう」

「――う、う」

「たしか、新内節の上手な、雲妙という妓《こ》でございましたね」

「いや、拙者はもう年でござるによって、その方はもうだめでござる」

「それならば、袁彦道《えんげんどう》の方でございましょう」

「袁彦道――博奕《ばくえき》」

「丁半ですか、それとも手《て》本引《ほんびき》、握りカッパ、なめかた、よいどうなどというのもあるそうですね」

「もう、勘弁してください」

と、竜左衛門は音《ね》をあげた。

「それじゃ、拙者が呑む打つ買う、三道楽がそろった極道者のようじゃございませんか」

「違うのですか」

「いや――多少は合っております」

「では、用件に移りましょう」

竹川は懐から櫛を取り出した。

「さきほど、お預りした櫛でございますが、いろいろ尋ねたところ、この櫛はここにいるおさえのものだと判りました。竜左衛門さんのおっしゃるとおり、この櫛はおさえが敷島の道を通って、奥ご金蔵に行く途中で、落としたものに間違いはございません」

「――おさえさんとやらは、なんのために奥ご金蔵のあたりに行ったのですか」

「それは、不審火をつけるためでございました」

「矢張り——この子の仕業だったのですか。でも、どうして」

「それは、ご金蔵番衆の注意を向けるためでございました」

「——拙者たちの？」

「話は少しさかのぼりますが、おさえの生家は神田八丁堀《かんだはっちょうぼり》の袋物屋で結城屋《ゆうきや》という店でございます」

さえは小さいときから唄《うた》や踊りが好きで、同じ町内にいる嵯峨山《さがやま》流の師匠の稽古所《けいこじょ》に通っていた。

さえは筋のいい子で、芸はめきめき上達していった。師匠の嵯峨山初蝶《はっちょう》は、ゆくゆくは嵯峨山の名を継がせたいと考えていたが、さえが十七のとき、大奥のお三《さん》の間《ま》に欠員ができたので、芸の立つ子を送るように言ってきた。初蝶は前にも芸達者な娘を大奥に送ったことがあった。大奥に奉公すれば、給金をもらえて四季のお仕着せなども与えられる。その上、行儀作法や上流社会の知識も身につく。お暇《いとま》になれば良家に嫁ぐいい条件になる。

さえは大奥で蔭日向なくよく働き、お三の間から順次昇格し、中年寄付きのお小姓になった。

「ところで、おさえには仲平《のぶへい》という兄がおりました」

と、竹川は続けた。

「この仲平という男は、呑む打つ買うの三道楽がそろった極道者で——いや、これは竜左衛門さんのことではありません」

その仲平が今年になってから、大奥にいるさえのところに会いに来て、根掘り葉掘り大奥の様子を訊き出すのだった。

ふしぎに思ったさえがよく話を聞くと、仲平は自雷也《じらいや》の五郎助《ごろすけ》というならず者の手下になっている、と言う。

自雷也の五郎助は、表向きは相撲《すもう》取りと言っているが、実は町家を荒し廻る盗賊で、今年になってから大博打《ばくち》を打つ計画がある、とさえに言った。

その企みは、こともあろうに大奥の奥ご金蔵を破って、千両箱をかつぎ出そうというとんでもないものだった。

それが近いうちで、五郎助はまだその日を決めていないが、これからはなるべく奥ご金蔵に近寄らないよう、仲平はさえに注意した。

万が一、奥ご金蔵で騒動が起こり、さえがその巻き添えにならないように、である。

「しかし——それにもかかわらず、おさえは奥ご金蔵に近付いていた。それはなぜでしょう」

と、竜左衛門は竹川に訊いた。

「それは、あなたの胸にお訊きなさい」

「——拙者の胸に」

「そうではありませんか。あなたは奥ご金蔵の番頭だというのに、一日中お酒を呑んではへらへらしているではありませんか。おさえでなくとも、そんな人に大切な話を持ちかけることはできないでしょう」

「——ごもっともです」

「と言って、奉行所に駆け込んで、事を大きくしたくはない。おさえの兄がからんでいますからね」

それで、さえが思いついたのが、奥ご金蔵のあたりの不審火だった。

さえの計画は成功し、奥ご金蔵には雲見番が協力することで警戒が強化された。

翌日の夜中、戌亥櫓の北桔橋あたりから奥ご金蔵に忍び込んだ自雷也の五郎助の一味は、待ち受けた大勢の番衆に取り囲まれてしまった。

それでも五郎助は虚勢を張り双肌《もろはだ》脱ぎになって自雷也の彫物を見せて凄んだが、奈津之助も双肌を脱いで普賢菩薩の彫物を示した。

誰の目にも奈津之助の彫物の方が見事だった。

それを見た五郎助は、

「恐れ入りました」

と、言い、地面に平伏してしまった。

「このたびはお手柄であったの」

鈴木正團はわざわざ雲見櫓に登って来て、智一郎たちにねぎらいの言葉を言った。

「これで、奥ご金蔵の不審火もなくなりましょう」

「すると、あれも賊の仕業だったか」

「いえ、不審火は賊が仕掛けたものではございませんでした」

大奥の中年寄、竹川はおさえが兄を思う心をくみ取って、不審火のことはここだけの話にしてほしい、と言ったのだった。

「不審火が賊のものでないとすると、誰が仕掛けたのか」

と、正團が訊いた。

「誰が仕掛けたものでもありません」

「とすると、まさか人魂が飛んで来て火をつけた、というのでもあるまい」

「はい、不審火は人魂でも狐火でもありません。原因はオランダ渡りのブリッキでございます」

智一郎は竜左衛門から借りて来たブリッキの器を正團に示した。

「大奥のお女中たちは、このブリッキに水や湯を入れて、顔や手などを洗ったりして重宝にしているようです。また、酒呑みはこのブリッキを盃のかわりに使っています」

「なるほど」

「ところが、このブリッキをしまい忘れ、外に出したままにしておくと、夜、雨などが降ったときにはこの中に水が溜まり、それがこのごろの寒さですっかり凍ってしまうことがあります」

「ふむ、ふむ」

「それが朝になり、朝日が昇ると、ブリッキの中の氷は外側が溶け、たまたま鳥などに突《つつ》かれるとブリッキが傾いて、中の氷が外に滑り出します。この氷は老人が使う眼鏡《めがね》や、占師が持っている天眼鏡の役目をするわけです」

「つまり、昇りはじめた朝日の光を集め、そばに燃えやすいものがあると、火をつけるわけだ」

正圓は納得してオランダ渡りのパイプに火をつけ、いたずらっぽい顔で智一郎を見て、

「年寄りの冷酒」

と、言った。

幕間

兄貴の腕

兄貴の腕は凄かった。

全く、空前絶後と言うんだろうな。あんなのを。何が凄いって、侍の大小を丸ごと掏《す》っちまうんだぜ。

嘘だろうって？　そう、最初、噂に聞いたときは俺もそう思った。けれども、この目で見ちゃったんだ。

「見てろ」

兄貴が目元でそう言うから、見てた。

場所は両国広小路《りょうごくひろこうじ》。兄貴が目を付けたのは、ほろ酔いの浅黄《あさぎ》裏《うら》で、見世物小屋の女蛇使いの看板を、でれっとした顔で見上げていた。兄貴はじわっと侍に近づいて、自分も看板に気を取られた風をしてどんと突き当たる。とたんに足を伸ばして侍の反対側の足をぎゅっと踏みつける。

「や、危ねえ」

とか何か言いながら、よろける侍の腰を抱き起こす。このときはもう下緒《さげお》が外されて、長《なげ》え物は兄貴の手に渡ってた。

気が付かねえのか、って？　付かねえんだねえ。侍の腰にゃ、刀の代わりに心張《しんば》り棒が差し込まれてたよ。

考えりゃ、古い手なんだ。俺だって使ったことがある。侍？　いや、侍は嫌《きれ》えだ。なろうことなら若《わけ》え娘がいい。

「お嬢さん、簪《かんざし》が落ちやす」

身形《みな》りも大切だぜ。いいとこの若旦那って形《な》りじゃねえとだめだ。娘が頭に手を当てようとするから、

「いえ、あたしが……」

言いながら、簪をちょいちょいと押し込む振りをして掌の中に入れてしまい、代わりに細身の火箸か何かを差し込んでやる。

腕だけが良くってもだめなんだ。度胸も備わっていねえといけねえ。簪ならともかく、侍の段平《だんびら》を抜き取るんだ。うっかりすると、首が飛ぶ。

脚も速くねえとな。兄貴は馬よりも速かったから、どんなに追っ掛けられても、捕まったことは一度もなかった。

兄貴は目も良かった。遠くを見るんじゃねえ、相手を見立てる目だ。相手を一目見て、あ、こいつはどんな商売で、今、懐《ふところ》にゃどの位の金があるか。すばしっこい奴か、太っ腹か。気が荒っぽいか、力持ちか。そんなことまで見て、一瞬のうちにどんな手に出るかを決めて掛か

る。だから、侍の腰から、人切り庖丁でも掏り取ることができるんだ。

……そう。兄貴はそんな名人だったが、一度だけ、相手を間違えたことがある。いや、捕まりゃしなかった。ただ、苦労したんだが、一文にもならなかったんだ。

兄貴が大きな仕事をしたすぐ後でね、江戸がやばい気がする、こう言うもんだから、じゃ、少しほとぼりを冷まそうと、伊勢《いせ》参りに旅立ったと思いねえ。兄貴は呉服屋の若旦那、俺がその家の手代《てだい》って趣向だった。見損なっちゃいけねえ。これでも、白粉《おしろい》を付けて、商人《あきんど》の内儀《かみ》さんの役をこなしたことだってある。

東海道《とうかいどう》を上って藤川《ふじかわ》の宿《しゅく》を抜けた茶店。その夜は岡崎《おかざき》に泊まるつもりだった。遅咲きの紫陽花《あじさい》を見ながら茶をすすっている兄貴の目がきらりと光った。茶の匂《い》いを嗅ぐような振りをして、そうじゃねえ。だから、俺にも判ったんだ。

どこからともなく、実に良い匂いがして来るんだ。兄貴の目が「振り向くな」と言っている。

――煙草《たばこ》の匂いなんだ、これが。甘くって、柔らかで上品で……こんな香ばしい匂いは嗅いだこともねえ。

茶代を置いて立つとき、その煙草を吸っている奴の姿を一目見たが、それが、あの爺《じじ》いだった。痩せて、色が黒くって、鼻の頭《あけ》が赤え。何となく高慢な面《つら》で、持っている煙管《きせる》はただの刀豆《なたまめ》だ。煙草入れだって身形り同様、粗末なもんだった。

「こう見たところ、ただの田舎《いなか》爺いに見えるだろう。だが、とんでもねえ贅沢《ぜいたく》な煙草を吸ってやがる。頭隠して尻隠さずたあ、あのことだ」

と、兄貴が言った。そのときから、兄貴の獲物は決まったんだ。

岡崎では「船屋《ふなや》」という旅籠屋《はたごや》。宿外れの汚ねえ宿だったが、好んだわけじゃねえ。爺いの後を尾《つ》けていたら、その宿に入ったってわけだ。

爺いは二人の若い者と一緒で、注意して見ると、これが何となく品が良い。さすが、兄貴の目は高《たけ》え、と思ったね。「船屋」の番頭よりは確かだ。番頭は、爺いの着ている汚ねえ十徳《じっとく》を見て、すぐ追い込みに入れようとしたんだからな。若い者があわてて、番頭に掛け合ったもんだ。

飯を食ってから、兄貴とぶらりと外に出てみた。裏手に廻ると女郎屋で、一軒一軒冷やかしてやる。なに、冷やかしだけだ。だが、獲物は目の前にぶら下がっているんだ。一仕事終えたら、ま、そのときにゃ大尽遊《だいじんあそ》びをしようってわけだ。

一廻りしてから宿に帰り、二階の部屋に戻ろうとすると、爺いの部屋から女の声が聞こえた。俺の部屋の、廊下を越した向こうが爺いの部屋だったんだ。

飯盛女《めしもりおんな》でも呼んだんだろうが、はて、年の割には好き者だと思ってね。部屋に入る振りをして、廊下にいて聞き耳を立てる。

女は甘ったれた声で、しきりに身の上を話しているのが判る。

——お父《と》っつあんは会津《あいづ》藩の某という侍だったが、わけあって禄を離れ、岡崎まで来たところ、病に倒れて困窮し、名主《なぬし》から借りた金の利に利が重なって、こうした苦界《くがい》に身を沈めるようになったのだなどと話している。

爺いは、ふんふんと言って聞いている。女も爺いの懐工合を知ったのかしらん。同情させて金でも巻き上げる手管《てくだ》だ。七つの歳に身を売られ、さ。十四の春から勤めをすれど、いまだに請け出す人もない、ああ、こりゃこりゃってね。女の話はいつまでたってもこんな調子だ。面白くも何ともねえから、部屋に戻った。兄貴は糠《ぬか》袋を細工して、糠と小石とを詰め替えていた。

翌朝。

朝立ちの客で、「船屋」はちょっとごたついていた。

兄貴は爺いの連れの、二人の若い者の気を逸らせろと言う。お安いご用だ。用意の煙玉に火を付けて階段の後ろに放り投げて、

「火事だっ」

て、わけ。

若い者はすばしっこかったね。もっと、手間取りゃいいと思ったんだが、たちまちに火元を見付けて火を消し止める。だから、兄貴の仕事を見てる閑《ひま》がなかった。けれど、顔を見て、旨くやったことが判った。

兄貴は少しも急がず、丁寧《ていねい》に草鞋《わらじ》を結び、

「お世話になりました」

ゆったりと、外へ。

どうも、大した自信だ。

宿場を離れると、矢作《やはぎ》の橋。兄貴はあたりを窺って、懐から黒い物を取り出した。

「へえ……良い印籠《いんろう》じゃねえか」

言うと、兄貴は顔をしかめた。

「ちっ、とんだ物をつかまされたぜ。こんな物、一文にも売れやしねえ」

ぽい、と川の中へ。

考え過ぎだったんだよな。やはり、あの爺い、碌《ろく》な物を持ってやしなかったんだ。

あの爺い？　最後まで、どじだったねえ。

よしゃあいいものを、女を逃がそうとしたらしい。女を連れていたが、橋の上で役人に取り囲まれちゃった。一時は俺達の追っ手かと胆《きも》を冷やしたぜ。

自分に危険が迫っているのに、爺いは変ににたにたして、役人に何か言ってたぜ。そのうち、初めて腰を探り、小石の入った糠袋を取り出した。それでやっと、印籠を掏られたことに気付いたんだ。もう、手遅れさ。

爺いは連れの二人を振り返り、糠袋をぶら下げて、長い山羊髯《やぎひげ》を震わせて、言った。

「例のを掏られた。どうしよう、助《すけ》さん、格《かく》さん――」

紋

五節句

更昌《さらしよう》さんは仕事場に上がり、仕事机の横に坐ると、煙草《たばこ》に火をつけた。

「禁煙、してたんじゃなかったんですか」

わたしは仕事の手を休め、灰皿を差し出した。

更昌さんはばつが悪そうに笑い、

「たった二週間で挫折しちゃった。われながら意志薄弱だったね」

と、煙を吐いた。

「挫折したときの一服は実に旨かったね。こんな旨いものを止《よ》すのはばかだったと、つくづく思ったね」

更昌さんは五十前後、頭が禿げ、ずんぐりした身体《からだ》で人なつっこい。客扱いも上手なようだ。

「もうそろそろ今年も終りだね。今年もあまりいいことはなかった」

「そうですねえ。内も同じですよ。しばらくいい思いをしていませんね」

更昌さんとは古くからの付き合いではない。内に仕事を持って来るようになったのは二、三年前からで、それまでは紋辰《もんたつ》という紋章上絵師《うわえし》のところに出入りしていたのだが、紋辰さんが亡くなってしまい、更昌さんは電話帳で同業者のわたしのところを知ったのだった。

更昌さんは煙草を喫《す》い終えると、持って来た大きな鞄を開け、真新しい畳紙《たとう》を取り出した。

「今日持って来たのは、紋の仕事じゃなくて、浸抜《しみぬ》きでしてね」

更昌さんは申訳なさそうに言った。

わたしの仕事は紋服に紋を描き入れる紋章上絵師だが、紋の仕事が減りはじめてから、浸抜きも請け負うようになっている。

冠婚葬祭、なにかことがあるとすぐ紋服を引っ張り出して着ていた時代は遠くなってしまった。

親たちは自分で満足に着物を着られない。その親は自分の子供たちに着物を選んだり仕立てたりすることができないから、子供たちも着物とは縁が遠くなるばかりだ。

今、かろうじて夏になると浴衣を着る若者が目立つようになったが、着物は浴衣止まり。絹物に手が出ないほどだから、若者が紋服を誂《あつら》える時代がいつ来るか判らない。

その間、呉服関係の職人はどんどん高齢化がすすみ、同業者が目に見えて減っていった。

わたしがかろうじて上絵師を保っていられるのは、紋のほか浸抜きの仕事もこなすようになったからだ。

「浸抜き、結構ですよ。どんな仕事でも持って来てくれると助かります」

と、わたしは更昌さんに言った。

更昌さんが畳紙を解こうとしたとき、電話が鳴った。

電話は同業者の組合員、替手《かえで》さんからだった。

替手さんは組合の例会を兼ねた忘年会の予定日が決まったと言った。わたしはその日と時刻、場所をメモした。場所はいつも組合が使う、高田馬場《たかだのばば》の喫茶店だった。電話の用件はそれだけだ。

「どうだね、景気は」

と、わたしは外交辞令を言った。同業者の替手さんのところが忙しいわけがない。

「だめだね」

替手さんは不機嫌に言った。

「仕方がないから、アルバイトをはじめたよ」

「ほう……矢張り呉服関係かい」

「いや、おれは口下手《くちべた》だから、呉服の商人なんかにゃなれない。岡井《おかい》さんみたいに浸抜きもできない。と言って力仕事もできない。仕方がないから、近所の駐車場のガードマンをしている」

「……ガードマン、ねえ」

「ガードマンなら楽な仕事だと思ったんだけど、大間違いさ。それまで、おれはずっと机の前に坐りっぱなしだったろ。駐車場で半日も立ったままでいたら、腰ががくがくになった」

「まあ、そうだろうな」

「嬶《かか》あは美容院のアシスタント。それでね、昼間は家が留守になっただろ。お得意さんに不便をかけっ放しさ」

上絵師に急ぎの仕事が入って来ることがある。ごく急ぎだと今まで続けていた仕事を止め、お得意さんを待たせておいて、その仕事に取りかからなければならない。それを待ち書きと言う。

そういう融通の利かない上絵師は、お得意さんから見放されても仕方がない。昼間留守にしている替手さんのところは、ますます仕事がなくなってしまう。

「そりゃたいへんだね」

それ以上、慰《なぐさ》めの言葉が思いつかない。わたしはそう言って電話を切った。

「お聞きの通りです」

と、わたしは更昌さんに言った。

「全く、この職人はツブシがききませんね。わたしなんかちょっと自転車に乗っても、手が震えてすぐには筆が使えなくなります」

わたしは更昌さんの手元を見た。

「まあ、これを見てください」

更昌さんは畳紙を解いて着物を取り出した。着物は黒に近い鉄紺《てつこん》色の色留袖だった。着物を拡げると、裾の模様は前身頃《まえみごろ》から衽《おくみ》にかけて、斜めに配されている江戸褄《えどづま》で、ごくひかえ目な柄だがよく見るとなかなか華やかだ。

流水にいくつかの和本を取り合わせている。本の表紙は鶴、松、橘《たちばな》など目出度《めでた》い模様で、それぞれに金銀の駒繡《こまぬい》をあしらい、いわゆるきれいさびで、美しいがけばけばしくはない。

だが、商売がらわたしは着物の紋の方が気になった。

まず、前身頃の胸についている前紋を見たとき、思わず息を呑んだ。

これまで、見たことのない紋だったからだ。


「おや――これは」


留袖の紋は美しく彩色されていた。

紋は彩色されていないのが普通だが、希《まれ》に色をつけることがある。歌舞伎十八番の一つ『助《すけ》六《ろく》』。この花川戸《はなかわど》助六の衣裳《いしょう》についている杏葉牡丹《ぎょうようぼたん》の紋には紅《べに》色がつけられている。

彩色された紋は加賀《かが》紋、あるいは伊達《だて》紋といい、江戸時代の目立ちたがり屋が好んで誂えた。それがどんどん進むと、金銀の糸で飾り立てたり、細かな絞りで染め出した鹿の子《かのこ》紋《もん》、はては銀や真鍮《しんちゅう》の板で作った金属紋まで現れた。

そうすると、紋もありきたりな紋ではなく、ヤジロベエや枕、賽《さい》、手桶《ておけ》といった奇抜な素材も紋に作るようになる。あるいは複数の紋を組み合わせてみたりする。

そうした加賀紋や伊達紋を風流紋といい、かなり流行していたらしい。

更昌さんが持って来たのはそうした風流紋だが、更に驚いたことに、一着の着物の紋の一つ一つが違っていたのである。

礼服の正式な紋は五つ。背、両袖、両胸に同じ紋をつけるのが普通で全部同じ紋をつけるのが常識だ。

「今どき珍しい。凝っていますねえ。これは五節句ですね」

五節句というのは年に五つある節句のことで、正月七日の人日《じんじつ》、三月三日が上巳《じょうし》、五月五日の端午《たんご》、七月七日は七夕《しちせき》、九月九日の重陽《ちょうよう》、その五つの節句のことだ。

更昌さんの留袖は、
一月の松、竹を組み合わせた背紋。

三月は桃と紙雛をあしらった左袖紋。

五月は菖蒲と鯉の吹流しで右袖紋。

七月が秋の七草のうち撫子《なでしこ》と桔梗《ききょう》で左胸紋。

九月の紅葉《もみじ》が右胸につけられていた。

そのいずれも大きさが一寸あまり、今、鯨尺《くじらじゃく》で五分五厘が標準の女紋としてはかなり大きい。その紋の華やかさと、ひかえめな江戸褄がほどよい均衡を保っている。

「この着物の持ち主は、よほど着物が好きで、お洒落《しゃれ》な人なんですね」

と、わたしが感心していると、更昌さんは風流紋などより、着物の浸の方が大切のようで、わたしの言葉に生返事をして、着物の前身頃、膝のあたりを示した。

「ここがほれ、白っぽくなっているでしょう。なにかの食べこぼしでしょうか」

わたしはその部分をつまんでみた。そのところだけごわついていた。

「そうですね。食べものでしょう」

「なおりますか」

「大丈夫。ついているものを水洗いし、多少色が薄くなるかもしれませんが、そのときは染料で色合わせしましょう」

そう言うと、更昌さんはほっとしたようで、

「じゃ、お願いします」

と、言って、帰って行った。

わたしは浸抜きをする前に、加賀紋の一つ一つを写真に収めることにした。


喫茶店に集まった紋章組合の会員は十人ほどだった。昔の写真を見ると十年前には常時三十人ほどが集まっていた。わずか十年で組合員は三分の一に減ってしまった。

このごろは重要な話題もない。例会はすぐに終って、二次会を近くの居酒屋に移した。

酒が入ると、替手さんのぼやきがはじまった。

「この年で駐車場の門番とはね。死んだ親父が聞いたらなんと言うだろう」

「時の流れだ。仕方がないよ」

と、組合の会長、勝浦《かつうら》さんが言った。

「替手さんの親父さんが現役のころは威勢がよかったね」

替手さんはうなずいて、

「威勢がよすぎて道楽のしたい放題だった。しょっちゅう旅行に出掛ける、夜の新宿《しんじゅく》に顔が広

い、競馬競輪、一時は鉄砲を持ってハンチングに凝ったりしてね。お蔭で倅《せがれ》のわたしには一文も残さなかった」

「今考えると夢のような話ですな。それだけ、親父さんはよく働いた。大手の角丸屋《かくまるや》の仕事を一手に引き受けていたね」

「そう。あの角丸屋から手を引いたのが、そもそも間違いだった」

と、替手さんは口惜しそうに言った。

角丸屋は京都に本店のある老舗《しにせ》の呉服店で、高級呉服を専門に扱い、現在は株式会社装絹《そうけん》という名で営業している。

高級品ともなると、世の中の好、不況には関係ないようで、ホテルを会場にする着物着付教室は、大勢の若い娘たちを集めているようだ。

「替手さんはなぜ角丸屋を止してしまったのかね」

と、勝浦さんが訊いた。

「あのころ、わたしも若かったからね」

「仕事でも縮尻《しくじ》ったのかい」

「いや、喧嘩《けんか》をしてしまったんだ」

「――だって、あのころ替手さんは角丸屋の若い子と仲が良かったんだろう。名前は花戸《はなと》三矢《みや》子《こ》さん」

「まだ名前まで覚えているのかい」

「そうさ。あのころ会えばしょっちゅう三矢子さんののろけ話をしていたじゃないか」

「参ったな」

替手さんは苦笑いした。勝浦さんはその喧嘩の理由が知りたいようだった。

「つまり、失恋した上、角丸屋にも出入りしなくなったわけだ」

「そう、全く詰らないことでね。笠の紋があるでしょう」

「うん、紋じゃ市女笠《いちめ》が多く使われているので、市女笠を単に笠という」

勝浦さんは日本史が好きな人で、紋の歴史や由来についても精《くわ》しい。勝浦さんの家は代代上絵師で、勝浦さんは五代目だという。勝浦さんの家には祖先が集めたいろいろな紋帳がある、という。

「そのかぶり笠と、雨傘とを取り違えちゃったんですよ」

「なるほど、どちらもカサだね。言葉で言っただけでは間違いやすい」

「悪いことに、たまたま時代劇を見ていて、電話でカサの紋と聞いたとき、すぐ剣客の柳生《やぎゅう》十兵衛《じゅうべえ》の柳生笠が頭にうかんだんですね」

「柳生家の二つ笠は有名だね。紋帳にも柳生笠の紋名で載っている」

「ところが、三矢子さんの言うのは雨傘のことだったんです。かぶり笠の紋はよくあるけれど、雨傘の方はあまりないでしょう」

「それで、かぶり笠の紋を描いてしまったわけだ」

「ええ。そうなんです」

「注文の伝票は見なかったの」

「はじめの先入観がありましたからねえ。見ても傘の字が笠に見えたかもしれない」

「そう、先入観というのは恐ろしいね。紋屋は紋名を言われると、その紋が絵になって頭に浮ぶから」

「ええ。一度描いてしまった紋をなおすのは一苦労です」

「そう。紋は消しゴムじゃ消えないからね。その点、小説家は幸せだ」

「これから間違えた紋を抜いて、描き直さなけりゃならない。その手間を考えたらかっとしてね、三矢子さんに文句を言ったんです。雨傘なんて紋は滅多にするもんじゃない。仕事を渡すとき、なぜ一言かぶり笠とは違うと言ってくれなかったんだ、とね。そうしたら、三矢子さんはちゃんと伝票には紋名を書いた、と証拠品を突き付けた。こっちはそんな証拠品などない」

「そりゃ、勝負ははっきりしたね。替手さんの負けだ」

「口惜しいがそうなんです。それで渋渋紋を入れ直しましたがね。その仕事を納めるとき、三矢子さんに言った。もう金輪際、角丸屋の仕事をするもんか。今日限り絶交だ、と啖呵《たんか》を切った」

「そりゃ、勇ましい」

「あとになって考えると、ほんとうに馬鹿なことをしたと思いましたね。一番大切なお得意がなくなってしまった」

「三矢子さんともお別れだ」

「本当はその方が痛手だったかもしれませんね」

「それでなきゃ、駐車場の門番をして、腰を痛めないでいられたね」

「そうですねえ」

「三矢子さんはその後、どうしているのかね」

「お嫁に行ったそうです。なんでも、スズイチ建設の社長の長男とかで」

「スズイチ建設と言えば、有名な大手の建設会社じゃないか」

「まあそうです」

「彼女は呉服屋の店員だった。玉の輿《こし》に乗ったわけだ」

「ええ」

「残念だったね」

「でもいいんです。彼女が幸せなら」

「昔の新派の芝居みたいだね」

勝浦さんは替手さんを慰めるつもりか、

「わたしも紋を入れ間違えたことがある。麻の葉の注文に麻の花を描いてしまった」

と、言った。

勝浦さんの隣で話を聞いていた、民謡の上手な稲垣《いながき》さんは、

「ぼくも失敗したことがある。団扇《うちわ》と軍配だった」

と、話に乗って来た。

将棋の強い池島《いけじま》さんは反物を焦がしてしまった、と言った。

池島さんの気持はよく判る。鏝《こて》を使う職人なら、誰でもサーモスタットのついた電気鏝のような生温《なまぬる》い鏝は使わない。生地が焦げる寸前ぐらいに鏝を熱くしないと気が済まないのだ。だから、万が一生地を焦がしてしまうことがなくはない。

「内では火事を出しそうになったことがある」

と、一番年上の関口《せきぐち》さんが口を挟んだ。

「そりゃ、派手だね」

と、勝浦さんが言った。

「紋糊を落とすのにベンジンを使っていてね、つい、うっかりと煙草に火をつけてしまった」

紋服を白生地から誂えるとき、紋の部分が染まらないよう生地に防染の紋糊を置く。昔は染色に天然染料を使っていたので、紋糊は糯糊《もちのり》を使い、生地を染めたあと糊を落とすのは水でよかった。

ところが、明治になって外国から化学染料が輸入されると、糯糊では困ることが起こった。化学染料では染めるとき、熱を加えるため、糯糊が溶けてしまい、紋に染料が食い込んでくっきりと仕上がらないのだ。

そこで紺屋《こうや》は工夫を重ね、ゴムによるゴム糊を開発して問題を解決した。はじめにゴム糊を使ったのは甲州《こうしゅう》出身の黒染屋で、これを甲州黒といい、信用を高くした。

生地を染めたあと、このゴム糊を除去するにはベンジンや石油などの揮発油が必要なのだ。

「それで、生地を燃してしまったのかね」

と、勝浦さんが関口さんに訊いた。

「いや、幸い生地は大丈夫だった。だが畳を焦がしました」

「そりゃよかった。もし火事でも出したら、今ここにこうしていられなかったかもしれない」

さすがに、それ以上の失敗をした人はいなかった。

勝浦さんは話を元に戻した。

「替手さんが縮尻ったかぶり笠と雨傘だけどね。昔の紋帳には三つが並んでいる紋があるんだ。編笠に雨傘、もう一つは皿のような形の、一文字笠とか言うんだろう」

「三つのものが並んでいるとすると、風流紋ですね」

「そう。『紋帳百菊《もんちょうひゃくぎく》』という、風流紋だけを蒐《あつ》めた紋帳でね。そういう本が作られているところを見ると、昔はずいぶん風流紋が流行《はや》っていたらしい」

「そういう紋付を着て行く場所はだいたい見当がつきますね。綺麗な女の子のいる場所とか」

と、池島さんが言った。増田《ますだ》さんが口を挟んだ。

「昔の人の遊びは趣があったね。今なら、ゴルフパンツにクラブにボウルとかね」

勝浦さんが言った。

「今の編笠に雨傘などは大人しい方でね。『紋帳百菊』の中には塵取《ちりとり》のそばに、開いてない結び文が捨てられている、というのもある」

「色男、台なしというわけだ」

「『紋帳百菊』は安永《あんえい》三年のものだけど、内にある一番古いものは『紋帳絵鏡綱目《もんちょうえかがみこうもく》』で、たしか貞享《じょうきょう》期のものだ。今から三百年以上前の本だね。その後、いろいろな風流紋の紋帳が出版されているね」

わたしは五節句の紋の写真を持って来たのを思い出した。

勝浦さんに五節句の写真を見せると、嬉しそうに顔をほころばせた。

「いいね。まだこういう着物を誂える風雅な人がいるんだ」

勝浦さんは写真の一枚一枚を見ていたが、ふと笑顔を引っ込めて、難しい顔になった。

「これは、変なところがある」

「——なにが気に入らないんですか」

と、わたしは訊いた。

「うん、一月七日の松と竹、三月三日の桃と紙雛、五月五日の菖蒲に鯉の吹流し、いい組み合わせだね。七月七日は撫子に桔梗、秋の七草だね。七夕が秋なのは旧暦で算《かぞ》えているからだ」

「花札では七月が萩です」

と、池島さんが言った。勝浦さんはうなずいて、

「池島さんは勝負事に精しいね」

と言い、後を続けた。

「九月九日が紅葉。これがちょっと気になるんだね」

勝浦さんに言われて、わたしははじめてそれに気が付いた。

「九月九日は重陽の節句。とすると、どうしても菊でしょう。重陽は菊の節句、中国の詩人、杜甫《とほ》に『登高《とうこう》』という有名な詩もあります」

「そうなんだ。これまでの四つの節句はどれも旧暦によっている。ところが九月九日に限って菊ではなく紅葉を選んでいるのがうなずけない。紅葉は旧暦では十月のはずだ」

「花札でも九月は菊で、十月は紅葉ですよ」

と、池島さんが言った。

「そう。どうして菊をとばしてしまったんだろう」

「この着物を誂えた人は、なにかの理由があって菊を嫌ったか、あるいは紅葉に特別な思い入れがあったんじゃないかな」

勝浦さんの推測はそれまでで、それ以上のことは判らなかった。

上絵師の二次会が終り、家に戻っても紅葉のことが気になって仕方がなかった。

そこで、俳句歳時記を引っ張り出して見る。

紅葉は矢張り十月で、紅葉《こうよう》、夕紅葉、むら紅葉、下紅葉《した》、紅葉鮒《ぶな》など数多くの名称があり、昔から愛され観賞されてきたことが判る。

そして、次の記述にぶつかり、はっとした。

紅葉は楓《かえで》の通称。楓は蛙手《かえるで》から転化したものである――

わたしの頭の中に、替手さんの顔がはっきりとうかびあがった。

それからしばらくして、更昌さんが五節句の着物を取りに来た。

更昌さんは着物の浸がすっかり抜かれて、綺麗になっているのを見て満足し、煙草を取り出した。

「この五節句のことで、ちょっと気になっているんですがね」

と、わたしは言った。

「この前も岡井さん、これを見て感心していましたなあ」

「それで、この右胸紋の紅葉。五節句の九月ですから、菊が入るべきなのに、なぜ紅葉なんでしょう」

「——そう言えば、九月九日は菊の節句でしたね」

「それが一と月ずれて、十月の紅葉が入っているんですよ」

「模様師が間違えたのかな」

「こういう風流紋を誂える人ですから、間違いがそのまま通るとは思えませんね」

わたしがしつこく食い下がるので、更昌さんは困った顔になった。

「岡井さんがふしぎに思う気持は判りますがね。そのわけを聞こうにも、なにせこの着物を持っていた方は、去年お亡くなりになったので」

「亡くなった——すると、この着物はどなたのものですか」

「亡くなった方の娘さんです。娘さんが形見にもらって、大切にしようと思っていたのですが、この浸に気付いてこのままではいけないと思ったのだそうです」

「亡くなったのはどういう方でしたか」

「大手の建設会社、スズイチ建設の大奥様でした」

九月九日に菊ではなく、十月の紅葉を選んだのは、替手さんを意味する風流紋だったのである。

若いときは誰でも体面や見栄を気にするものだ。三矢子さんも若かったゆえの軽率さで替手さんと喧嘩別れをしたものの、替手さんを忘れることができなかった。

三矢子さんには娘さんがいるというから、幸せな生涯だったに違いない。

わたしは三矢子さんの死を替手さんに知らせるべきかどうか、ずっと悩み続けたのである。

三《さん》国《ごく》一《いち》

山鹿屋《やまがや》さんが仕事を持ってわたしの家に来たのは夏の終り、夜毎に盈《み》ちていく月が冴えはじめたころだった。

山鹿屋さんは駒込六義園《こまごめりくぎえん》の裏にある洗張屋《あらいはり》さんで、古くからの付き合いだが、しょっちゅう仕事を持って来るわけではない。年に一、二度で、その日顔を見せたのもほぼ一年ぶりだった。元元、若白髪《わかしらが》だったが、一年ぶりに見る山鹿屋さんの頭は白いものがかなり目立つようになっていた。

「涼風が立ちはじめたね。仕事が動きだしたかね」

山鹿屋さんは入口に靴を脱いで内に上がりこんだ。入口から上がればすぐ六畳の仕事部屋で、窓際の仕事机を前にして、わたしが注文の紋入れをしていた。

「だめですね。相変わらず固まっていますよ」

「いずこも同じ秋の夕暮れ、ですか。なにか景気のいい話はないものかね」

「ありませんねえ。この呉服業界で独りだけ儲けている人がいるとすれば、ただじゃ済みません。皆からなぶり殺しにされてしまいます」

山鹿屋さんは仕事机の横に坐って、わたしの手元を覗き込んだ。

「でも、ちゃんと仕事をしている。安心したよ」

「わたしが廃業していたら、困ると思っていたんですか」

「半分はそう考えていたね。これから別の紋屋さんを探そうとしても、紋屋さんなんてそうあるもんじゃない」

「そうですね。わたしが廃業していなくてよかったですね」

山鹿屋さんはにこりともせず、真面目《まじめ》な顔をしてうなずいた。わたしは言った。

「仕事の数が落ちるところまで落ちましたからね。このところ、横這い状態が続いているので、気まかせに机に向かっているわけです」

「紋屋さんも、ずいぶん減っているんでしょう」

「そうですねえ。親父がいたころには、東京の組合員が百軒は下らなかったでしょう。ところが今じゃ十五、六軒になってしまった」

「十五、六軒じゃ、組合があってもなきがごとしですね」

「ええ。でもまだいい方です。これからはもっと少なくなります。なにしろ、紋屋の倅《せがれ》さんたちが、誰も親のあとを継ごうとしなくなりましたからね」

「わたしの仲間も同じですよ。今時、都内で広い張場《はりば》を使って、仕事をしている洗張屋なんて、いやあしません」

「その点、内のような紋屋は一部屋あれば十分です」

「そうですねえ。わたしもよく考えないとね。このまま洗張屋を続けていたのでは、ろくなものも食べられなくなりそうだ。もっとも、あたしゃ、あまりうまいものを食べたがる方じゃないんだが」

山鹿屋さんは悪く言えばケチ。ごく質朴な人だ。

ときどき組合員の旅行や会合などあって、山鹿屋さんも参加するのだが、楽しかったという話をしたことは一度もなかった。

旅行は「どこへ行っても似たような景色で、上野《うえの》か浅草《あさくさ》の公園でもぶらぶらする方がよっぽど気が楽だ」

食べ物は「外のものは高いばっかりで少しもうまくはない。内にいて嬶《かか》あの作る天ぷらが一番うまい」

わたしは「嬶あの天ぷら」を何度も聞かされ、蔭で山鹿屋さんのことを「嬶あの天ぷら」と呼ぶようになった。

その山鹿屋さんの一番の失敗は、東京でなく、地方から嫁さんを貰ったことだ、と言う。嫁さんは新潟の人だった。

「なにしろ、冠婚葬祭、ことあるごとに新潟まで出掛けて行かなければならないでしょう。東京の嫁さんだったら日帰りで済むところ、滞在費や旅費でばかにならない負担になるんです」

せっかく遠くへ出掛けたのだから、帰りには名所など立ち寄ればよさそうだが、山鹿屋さんはわき目もふらず帰って来る。なにしろ「どこへ行っても似たような景色」としか言わない人だからだ。

山鹿屋さんの唯一の趣味と言えばパチンコで、これは年季が入っている。戦後のヤミ市で、パチンコにチューリップが登場する前からの付き合いだ。

もっとも、パチンコで大勝した話は聞かない。わずかな小遣いで長い時間遊べて、運が良ければわずかな景品が手に入る。その程度で満足しているのだ。

山鹿屋さんは、わたしの手元を覗き込んだ。

「珍しい紋を描いているね。梅鉢《うめばち》に似ているが、ちょっと違う」

「これ、野菜の茄子《なす》。茄子が五つで、五つ茄子という紋です」

「昔の人はよくこういうふしぎな紋を作り出したね。胡瓜《きゅうり》もあるの」

「いえ、胡瓜はありませんね」

山鹿屋さんは不満そうに、

「それじゃ、不公平でしょう」

「そう、昔の人はずぼらでしたからねえ。紋には馬があるけれど、牛は紋になっていません。瓢箪《ひょうたん》はあるけれど鯰《なまず》はいません。海老《えび》はいるけど蝦蛄《しゃこ》はいません」

「ときどき、海老は食べるけど、蝦蛄は最近食べたことがない」

山鹿屋さんは持って来た大きな鞄を開けて黒羽二重《くろはぶたえ》の反物を取り出した。

少し前までは、風呂敷包みを抱えて街中を歩いている人が少なくなかった。山鹿屋さんのような洗張屋さんや、呉服屋さんはだいたい風呂敷に品物を包んで持ち歩いていた。

だが、このごろはあまりそういう人を見かけなくなった。

山鹿屋さんはあまり体裁を気にする人ではないのだが、倅さんなどが鞄を買い与えたのだろう。

わたしが渡された反物を拡げて見ると、黒羽二重の喪服で、薄汚れた丸に三階松の紋が入っていた。

「たまに仕事を持って来ると、手間のかかる古物で済みませんね」

と、山鹿屋さんが言った。

「そんなことはないです。皆、わたしの仕事のうちですから」

実際、古物は手間がかかる。洗張をして水をくぐった品物だから、紋が薄汚れている。まず薬品で汚れを漂白し、生地に薬が残らないようによく水洗いする。それから上絵に取りかかるのだが、すでに紋が入っている。

紋はどれも同じようだが、職人にはそれぞれ手癖がある。四つ目や鱗《うろこ》といった幾何学的な図形の紋は別として、桐《きり》や蔦《つた》などは職人の個性が出やすい紋だ。

古物の場合、前に描いた職人の手癖に似せて紋を描かなければならない。まだ誰の手にも渡っていない新品の紋入れよりは、ずいぶん神経を遣う。

「別に急ぐ仕事じゃあないんです。あいまを見てやってください」

と、山鹿屋さんは言った。

「なに、ごらんのとおり閑《ひま》ですから、すぐ出来てしまいますよ」

わたしが反物を巻き戻すと、山鹿屋さんは煙草《たばこ》に火をつけた。

「しかし、やっと夏休みも終ったね」

「もうこの年になると、夏休みといっても少しも嬉しくない」

「そう。その上、孫たちが来るのはいいが、内にじっとしていられない。やれ遊園地だ、食堂だと、金ばかりかかって閉口してしまう」

わたしは食堂より嬶あの天ぷらの方がうまいでしょうと言いかけて、すぐ思いとどまった。

「それに、孫を連れて大きなスーパーに行ったんだが、あまり食べものの数が多いんでびっくりしたね。この前、山鯨《やまくじら》がケースに並んでいるのを見た。ありゃ、本物の猪かな」

「大手のスーパーなら、まあそうでしょう」

「買う人がいるから店に並べておくんだろうが、なにを好んであういう妙なものを食べる気になるのかね。わたしなんかは嬶あがいなければ、飯はお茶漬で済ましてしまう。それで結構だ」

「世の中にはゲテモノが好きな人がいます。カメとかヘビとか。ワニなんかは柔らかくて結構いけるらしいですよ」

「気が知れないね。飽食の時代というんだろうが……」

山鹿屋さんは話しながら、畳の上に転がっている紋帳のページを繰っていたが、

「紋でも結構複雑なものがあるね」

と、感心したように言った。

「ここにある鳳凰《ほうおう》なんかは描くのがたいへんでしょう」

「ええ、鳳凰とか龍は手間がかかりますね。工賃は同じでまごまごすると、一日仕事になってしまいます」

「かたばみという字は、むずかしい字なんだねえ」

かたばみは道傍などに自生している多年草で、酢漿草という字を当てる。

「ええ。紋屋でも正確にその字を書ける人はいないでしょうね」

上絵師はむずかしい字には当て字を使ってきた。酢漿草は片喰、鷹《たか》の羽《は》は高の羽、橘《たちばな》は立花、沢瀉《おもだか》は面高などだ。

山鹿屋さんはふと思いついたように言った。

「三国一《さんごくいち》、という紋、ありますか」

「三国一、ですか。あまり聞きませんね。三国一の富士《ふじ》の山と言うから、富士山の紋かな」

「富士山……ね」

わたしは紋帳の山の部を探した。山の部に一つだけ「青木家富士《あおき》」という紋があった。富士山の裾に霞がかかっている紋である。

「しかし、これは三国一という紋名じゃない」

と、山鹿屋さんは不満そうだった。

「わたしが覚えているのは〈丸に三国一〉。ちゃんと〈丸に〉とことわってあるから、いいかげんな紋名じゃないでしょう」

「そうですね。それ、山鹿屋さんのお客さんの注文なんですか」

「いや、お客さんというんじゃないけど」

山鹿屋さんはあいまいな言いかたをし、その日は帰って行った。


それから三、四日たったころ、紋章上絵師《うわえし》組合の例会があった。

毎月の会合で、十人ほどが喫茶店の一隅に集まったが、会員のそれぞれは仕事も安定していて、特別に話し合う問題もない。

ただ、取り留めのない雑談が続いているうち、ふと三国一の紋のことを思い出した。勝浦《かつうら》さんの顔を見たからだった。

勝浦さんは五代目の紋章上絵師で、家業が古く、歴史が好きでもあり、紋章の知識が豊かな人だ。

「三国一というのはどんな紋ですか」

と、わたしが訊くと、

「ああ、三国一ね。あれは三つ星に一の字のこと」

呆っ気ないほど明快な答えが返って来た。三つ星に一の字というのは、渡辺星とも言う。紋では星を小さな円で表現する。三つの星を品の字形に置き、その下に一の字を加えたのが三つ星に一の字で、普通、輪の中に収める。丸に三つ星に一の字と呼ぶ。割によく見かける紋だ。

三つ星の上に一の字を置いたのが、一の字に三つ星、毛利《もうり》三つ星とも言う。

「紋は土地によって、独自の呼び方をすることがあるね」

と、勝浦さんは言った。

「三つ星に一の字を団子三つに箸一本などと言う」

「そりゃ、判りやすい」

「三つ星に一の字を三国一というのは、熊本県だね」

「なぜ、三国一なんでしょう」

「三国というのは日本、唐《から》、天竺《てんじく》の三つの国のこと。昔の人は花嫁や花婿さんを誉めるときに三国一という言葉を使った。その三国を三つ星になぞらえて、これもめでたい一の字を加えたんだね」

「なるほど」

「三つ星は本来、オリオン座の中央部にある三つの星のことで、日本ではそれぞれ大将軍星、左将軍星、右将軍星という。この三つを将軍星と呼んで、戦の神様として信仰してきたんだ」

「三国と言い、将軍星と言い、めでたい意味があったんですね」

「うん、人情として不吉な紋は使わないね。安土桃山《あづちももやま》時代の武将、石田《いしだ》三成《みつなり》は大一大万大吉という字をまとめた、欲張った紋を作った」

「素朴というか、無邪気というか……」

「ついでに思い出したんだが、丸に十の字の紋を丸にむしもちとも言う」

「……虫を持っている人かね」

「虫持ちが紋になるわけがないでしょう。蒸して作った餅をむしもちと言う」

「まだ判らない」

「蒸餅を食べる前に、その上で十字をきるという風習がある」

「十字をきるというのは、キリスト教じゃないのかな」

「いや、中国にある風習なんだ。キリスト教より古い。それが日本に伝わったという。以来、十の字は災厄を祓《はら》い、福を招く印として信じられるようになった」

「たしか、薩摩《さつま》藩主の島津《しまづ》家の紋が丸に十の字だったね」

「そう、薩摩だから、これも三国一と同じ九州だ」

「丸にむしもちが丸に十の字だとは知らなかった」

「九州にはまだ紋の変わった呼び方があるね。抱き杏葉《ぎょうよう》を肥後《ひご》茗荷《みょうが》、それから――」

「もう結構です」

わたしは勝浦さんの言葉をさえぎった。

「あまり、いろいろ教えられると、肝心なことを忘れてしまう」

翌日、わたしは山鹿屋さんに電話を掛け、三国一の紋は三つ星に一のことです、と伝えた。

山鹿屋さんは礼を言って、

「じゃ、丸に三国一の紋見本を作ってください」

と、言った。

「丸に三つ星に一の紋なら、どの紋帳にも載っていますよ。紋名だけ言えばどの紋屋も知っていますから、わざわざ見本を作ることはないでしょう」

と、わたしが言うと、

「いえ、手元に置いておきたいんです。この前の紋洗いが出来たとき、一緒に取りに行きます」

山鹿屋さんはふしぎなことを言うと思ったが、わたしは仕事の合間に紋見本を描いておいた。それから五日ほどして、山鹿屋さんは喪服の紋洗いを取りに来た。そのとき、紋見本を渡すと、山鹿屋さんは、

「そう、これが丸に三国一。綺麗に描けました」

と、満足そうに言い、内ポケットの中に入れた。ちょうど恋人の写真を大切にするみたいだった。

「山鹿屋さんは熊本のお生まれですか」

と、訊くと、山鹿屋さんはふしぎそうな顔をした。

「どうして？」

「この、丸に三つ星に一の字を丸に三国一と呼ぶのは熊本だそうです」

「いや、わたしは親父の代から今のところです。もっとも、若いとき熊本に修業にやらされたことがある。親父は頭の古い職人でしたから、若いころは他人の飯を食わなきゃ一人前になら

ない、とか言われてね。親父の弟子が熊本の人で、仕事を覚えて熊本に帰り、洗張屋の店を持っていたんです」

「たぶん、そのとき三国一という紋名を覚えたんでしょう」

「自分では記憶がないが、まあ、そうでしょうね」

「若いころだから、熊本ではいろいろロマンスがあったんでしょう」

「ロマンスですか――いや、わたしはこういう野暮天でね」

口ではそう言ったが、山鹿屋さんはまんざらでもない様子だった。

偶然とは重なることがあるもので、それから間もなく、別の人から丸に三国一の注文が入った。

女性の声で紋の入った暖簾《のれん》を作りたいのだと言う。今度、新しく店を開くのでその入口に水《み》引《ひ》き暖簾をかけたい。電話帳で見ると、わたしの家がその人の店から一番近くにあった。

これまでにも、暖簾の注文は何度か受けたことがあって、その都度、わたしが紋の下絵を描き、浅草にある暖簾屋さんに持って行って染めさせた。

暖簾を誂《あつら》えたいという人に訊くと、新しく開店する店は、駅前商店街の裏通りで名を八代屋《やつしろや》だと言う。

翌日、その八代屋さんの女将《おかみ》が訪ねてきた。

年は三十五、六。

身体《からだ》はやや小作りだが、目が大きくて形のいい鼻だった。ビーズつきのニットのセーターがよく似合う。活発そうな女性だった。

八代屋さんは内の中を珍しそうに見廻して、

「ここが紋屋さんのアトリエなんですね」

と、言った。

「アトリエなんて洒落《しゃれ》たもんじゃないんです。ここで一日中じっと机にかじりついているわけですから、まあ、独房です」

八代屋さんは改まった口調になり、

「今度、お近くに店を出すことになりましたのでよろしくお願いします」

と、頭を下げた。

八代屋さんは暖簾の寸法を書いたメモを持って来て、色は茶にしてください、と言った。

暖簾は普通、紺色だが茶の方が色気があり、わたしは八代屋さんのセンスに感心した。

「それから、暖簾には店の名と紋を入れてください」

と、八代屋さんは言った。

「屋号の八代屋でいいのですね」

「ええ」

「紋は?」

「丸に三国一という紋です」

「……三国一」

わたしはふしぎな気がした。

上絵師の仕事をするようになって何十年になるが、これまで三国一という名は全く聞いたことがなかった。

ところが、つい最近、山鹿屋さんが三国一という紋名を言い、続けて今度は八代屋さんが三国一の暖簾の注文である。

「丸に三国一、ご存知ありませんか」

と、八代屋さんが訊いた。わたしがすぐ返事をしなかったので、知らないと思ったらしい。

「いえ、判ります」

わたしはそばにある紋帳を開き、丸に三つ星に一の字の紋を示した。

「ええ、これです。間違いありません」

「もしかして……八代屋さんは熊本の出身でいらっしゃいますか」

「ええ……でも、どうして判ります。人相に出ていますか」

「いや、屋号の八代ですが、熊本の地名にも八代がありますね。それと、この紋帳をごらんなさい」

わたしは丸に三つ星に一の字の横に記されている紋名を指で八代屋さんに示した。

「この紋は一般に丸に三つ星に一の字と言います。ところで、紋によっては地方で独自の呼び方をすることがあります。この紋を丸に三国一と言うのは熊本の人だけです」

「そうだったんですか。紋って、いろいろなことが判るんですね。家系なんかも調べられるんでしょう」

「わたしはその方の専門ではないので——でも、本を見れば判ります。あなたの家系を調べて見ましょうか」

「いえ、結構です。熊本にはあまりいい思い出がありませんから」

そして、ちょっと考え、

「そう言えば、しばらく熊本へ帰っていませんね」

独り言のように言った。

「熊本にはご実家がおありなんですか」

「いえ、お墓だけ」

初対面の人にそれ以上質問するのは失礼だ。

店の開店の予定日を訊くと、来月の吉日を選ぶと答えた。それまで、ざっと一月はある。

「判りました。開店までに、暖簾を間に合わせましょう」

そののち、駅に行くたびに八代屋さんの店の前を通ると、改装は順調に進んでいるのが判った。

それとは反対に、閉店しようとしている店もあった。

八代屋さんの斜《はす》向かいにある水原《みずはら》さんというかけはぎ屋さんだった。

四角く言うと織物修整加工業。たとえば衣服を傷つけたり、煙草などで焼け焦げを作ったりしたとき、その傷を元通りに修復するのがかけはぎ屋さんだ。

刃物で切ってしまったような直線的な傷だと、傷の両側をほぐし、そのけば立った繊維を元通りに織り直す。これを織りかけと言う。

あるいは、煙草の焼け焦げなどのときは、その周りを四角く切り取り、同じ生地の共布《ともぎれ》を同じ大きさに切り、四角な穴に埋めて合わせ目を織りかけにする。これを桝《ます》がけと言う。

いずれも、高度な技術と労働時間がかかるから、工賃はびっくりするほど高い。しかし、その衣服が高級な一点ものだとすると、ほかにかけがえがないから、かけはぎ屋さんに持ち込むしかない。

水原さんはそのかけはぎの名人と言われた人で、その噂を聞いて遠くから水原さんを訪ねて来る人が少なくなかった。

水原さんは何度かわたしのところへ仕事を持って来たことがあった。

傷が紋の中にできたようなとき、傷を修整すると、紋が薄くなったり形が崩れることがある。それをまたわたしが修整するのだ。

その水原さんが、わたしの家へ来て、今度、廃業することになりました、と言った。

「わたしも年を取ってしまい、根《こん》を詰める細かな仕事が辛くなりました。それで、今のところを引き払い、郊外に行って隠居しようと思います。もっとも人が羨むような楽隠居じゃなくって、貧乏隠居なんですがね」

そして、もしかけはぎが必要になったときは、同業の友達がいると言い、その人の所番地を教えてくれた。

それから二週間ほどして、八代屋さんの暖簾が出来上がった。色は茶でも派手目な檜皮《ひわだ》色で、屋号と紋はぱっちりと真白に仕上がり、これなら誰に見せても自慢できる。

暖簾とは別に、わたしは古道具屋から熊本の小岱《しょうだい》焼の壺を手に入れ、開店祝いの品として八代屋さんの店に持って行った。

店の内装はほぼ出来上がっていた。

八代屋さんは暖簾の仕上がりに満足し、開店祝いの壺を喜んでくれ、すぐ、カウンターの上に酒肴の用意をしてくれた。

「今まで、人に使われてばかり。でも、これからは正念場だわ」

そして、わたしに問われるまま、ぽつりぽつりと身の上話をはじめた。

熊本の高校を卒業すると、すぐ専門学校に入り、料理を習ったこと。調理師の資格を取って、大学の食堂で働きはじめたが、まだ若かったから冒険がしたかった。

単身、東京へ出て料亭で働きながら、更に料理の腕を磨いた……。

まだ店は改装中で、長居をしてはいられない。わたしが腰を上げると、八代屋さんは、

「今、こんなですから、思うようにおもてなしが出来ませんでした。店が開店したら、ぜひいらっしゃってください」

と、言った。

そののち、八代屋さんの店が開店し、店の前を通りかかるといくつかの花輪が並べられているのを見た。

それからしばらくして、山鹿屋さんが仕事を持って来た。今度の仕事は羽二重の喪服の入紋だった。ただし、お客さんが簞笥《たんす》の中に長く入れてしまっておいたので、紋の石持《こくもち》が黄色く変色していて、紋洗いしてから紋を入れなければならない。

山鹿屋さんはわたしに仕事を頼むと一服しながら、

「かけはぎ屋さんをどなたか知っていませんか」

と、言った。

山鹿屋さんの近所の人に、洋服のかけはぎを頼まれたのだそうだ。

わたしはすぐ水原さんが教えてくれたかけはぎ屋さんのことを思い出したが、ある下心が起こった。

「かけはぎ屋さんなら、この近くにありますよ。駅前商店街の裏通りです」

「ほう……そんなに近くにかけはぎ屋さんがいるとはちっとも知らなかった」

わたしはメモにざっとした地図を描いて、山鹿屋さんに渡した。ただし、料理屋嫌いの山鹿屋さんが八代屋さんの暖簾をくぐるかどうかは判らない。

それからしばらくして、八代屋さんに行くと、女将がすぐ、

「あなたでしょう。山鹿屋さんに水原さんのことを教えたのは」

「……」

わたしが呆《とぼ》けていると、女将は、

「あなた、本当に悪い人ね」

と、咎《とが》めるように言い、大きな目でわたしを睨《にら》んだのである。

匂い梅

本堂の正面に祭壇が作られ、遺影は菊や百合などの白い花に囲まれていた。

写真はカラープリントで、ややピントがぼけていた。遺影の池島《いけじま》さんは口をへの字に曲げ、七十五という年齢《とし》よりは老けた感じだった。

その写真に見覚えがある。昨年の正月、東京紋章上絵師《うわえし》組合の新年会で、仲間の一人が撮った集合写真だった。組合員は十人ほど、年年少なくなっている。前の年には十五人ほどが新年会に参加していた記憶がある。

わたしくらいの年齢になると、一人だけでカメラを向けられるということはあまりない。遺族は最近の写真ということで、その一枚を選び出して葬儀社の職員に渡し、池島さんの顔だけを引き伸ばしてもらったのだろう。写真がぼけているのは小さなプリントによったためだ。

祭壇の横には十人ほどの親族が椅子に坐り、焼香する弔問客の一人一人に頭を下げている。その一番前に池島さんの奥さんがいた。もともと小柄な人なのだが、この日は更にひと廻り小さく見え、顔色も悪かった。

他の人たちは黒のスーツだが、奥さんだけは紋服だった。上絵師の奥さんが洋服でないことになにかほっとした思いがする。

職業がら遠くても紋がよく判る。紋は丸に三階松で、数多い松のうちでも、最も一般的な紋だ。この紋も池島さんの手で描かれたものに違いない。

焼香を終えて祭壇を離れると、庭の一隅に数人の組合員が集まっていた。近寄って挨拶《あいさつ》すると、

「暑くなく、あまり寒くなくってよかったね」

と、組合の会長、勝浦《かつうら》さんが言った。勝浦さんも黒のスーツだった。

「本来なら、わたしたちは紋付袴《はかま》で来なきゃならないんだろうが、そうするとわたしたちだけが妙に浮き立ってしまう。困った時代になったね」

勝浦さんは五代目の紋章上絵師だが、息子は家業を継がず、大手の旅行会社の重役になっている。むろん、収入は勝浦さんよりはずっといいはずだ。

「昼のうちは過しやすいけど、夜になると急に冷え込む。年寄りは気を付けなくちゃいけない。この年になると一年は早いね。もう、べったら市です」

「勝浦さん、べったら市に出掛けたんですか」

と、組合員の稲垣《いながき》さんが訊いた。

稲垣さんは居職には珍しく、がっしりした体格で背が高い。趣味は山登りだ。

「うん、毎年のことでね。行かないと気分が悪い。しかし、今の子はべったらを喜ばないね」

「内の孫はたくわんも嫌がりますよ。嫁も手が臭くなると言って、ぬか味噌《みそ》も搔き廻さない。

ぬか味噌の係は内の婆さんです」

「そのうち、納豆もだめとなると、外国人並みですな。日本は醸造王国のはずだったんだがな」

勝浦さんは祭壇の方を振り返って、

「池島さんは風邪を引いたのがもとで、肺炎になったそうだね」

と、言った。

「けれども、べったら市に行ったわけじゃあない。釣りに出掛けて、海がひどく寒かったらしい」

「海釣りなら相当の防寒の用意をしたはずでしょう」

と、わたしが訊いた。

「もちろんそうなんだがね。その日はあまり魚がかからなかったらしい。池島さんは負けず嫌いだから、釣れるまで頑張っていたんだそうだ」

池島さんの唯一の趣味が海釣りで、身体《からだ》をこわすまで釣りにのめり込んでいた気持が判るような気がする。

池島さんは上絵師の仕事が下火になりはじめた二十年ほど前、思い切り良く上絵師を廃業してしまった。

仕事を廃《や》めても、組合からは退かず留《とど》まったままだった。上絵師は代代家業を継いでいる家が多い。池島さんも三代目の上絵師で、親の代からの付き合いをあっさり打ち切る気にはならなかったのだ。

上絵師を廃業した池島さんは、兄さんが経営する冷暖房器具の会社で働くようになったが、根からの職人なので、人に使われるサラリーマンの仕事に馴染めなかった。

池島さんはつくづくと、

「すまじきものは宮仕え、という言葉があるけど、あれは本当だね」

と、わたしに言ったことがある。

その鬱屈《うっくつ》した気持がいつもあって、趣味の釣りに没頭していたのだろう。ただの負けず嫌いで長い間海釣りに夢中になっていたわけではないと思う。

寺の境内《けいだい》にいくつかの花輪が並んでいた。その中に紋章上絵師組合と、兄さんの会社、池島製作所の名を記したものがあった。

次次と訪れる弔問客の中に、花村《はなむら》さん夫婦の姿が見えた。

花村さん夫婦の結婚式には、池島さんが仲人を務めた。もう三十年も前になるが、ほとんどの組合員が参列して賑やかな式になった。当時、組合員は五十人以上いたのだ。

そのころ、正月には組合員が全員、紋付袴で集まり、都心の神社に参拝する習慣があった。紋服を着用するのは、紋付のデモンストレーションの意味もあった。わたしたちの一団を見た女性からは、

「男性の紋付はやはり素敵ねえ」

という声も聞かれたが、それによって紋服を誂《あつら》えようとする人は培《ふ》えなかった。新年参拝の

集まりは六、七年続いたが、年年会員が減少し続けたため、いつの間にか立ち消えになってしまった。

花村さんの奥さんは中学校の教員で、生徒に日本の家紋を教えることになって、花村さんのところへ知慧《ちえ》を借りに来て識《し》り合いになったという、職人にはあまり聞かないロマンスがあって結婚にゴールインした。花村さんは上絵師の中では一番若い。若いと言っても五十代だ。

花村さん夫婦は焼香を済ませると、わたしたちのところへ歩いて来た。花村さんは黒のスーツで、奥さんは黒羽二重《くろはぶたえ》の五つ紋、紋は丸に違《ちが》い鷹《たか》の羽《は》だった。

「また一人、仲間が減りましたね」

と、花村さんが淋しそうな顔をして言った。勝浦さんはうなずいて、

「そう、紋屋がこれから先、培えるとは思えないしね」

「池島さん、まだ若かったでしょう」

「うん。七十五だそうだ」

「じゃ、内の親父より十も若い」

「とすると、お父さんは?」

「八十七になります。来年、夫婦で米寿だと言って張り切っていますがね」

「そりゃ、偉い。頭もしっかりしているんだね」

「ええ。そのかわり、口喧《やかま》しいですよ。少しはぼうっとしていてくれた方が御《ぎょ》しやすいと思うんですがね」

「そりゃ贅沢《ぜいたく》だよ。いくら元気でもぼけちゃなんにもならないからね」

「その点では感謝しています」

「お父さんはまだ仕事をしているの」

「いや、さすがにもう紋は描かなくなりました」

「そうだろうなあ。内の親父も八十五になって、仕事を諦めた」

勝浦さんは花村さんの奥さんをしみじみ見て、

「こんな場所で、不謹慎なようだが、女性の喪服は実にいいね。つつましくて美しく、葬式が引き立つね」

わたしは花村さんの奥さんが胸に抱えているバッグが気になった。

和装用の黒いバッグなのだが、その隅に白く紋が染め抜かれていた。紋は喪服と同じ、丸に違い鷹の羽だった。

「それ、洒落《しゃれ》たバッグですね。紋付ですか」

と言うと、花村さんはにこっとして、

「そう。売っている品じゃないんです」

「とすると、誂えたんですか」

「実は、行方不明の品があったんです。古物の黒羽二重の喪服で、洗張りをしたものを紋洗い上絵で請けたんですが、仕事が済んでもどういうわけか取りに来ないんです」

着物が汚れたり古くなったりすると、洗濯しなければならない。着物は洋服とは違い、クリーニング屋に出して丸洗いするわけにはいかない。

着物を解《ほど》き元の一反に縫い直す。これを羽縫《はぬ》いと言う。普通の着尺地《きじゃくじ》は、両袖、両身頃《みごろ》、両衽《おくみ》、衿《えり》の七つに裁断する。わずか、七布《きれ》なので、元の一反に戻すにはわけはない。

洋服だとこうはいかない。人の身体に合わせて裁断するから、体型の違う人が着られない。日本の着物はその点融通がきく。生地が適宜に仕立てられているからで、日本家屋の部屋が、食堂にもなれば寝室にもなるのと同じだ。

また、脱いだ着物はきちんと四角に畳まれて箪笥《たんす》の中にしまわれる。ハンガーにだらりとぶら下げられた洋服のようにぶざまな姿にはならない。

元通りに羽縫った生地を洗い、張り場に干して糊入《のりい》れすると、生地は新品の美しさに戻る。これは洗張屋さんの仕事だ。

ただし、紋付の場合、紋が水にくぐると、にじんだり、墨で描いた部分が薄くなるときがある。そうしたとき、洗張屋さんはその品物を上絵師のところに持って行く。

上絵師は汚れた紋を薬品で漂白し、紋を描き直す。これを紋洗い上絵と言う。

花村さんは、その紋洗い上絵を請け、仕事を済ましたのだが、いつまでたってもその紋付を取りに来る客がいなかったのだ、と言う。

相手が大きな呉服屋やデパートでなく、年に一度か二度仕事を持って来るような洗張屋さんでは、一反一反の仕事に伝票など書いたりすることはない。

「その反物は棚の下積みになっていてね、年末になるとその一反がぽつんと取残されている。

毎年、気にはなっているんだが、どの人が持って来たかも忘れてしまい、連絡のつけようがない。気が付くと十年以上たってしまった」

これが、七布揃った品なら、仕立て直して誰かが着ることができる。

「ところが、家にあるのは身頃と袖だけ。衽や衿がないので一着に仕立てられないんです」

そこで、袖紋を生かして、紋付のバッグを作ることを思い付いた。たまたま、着尺地と花村さんの家の紋が同じ丸に違い鷹の羽だったからだ。

「わたしの識り合いに、バッグや紙入れを作る袋物屋さんがいましてね。その人に頼んで作ってもらったんです」

「それで、思い出しました」

と、勝浦さんが言った。

「昔、家にきていた呉服屋さんが矢張り紋付のバッグを思い付いたんです。喪服や草履《ぞうり》とセットで売りはじめたんですが、うまくいきませんでした」

「売れなかったんですか」

「いや、アイデアは良かったんだが、技術に問題がありました。というのが、花村さんのように、あらかじめ紋の入った生地でバッグを仕立てるのではなく、石持《こくもち》のバッグを作ってしまったんです」

「そりゃ、紋入れがたいへんだ」

花村さんはその欠点がすぐに判ったらしい。

石持というのは、紋の部分だけを白く染め残した反物のことで、羽織は石持羽尺《はじやく》、長着《ながぎ》を石持着尺という。

上絵師はその丸く染め抜かれた石持に紋を描き入れるのである。

ところが、反物と違い、仕立て上がったバッグの石持に紋を入れようとすると、表面が柔らかいので、生地を平らにする鏝《こて》も使えず、絵筆や刷毛もままならない。従って、紋が思うように綺麗に仕上がらない。

結局、その呉服屋さんは紋付のバッグを諦めたのだった。

紋付のバッグを作った花村さんは言った。

「バッグを作るには一反の片袖分で充分ですね。両袖で二つのバッグを作って、一つを内の上《かみ》さん用にし、もう一つを弟の嫁さんに渡しましたよ」

「そうすると、まだ身頃が残っていることになりますね」

「ええ、それをどうしようかと考えているところです。紋付のちゃんちゃんこなんて、どうかな、と」

「なるほど、ちゃんちゃんこなら袖はいらない」

わたしは紋付のちゃんちゃんこを想像して笑ったのだが、そのあと内にも引き取り手がない反物があることを思い出した。

池島さんの告別式から帰ると、普段着に着替えもせず仕事場の棚を掻き回す。

仕事机の後ろに客から預かった品物を置く棚があるが、最近ではその棚が一杯になったことはない。ざっと見廻しただけで、

「ない……」

とすると、別の場所にしまい込んだらしいのだが、それがどこか思い出せない。

広くもない家の中をあちこち探し廻る。

「なにをがさがさやっているんですか」

と、妻が訊いた。

「行方不明の反物が行方不明になった」

「……行方不明の反物なら、もともと行方不明なんじゃないんですか」

「そうじゃない。仕事を持って来た人が判らなくなって、その反物も行方不明になったんだ」

そして、やっと押入れの上の天袋の奥に、その品物を見付け出した。反物は新聞紙に包んであった。

新聞の日付を確かめると、十年も前だった。

反物の生地は上質の黒の一越縮緬《ひとこしちりめん》で、普通の縮緬より皺《しぼ》が細かい。ちょうど、羽二重と縮緬の中間といった感じだった。

反物を全部拡げてみると、二枚の身頃と二枚の袖だけ。衽や衿などの付属はなかった。

紋は匂い梅の五つ紋だった。匂い梅は梅の花を斜めに見た形で、花の蕊《しべ》が匂い立つような形で作図されている。だが、紋を見ただけでは十年前の記憶が甦らない。

改めて生地を巻いてあった巻棒を見る。

巻棒は芯木《しんぎ》ともいい、芯木というから昔は木の棒を使っていた。今では円筒のボウル紙になっている。長さは反物の横幅と同じ鯨《くじら》で一尺。

鯨尺は呉服尺ともいい、主に反物を計るときの単位で、昔の物差しは鯨の髭《ひげ》に目盛りをつけていたので鯨尺の名がある。男紋の大きさは直径が一寸。一尺が三十七・八センチというメートル尺よりずっと判り易い。

ちなみに大工さんが使う曲尺《かねじゃく》は鯨尺八寸を一尺に定めてある。

昔の物差しはその用途によって使い易い単位が作られていた。光の速度から割り出したという、およそ生活臭のないメートル法よりよほど勝《すぐ》れている。

その一尺の巻棒の小口《こぐち》の両端は同じボウル紙の蓋《ふた》で塞がれている。デパートの巻棒はその小口に自社のトレードマークを印している。

今、この巻棒を見ると、小口の蓋が剝がれかかっているのに気付いた。なにげなくその蓋を外すと、巻棒の中に巻いた紙が詰められている。

取り出して見ると、綺麗な文字が見える。

便箋に書かれた手紙のようだった。

今日はなにもしませんでした。

昨夜、一晩中泣いていたので、もう、涙も出ません。

今、久しぶりにわたしの部屋で机に向かい、あなたと一緒に見ていた月を眺めています。今、細い月が出ています。明日になればもっと細く、そして消えていってしまうのですね。

今年の正月休みには帰省しませんでした。あなたのいる東京を離れたくなかったから。二年振りに家族と会っても楽しくありません。自分の部屋に入っても懐かしくありません。わたしの思いはあなたのことばかり。別れがつらいとは覚悟していましたが、こんなに悲しいとは思ってもみませんでした。

はじめてあなたとお会いした日のことを、昨日のことのように覚えています。

仕事をしているとき、わたしはうっかりして針で指を突いてしまい、その血で着物の紋を汚してしまったのです。

もし、生地を弁償しなければならなくなったら、お給料の何月分が消えてしまう。

わたしは青くなって、すぐ水洗いしようとしましたが、沼田屋《ぬまたや》のお上《かみ》さんは落着いたものので、

「素人《しろうと》がいじったりすると、もっとひどくなってしまう。餅は餅屋にまかせなさい。すぐそれを持って紋屋さんのところに行ってらっしゃい」

と、あなたのところを教えてくれました。

あなたはわたしが心配している様子を見て、

「大丈夫、こんなものを直すのはお茶の子さいさいだ」

と言って、すぐ仕事にかかりました。

見ていると沼田屋のお上さんが「素人はいじってはいけない」という意味がよく判りました。

あなたはブラシを使い、水で紋の血を叩き出すようにして落としましたが、血の汚れで紋の染料がみるみるにじみ出したのです。

次に洗剤で紋の染料を落としましたがまだ紋は薄汚れしています。今度は酸の匂いのする薬品で紋を白く漂白し、改めて紋を描き直しました。

その間、三十分ほど。あなたがブラシや鏝や薬品、そして染料や絵筆を生きもののように使う、その神業のような手さばきをぼうっとして見ていました。

すっかり仕事を終えると、あなたは、

「きみは新潟の人かね」

と、訊きました。

「はい」

わたしは小さな声で答えました。わたしは無器用なので東京の言葉がうまく使えません、きっと故郷の訛《なま》りが出たのでしょう。わたしが恥ずかしそうにしているのを見て、

「沼田屋さんのお弟子さんは新潟の人が多いからね。沼田屋さんのおじいさんという人が、新潟の出だったんだ」

と、教えてくれました。

「昔のお弟子さんはたいへんだった。仕立てを習うだけじゃない。掃除や洗濯、子供のお守りもしなきゃならなかった。呼び名もお弟子さんじゃない。女中さんで呼ぶときはなになにどん、だった。今じゃそんなことはないんでしょう」

「はい。掃除ぐらいはしますけど」

「日曜日は休みなんでしょう」

「はい」

「休みの日はなにをしているの」

「だいたい、本を読んでいます」

「外へは出ない？」

「ええ。外に出るといろいろお金がかかりますから」

「じゃ、お給料は家に送っているんだ」

「はい」

「偉いな。でも、せっかく東京へ出て来て、東京見物をしないのはもったいないと思う。次の日曜日にはぼくが面白いところを案内しよう」

　あなたは親切でした。

その日曜日はほんとうに楽しく夢のような一日でした。

　でも、しばらくすると、東京見物などどうでもよくなってしまった。あなたと一緒にいて、お話ができるだけで幸せ。

それも、今思うとあっと言う間でした。

わたしの修業も終り、一年のお礼奉公も終って、新潟に帰るときがきました。

その最後の夜――

これがあなたに送る、はじめてで最後の手紙です。

くれぐれも長生きしてください。そうすればいつかどこかで、逢える日が待っているでしょうから。

梅野美津子《うめのみつこ》

池島哲次《てつじ》様

何度も読み返すうち、梅野美津子という女性の、熱い思いが伝わってくる。

池島さんが若かったころとすると五十年以上前に書かれた文章だが、ごく最近書かれた手紙のように感じるのがふしぎだった。

それにしても、自分ではあまり思うようではない、不本意な生き方をしてきたと悟っていたはずの池島さんにも、ひととき耀《かがや》く青春があったのを知って、ほっとしたのだった。

美津子という女性は、新潟に帰り独立して仕立屋さんになったはずだが、そののち所帯を持って幸せに過したただろうか。

また、美津子はいつの日か池島さんと再会できたのだろうか。

池島さんはどちらかというと無愛想な方で、人付き合いも上手ではない。唯一の趣味が海釣りというのも、魚がものを言わないところが気に入ったに違いない。

無愛想な職人と地方から出て来たばかりの娘。その取り合わせも微笑《ほほえ》ましいが、池島さんはどんな調子で美津子さんと話をしていたのだろう。

そして、まだふしぎなことは、その手紙——疑いもなく思いのたけをつづった恋文——を、池島さんはなぜ巻棒の中に入れておいたのか。手紙を奥さんなどに見られないためなのか。

そして、最も判らないのは、その巻棒に匂い梅の紋付の反物を巻いてわたしのところへ届けた。そのころ、池島さんは上絵師を廃業していたから、その仕事ができずに仲間のわたしに託した。そこまではいい。

だが、なぜ、そのまま反物を取りに来ず、十年間も放っておいたのか。そのころ、池島さんはまだ呆《ぼ》ける年齢ではない。

梅野美津子と匂い梅——わたしは匂い梅が梅野家の家紋のような気がしてならなかった。

だが、わたしの推測はそれまでだった。

その反物が池島さんが持って来た品だと判っても、池島さんの家に返す気にはならなくなった。

といって、花村さんのように、その生地で紋付のバッグを作ろうとするわけでもなかった。

わたしは巻棒に巻いた生地を元通りに新聞紙に包み、天袋の中に戻すことにした。

逆《さか》祝《いわ》い

その日はどういうわけか気分が晴れなかった。

一年も前のことをまだ覚えているのは、その日の昼過ぎ、仕事のことで行き違いがあったからだ。

あとになって考えると、虫の知らせとでも言うのだろうが、朝起きたときからなにか気が重い。

天候が悪い、というのでもない。このところしばらく晴天に恵まれていて、ほとんどの人は秋日和の爽やかさを味わっているに違いない。

にもかかわらずなにか気が重い。

いつものように仕事机の前に坐り、反物を拡げたが、それ以上手を動かす気にはなれない。たまにこういう日があるもので、この一日、あまりいいことがないような気がする。無理に仕事を進め、手元を狂わせて筆など落とし、反物を汚しなどしたらたいへんだ。

わたしは筆を置き、反物を巻いて机の前を離れることにした。

外へ出て気晴らしにパチンコ屋へ入ってみたが、全く玉が出ない。これでは気晴らしにならなず、いらいらするばかりだ。

行きつけの居酒屋は時間が早くてまだ開いていない。開いていたとしてもパチンコ屋のお蔭で金が足らない。

通りがかった神社に寄り、厄《やく》落としの心で社殿に向かって手を合わせ、試しにおみくじを引くと「大吉」。

神様にもからかわれたような気がした。

いつまで外をのそのそ歩いても、いいことがあるとも思えない。反対に、空から降って来た隕石《いんせき》にでも当たったらつまらない。昔、隕石にぶつかって死んでしまった、という小説を読んだことがあった。

空を見上げると、雲一つない青空だ。隕石などの降る心配はないが、これからの天候が心配だ。男心と秋の空という。明後日、紋章上絵師《うわえし》組合の旅行がひかえている。この秋空が崩れてくれなければいいがなと思いながら、カメラ用のフィルムと乾電池を買った。

家に帰ってカメラに乾電池を入れてみるが、どうもおかしい。フラッシュランプが少しも光らないのだ。しばらく使っていないので、どこかが錆びついてしまったのかもしれない。カメラをひねくり廻していると、電話機が鳴った。電話の相手は綺麗な声の女性だ。

一瞬、おみくじの大吉は当たったかと思ったが、話を聞くとそうではない。

「姫路屋《ひめじや》です。いつもお世話になっています」

声の調子がいつもとは違う。なんとなくよそよそしい感じなのだ。姫路屋さんはすぐ用件を切り出した。

「あの、先日入れてもらった紋が違っているんです」

——紋が違っている……

その言葉は空から降ってきた隕石が頭に突き当たったような衝撃だった。

紋章上絵師の職人が最も恐れている縮尻《しくじり》の一つだ。

「どう違っているんですか」

と、わたしは訊き返した。

「紋が逆さまに描いてあるんです」

「逆さま——」

姫路屋さんの言葉が信じられなかった。

これまで、五十年も着物に紋を描き入れる仕事を続けてきたが、紋をあべこべに描いたことなど一度もない。

姫路屋さんが仕事を持って来たのは、一月ほど前でそう前のことではない。わたしが描いた紋のことは、はっきりと覚えている。

「それは、男物の羽尺《はじやく》で紋は丸に剣片喰《けんかたばみ》でしたね」

と、わたしは訊いた。

「ええ、それが逆さまなんです」

姫路屋さんは電話ではもどかしいと思ったようで、

「これから持って行きますので、ご覧になってください」

と、言って電話を切った。


姫路屋さんとは長い付き合いだ。

まだ姫路屋さんの父親が、駒込《こまごめ》の商店街に呉服屋の店を開店して間もなくのころだった。

姫路屋さんの父親は、商売熱心だが温厚な人柄で、いい得意を多く持っていた。普通、お客さんに親切な商人は、えてして職方《しょくかた》に厳しいものだが、姫路屋さんは違っていた。職方にも当たりがよく、姫路屋さんは裏表のない人だった。

姫路屋さんの趣味は、芝居見物とお酒で、芝居は劇場の三階席、晩酌は缶ビールが一、二本と、いたってつましい。

その姫路屋さんは五十代のはじめに亡くなった。元元、心臓が悪かったらしい。

姫路屋さんには息子と娘さんがいたが、息子さんは大手の銀行員で呉服屋は継げない。娘さんは役所に勤めていて、暇を見ては店の仕事を手伝っていたので、姫路屋を引き継ぐことになった。

以来、娘さんは役所を辞め、女の腕一本で姫路屋を守りとおして来た。

姫路屋さんとの付き合いは長いと言っても、しょっちゅう顔を合わせていたわけではない。

元元、紋服を誂《あつら》える客は多くないので、年に一度か二度、紋付の仕事を持って来ればいい方だった。

姫路屋さんの父親が亡くなったあと、娘さんが使いに来るようになった。はじめのうちは初《うい》初《うい》しかったが、来るたびに呉服屋の仕事が身についていくのがよく判った。しばらくすると立派な女将《おかみ》さんの風格がそなわっていった。

その姫路屋さんは、内に来ると大きな鞄の中からウコン色の風呂敷包みを取り出して包みを解《ほど》いた。

男物の黒羽《くろは》二重《ぶたえ》、五つ紋がついている羽織だった。

はじめ姫路屋さんが持って来たとき、まだ仕立て前の反物だった。これをわたしたちの業界では「男物五つ紋石持羽尺地《こくもちはじやくじ》」と呼ぶ。

「今どき、男物の石持羽尺地とは珍しいですね」

と、わたしが言うと、姫路屋さんはうなずいて、

「ええ、そうなんです。あまり出るものじゃありませんから、問屋さんにも置いてなくて、京都から取り寄せました」

生地はしっかりした塩瀬《しおぜ》羽二重だった。あまり売れる品ではないので、業者は安物を作らないのだ。

「このお客さん、伊草順陽《いぐさじゆんよう》という書道の先生なんです」

と、姫路屋さんが言った。

「なるほど、今どき紋服を着る男の人といえば、相撲《すもう》取り、棋士の先生、役者さんや咄家《はなしか》、絵

や書家の皆さんぐらいでしょう」

「そうですね。わたしが紋服の注文を受けたのは、これがはじめてなんです」

それで、姫路屋さんはこの仕事に慎重だった。

わたしも、久し振りの男紋の注文で、軽軽しくは扱えない。姫路屋さんに紋帳を見せて、丸に剣片喰の紋と確認し、仕事に取りかかったのだった。

にもかかわらず、そのお客さんは紋が違っている、と言う。

しかも、あろうことか、わたしが描いた紋は逆さまなのだ、という。

わたしは姫路屋さんが持って来た羽織を拡げ、改めて紋に注目する。

紋は丸に剣片喰で、きちんと正確に描かれている。

「お客さんが、この紋は逆さまだ、と言うんです」

と、姫路屋さんは言った。わたしは納得しなかった。

「丸に剣片喰という紋は、これが正しい位置なんですよ」

わたしは仕事場にある紋帳を開いて、一《ひと》つ身《み》の紋と較べた。

「そうなんでしょうねえ……」

姫路屋さんはそう言いながら、まだ半分は納得していないようなので、わたしは本棚から二、三十冊の紋帳を取り出した。

一番古いのでは塙保己一《はなわほきいち》が集輯《しゅうしゅう》した『群書類従《ぐんしょるいじゅう》』の中の「見聞諸家紋《けんもんしょかもん》」。安永《あんえい》八年（一七七九）に編集がはじまったが、わたしの本はもちろん原書ではなく、歴史出版社が復刻したものだ。

そのほか『紋帳綱目《もんちょうこうもく》』は宝暦《ほうれき》十二年（一七六二）のもので、これは国会図書館でコピーしてもらった。

原本では『改正壱ノ紋帳《かいせいいちもんちょう》』文化《ぶんか》十三年（一八一六）、『新板早引定紋鑑《しんぱんはやびきじょうもんかがみ》』天保《てんぽう》五年（一八三四）、『早見紋帳大成《はやみもんちょうたいせい》』安政《あんせい》三年（一八五六）などだ。

ひところ、古紋帳の蒐集《しゅうしゅう》に凝っていた。古書店の目録を見て、古紋帳があると片っ端から注文し、そのうち紋のある武鑑《ぶかん》にまで手を出すようになり小遣いのほとんどはボロ雑巾《ぞうきん》のような古書に化けてしまった。

「まあ、ずいぶん昔から紋帳が出されているんですねえ」

姫路屋さんは珍しそうに古紋帳を見て言った。

剣片喰は数多い紋の中でも一般的な紋だ。姓氏で言うと鈴木《すずき》さんや田中《たなか》さんのように普遍的な紋なので、どの紋帳にも必ず載っている。だが、姫路屋さんが言う、逆さまになっている剣片喰はどこを探しても見つからなかった。

「岡井《おかい》さんのおっしゃるとおりですね」

姫路屋さんはやっと得心したようだった。わたしは言った。

「きっと、そのお客さんは記憶違いで、自分の家の紋を逆さまに覚えこんでいたのでしょう」

「ええ、その上、頑固な人なんです」

伊草さんという人は相当に強情な人物のようだ。

「絵描きさんとか書道の先生、ああいう芸術家肌の人って、とても我《が》が強いもんなんですね」

と、姫路屋さんが言った。

「そうでしょうねえ。誰にもできないようなものを作り出す人たちですから」

「悪く言えばいこじでへそ曲がりなんですね」

姫路屋さんは伊草さんをあまり良く思っていない口振りだった。

丸に剣片喰は逆さが正しい位置なのだと言ってきかない。姫路屋さんが自分の店に置いてある紋帳を見せてもだめ。

おそらく「見聞諸家紋」や塙保己一を持ち出しても同じだろう。

「その伊草さんという方、昔からのお得意さんなんですか」

と訊くと、伊草さんの母親がときどき洗張りなどを姫路屋さんの店に持って来た、という。ただし、紋服を扱ったことがないので、これまで伊草さんの家紋は知らなかった。

「きっと、伊草さんのご先祖もへそ曲がりな人だったので、正しくあるべき紋とあべこべにしてしまったんでしょうね」

と、姫路屋さんが言った。

「その、伊草さんにそうおっしゃったんですか」

「ええ、あまり頑固なので、つい」

姫路屋さんは鞄の中から角封筒を取り出した。中には一枚の写真が入っていた。

「これ、その人のお墓のプリントです。紋が写っています」

姫路屋さんが言うとおり、写真に写された墓石の表面には伊草家の姓名と丸に剣片喰の紋が彫り出されている。

姫路屋さんに紋服を誂えた伊草さんが、自分の家の紋を確認するために、墓石を写真に撮ってきたのだという。

「お墓の紋だったら、間違いありません」

と、わたしは言った。

墓石の紋に信用があるのは、墓石に彫られた紋の拓本《たくほん》を蒐《あつ》めた紋章集が出版されていることでも判る。

平成五年、角川書店《かどかわしょてん》から刊行された『日本家紋総鑑《にほんかもんそうかん》』にはほぼ二万の紋が載っている。著者の千鹿野茂《ちかのしげる》氏が三十年間、全国津津浦浦の寺院をめぐり墓石に刻まれた紋を拓本にして蒐めたという大労作である。

姫路屋さんが持って来た写真の墓石の紋は明らかに逆さまだった。

わたしは目をこすってプリントを見直した。

「びっくりしましたね。長いことこの仕事をしてきましたが、逆さまの丸に剣片喰なんて、見たことも聞いたこともありませんでしたよ」

「すると、伊草家の紋は特別ものなわけですね」

「そう——いや、一つだけ逆さまの紋がありますね。歌舞伎俳優の坂東三津五郎《ばんどうみつごろう》家の紋があべこべです」

「……」

「漢字でも三つの字が一つになった字がありますよね。森とか品とか姦などですが、どれも一つが上になっています。それと同じで、坂東家の紋は大の字を三つ組み合わせた、三つ大という紋なんですが、この家に限って、一つが上でなく、逆さまなんです」

「なにか理由でもあるんでしょうか」

「さあ、なぜかは判りませんがね。逆さまの紋を使っている例は、ほかにはないでしょうね」

「そうなんでしょうねえ」

「そのお客さん、なんという名前でしたっけ」

「伊草さん」

「そう、その伊草さんは紋付を誂えるとき、内の紋は逆さまだ、と言わなかったんですか」

「ええ。ただ、丸に剣片喰とだけ。丸に剣片喰って、普通にある紋でしょう。ですから、わざわざ紋帳を見せて、確かめたりはしませんでした」

それでは両方に落度がある。

しくじりというものは、ちょっとした不注意の重なりですることが多い。

伊草さんが自分の紋を正確に知っていればなんでもないことだったし、姫路屋さんも紋帳を見せていれば間違いはなかったはずだ。

「この羽織の紋、直るでしょうか」

と、姫路屋さんは心配そうに訊いた。

「ええ、直ります。ただし、かなり難しい仕事になりますね」

それを聞くと姫路屋さんはほっとした表情になったが、その仕事に取りかからなければならなくなったわたしは、うんざりした。

まず、石鹼《せっけん》で紋を洗い落とし、それでも落ちきれなかった染料は薬品を使って漂白しなければならない。

薬は亜硫酸ソーダ液、氷酢酸《ひょうさくさん》、亜鉛抹《あえんまつ》の三つで、これを三品《さんぴん》と言う。この三品はただ混ぜ合わせたのでは化学反応を起こしてくれない。一定の量を加える順序が正しくなければならないが、それは長年の勘によるしかない。

その化合物に、滲《にじ》み止めの糊《のり》を加え、紋に置いて蒸気で熱を加えて漂白し、あとを水洗いする。

姫路屋さんが持って来たのは男紋で、女紋よりずいぶん大きい。それに、仕立て上がった羽織なので、他を汚さないよう、注意しなければならない。それを思うと相当に厄介《やっかい》な仕事になる。

「手間がかかると言いますと、すぐにはできないんですか」

「ええ。一週間はみてもらわないと」

こういう手間のかかる仕事に取りかかるには、心の準備期間が必要なのである。わがままなようだが気が向いたときでないと仕事をしたくない。一週間もあれば、気の向くときが来るだろうと思ったのだ。

ところが、姫路屋さんは、

「もっと早く出来ませんか」

と、言う。

「着る日が決まっているんですか」

「ええ。三日後に親戚の方の婚礼があって、伊草さんはそれに出席することになっているんです」

明後日にはわたしも組合の旅行がある。

結局、その日のうちに仕事に取りかからなければならなくなった。

翌日、伊草さんの紋服を受取りにきた姫路屋さんに、紋の入れ替えにかかる工賃を訊くと、

「あれから伊草さんと話し合い、両方に落度があったということで、工賃は折半《せっぱん》と話がつきました」

と、言った。

すると、伊草さんという人はただ頑固だけではなかったようだ。

年一回、会員の懇親のための組合旅行は、だいたいがありふれた観光地での一泊旅行だった。その年の旅行は箱根《はこね》。

組合員は十人足らず。しばらく前は二、三十人もいた組合員がサロンバスを借り切り、行きから水割りを飲み続ける旅行で、そのことを思うと夢のようだった。

もっとも、二つ良いことはないもので、旅行から帰ると、どこへ行ってなにを見物したのか、その記憶がほとんど残っていなかった。

今度の旅行の一日目は箱根関所跡と箱根資料館を見物。

それから、芦《あし》ノ湖《こ》沿いに元箱根のホテル・ニュー・グランド箱根に向かったのだが、箱根の杉並木から見る逆さ富士《ふじ》が絶景だった。

たまたま、晴天で無風、穏やかな芦ノ湖に投影する逆さ富士にわれを忘れてしまう。

「芦ノ湖や弥次喜多《やじきた》も見た逆さ富士」

と、組合員の勝浦《かつうら》さんが言った。

勝浦さんは五代目の紋章上絵師で、紋に精《くわ》しく歴史にも通じている趣味人だ。

そういえば、この東海道《とうかいどう》の杉並木は、江戸時代には参勤交代の諸侯も、弥次さん喜多さんも通った道だ。

「東海道の歴史が感じられる、いい句ですね」

と、わたしが言うと、勝浦さんはにっこりして、

「そう誉められると恥しい。白状しますが、今の句はほとんど盗作なんです」

「前にも同じものがあったんですか」

「全く同じじゃないんですが、心は同じなんです。駿河町広重《するがちようひろしげ》の見た富士が見え、というんですがね」

「なるほど」

「敗戦直後の東京は焼野原、日本橋《にほんばし》駿河町に立つと、それまで建物の陰で見えなかった富士が見渡せたという。たしか、銭形平次《ぜにがたへいじ》の作者、野村胡堂《のむらこどう》の句だったと思いますが」

「銭形平次の作者となると、句に厚みがでますね」

「今、逆さ富士を見ていて思い出したんですが、たしかこの杉並木に、逆さ杉があったと思いましたが」

「……逆さ杉、ですか」

「ええ、昔、聖徳太子《しょうとくたいし》が食事に使った箸を地に挿したら、それが根づいて逆さに枝が繁った、という」

「京都の知恩院《ちおんいん》にもありますね」

と、話を聞いていた福垣《ふくがき》さんが口を挟んだ。

「知恩院の逆さ杉は、親鸞上人《しんらんしょうにん》が立てた杖だそうです」

勝浦さんが言った。

「まあ、本来は枝垂《しだ》れの木なんでしょうね。あるいは、樹木も年を経ると力が弱くなる。われわれも同じで、老人になると目尻や口元が下に垂れるでしょう。それと同じです。本来、上に向かって伸びるはずの木が下に垂れていると人はふしぎに思うものです」

「人は説明のつかないことにぶつかると、すぐ聖人のせいにしますね」

「そう、弘法大師《こうぼうだいし》はその手の大問屋ですね。日本国中で奇跡を起こしている。だいたい弘法さんというお坊さんは食べものを欲しがるね。そして断わられると法術を使って相手をこらしめる、というパターンだ」

「弘法大師の石芋が有名ですね。弘法さんが旅の途中で芋を洗っている老婆に出会い、その芋を下さいと言ったところ、老婆はこれは芋じゃございません、石だと断わったところ、芋が本物の石になってしまった」

「大根川《だいこんがわ》というのもありますね。これも、大根を洗っている老婆に、弘法さんが一本分けてくれという。老婆が断わるとその川の水が涸《か》れてしまった。ならずの桃という話は、弘法さんがお婆さんに——どうも昔の坊さんと婆さんは相性が良くなかったみたいだね。弘法さんが桃を欲しがると、お婆さんはこれは桃じゃなくて椿の実だと嘘をついた。それでそこらあたりの桃は全部椿の木になってしまった」

「もちろん、弘法さんもあちこちで地面に杖を立てては逆さ杉を作っていますね」

箱根杉並木を歩いていたが、なかなか逆さ杉は見つからなかった。

「逆さ富士に逆さ杉、今日は逆さに縁がある日ですね」

と、勝浦さんが言った。それで、思い出した。

「そういえば、一昨日《おととい》、逆さの紋を描いたばかりです」

「逆さの剣片喰ですか」

勝浦さんは興味深そうな顔をした。

「逆さまの紋ならわたしも一度だけ注文を受けたことがある」

と、増田《ますだ》さんが言った。

「紋は丸に梅鉢《うめばち》でしたがね。うっかりすると手が正しい位置に描きそうになって、ずいぶん神経を遣いました」

「だいたい、正しい紋を逆さまにするなんて、縁起が悪いんじゃないですか」

と言うと勝浦さんは、

「逆祝《さかいわ》いという言葉があるな。わざと不吉なことを言い立てて、祝うことだ。もっとも逆さまの紋にそうした意味があるかどうかは判らないが」

「男女の仲もそうですね。好きな相手にことさら憎まれ口をたたく。もっとも、このごろはそういう相手がさっぱりいなくなりましたがね」

勝浦さんはちょっと真面目《まじめ》な顔になって、

「ところで、剣片喰の話に戻るんだけれど、前から剣片喰は逆さの方が本来の形なんじゃないかと思っているんだけれどね」

「——逆さが正しい？」

その意味がよく判らなかった。

カタバミは道ばたなどに生える、あまり見栄えのしない雑草だが、春から秋にかけて、可憐《かれん》な黄色の五弁花を咲かせる。

小さな片葉《かたは》が三枚寄り合っているのでカタバミの名がつけられ、片喰の字を当てる。また、嚙むとすっぱい味がするので、酢漿草とも書く。

紋になった片喰は単純で均整のとれた美しさは十指の中に算《かぞ》えられるだろう。従って、これを家紋にする家は多い。

この片喰に剣を配したのが剣片喰で、剣は尚武《しょうぶ》の意味である。この剣片喰も人気のある紋で、日本の紋章の代表的な一つだ。

勝浦さんはその剣片喰は逆さになった形が本来の姿ではないか、と言うが、その意味がよく判らない。

勝浦さんは説明を続けた。

「紋には花や葉を複数組み合わせたものが多いね。そのうちで奇数の紋、三つ柏《かしわ》や三つ葵《あおい》、三つ巴《どもえ》や三つ銀杏《いちょう》は三つ。五瓜《ごか》や桔梗《ききょう》や桜は五つだが、どれも、一つが上になるように作られている」

増田さんが言った。

「もともと紋の基本型の三角形や五角形は一つの角が上です。その方が安定感があるからでしょう」

「片喰も例外ではないね。ハート形の三つの葉で作られているけれど、矢張り一つの葉が上です。ところがその片喰に三本の剣を加えると、片喰が逆さになってしまう」

勝浦さんの言うことが、だんだん判ってきた。

前にも述べたように、紋に剣を加えるのは武士の好みだ。剣を加えた紋は片喰に限らず、三つ柏、銀杏、桔梗、唐花と数が多いが、どれも元の柏や銀杏が逆さまになることはない。

あるいは剣ではなく蔓《つる》を加えた紋があるが、その場合も同じで、元の紋の位置が変わるようなことはない。そして面白いことに、蔓を加えた蔓片喰も元の位置は変えない。

つまり、剣を加えたとき逆さになってしまうのは剣片喰がただ一つの例だ。そうした異端を嫌う人なら、逆さの剣片喰こそが、本来の形だ、と考えるだろう。

そして、勝浦さんは付け加えた。

「逆さのものを逆祝いなどと解釈するのは、矢張り例外で、普通には歓迎されませんね。紋やシンボルの逆さは矢張り嫌われます。日本の旧陸軍の星、正五角形から作図された星形は呪符の印として、陰陽道《おんようどう》の祖、安倍晴明《あべのせいめい》印紋と呼ばれていますね。西洋ではペンタグラムとして、人体と対応する形から神聖視されています」

「アメリカ国防総省の建物が五角形のペンタゴンですね」

「ただし、この五角形をひっくり返した逆星形は悪のシンボルとして、黒魔術の儀式に使われます」

それから一年あまり。

逆さの丸に剣片喰を描いたことはすっかり忘れていたが、たまたま姫路屋さんと出会う機会があった。

散歩かたがた駒込の六義園《りくぎえん》に行った帰りだった。公園の門を出るとすぐ、晴れ着の三人連れが通りかかった。

姫路屋さんは熨斗目《のしめ》の一つ身をうちかけた赤子を抱いていた。その隣には母親らしい女性が付き添い、後ろには背広にネクタイの男性で、一目見るなり、これは姫路屋さんの婿さんで、伊草さんに違いない、と思った。

その証拠に赤子にかけられた熨斗目の紋が逆さの丸に剣片喰だった。

あれから、逆さの紋が二人の縁を取り持つ役目をしたらしい。

姫路屋さんは赤子の顔から目を離さず、わたしのことは全く気付かなかった。

母親は自分が祝ったに違いない熨斗目が、赤子からずれそうになるのをしきりに気遣っていた。

相模屋《さがみや》さんは格子戸《こうしど》を開けると、勝手に仕事場にあがりこんで、仕事机の横に腰をおろした。

相模屋さんが無作法なのではない。外からチャイムなどを押すと、わたしは絵筆を放し、仕事机の前から立ち上がらなければならない。その面倒をかけまいとするからで、仕事を持って来る人は相模屋さんにかぎらず、ほとんどの人は勝手に仕事場にあがりこむ。

「この前お邪魔したときから、きっちり一年目ですね」

と、相模屋さんは言った。

「ほう――もう一年になりますか」

「わたしも丸一年ぶりとは思わなかった。駅を降りてみると、お宮さんで秋のお祭をやっていました。この前来たときも、駅前が同じお祭で賑やかだった」

「それなら、一年目に間違いはない」

「まさか、この前うかがったときから丸一年たっているとは思わなかった」

「一年が過ぎるのは早いですね」

「早い、早い。目が廻りそうだ」

相模屋さんは持っていた鞄を開け、風呂敷包みを取り出すと風呂敷を解《ほど》き、中から黒の反物を手に取った。まだ仕立てていない黒羽二重《くろはぶたえ》の喪服だった。

「これ、紋入れお願いします」

相模屋さんは反物の端を拡げ、端の袖の石持《こくもち》を見せた。袖紋が紋の大きさに白く染め抜かれている。ここに紋を描き入れるのだ。

「紋は丸に一の字です」

と、相模屋さんは言った。ただし、上絵師《うわえし》は丸に一の字と言われただけでは請けあえない。

「その一の字というのは、筆で書いたような一の字ですか。それとも、角字の一の字なんですかね」

そう訊くと、相模屋さんは考え込んでしまった。

わたしは膝もとに置いてある紋帳を取ってページを開いて見せた。

紋帳の「文字」の部には字体の違う一の字が並んでいる。

次に「引《ひき》」の部で、ここには丸に一《ひと》つ引《ひき》。これも一の字だと思う人も少なくないだろう。一つ引にも丸に一つ引、丸の内に一つ引、丸に太《ふと》一つ引、丸に反《そ》り一つ引と、微妙に違う一つ引が載せられている。

相模屋さんはその一つ一つを見較べていたが、

「なるほど、一口に丸に一の字と言っても、いろいろあるんですね」

と、感心したように言った。

相模屋さんは埼京線《さいきょう》の板橋《いたばし》駅前の商店街に小さな店を出している呉服屋さんだ。大柄な体格で、頭が禿げている。わたしはひそかに相模入道と呼んでいる。

相模屋さんはもともと呉服屋さんではなかった。

相模屋さんのお父さんは住宅建設会社に勤めるサラリーマンで、相模屋さんはその三男。縁あって相模屋さんに婿入りしたのだが、はじめのうちは呉服のゴの字も知らなかったからかなり苦労をした、と言う。

そのころ、相模屋さんの主人は若死していなく、店はお上《かみ》さんが切り盛りしていたが、そのお上さんが凄かった。

相模屋さんが婿入りして間もなく、お上さんは五、六反の反物を風呂敷に包んで相模屋さんに背負わせ、

「どこへでもいいから行って、売って来なさい」

と、命じた。

相模屋さんは店を出たものの、いきなり訪ねた家が反物を買ってくれるわけがない。あちこち歩き廻った上句《あげく》、三業地《さんぎょうち》へ行けばどうにかなるだろう、と思い当たった。

三業というのは、料理屋、待合、芸者屋の三つの営業のことで、そのころ板橋の店近く大塚《おおつか》に三業地があり、戦後ヤミで儲けたヤミ成金たちでかなり繁昌《はんじょう》していた。

相模屋さんは大塚三業地にあった一軒の芸者屋に入り、主人にわけを話すと、主人は気の毒がって、芸者たちを部屋に集めてくれた。

そうした苦労を重ねて来ただけに、相模屋さんは呉服業界が不況になってからでも、どうにか店を持ちこたえることができた。

ここしばらく、日常の暮らしから着物姿が珍しくなっている。

戦前は冠婚葬祭、なにかというと紋付を着たものだが戦争がはじまると、男は国防色の軍服、女性はもんぺ姿、木綿《もめん》は売買禁止。絹はパラシュートに最適だというので、これも手に入らなくなって、着物を誂《あつら》える人はいなくなってしまった。

戦後、人人の生活にゆとりが出はじめた一時期、一つ紋をつけた黒羽織が出廻った。子供の入学式などに、申し合わせたように女親が紋付の羽織を着て出席したものだった。

だが、それもわずかな間で、日本の経済に高度成長がはじまると、街には車が多くなる、高層ビルが林立する。車を避けるのに速く走れない、高い階段を昇り降りするには不便な着物は、とかく敬遠されるようになり、普段着の着物姿は急速に見かけなくなってしまった。

だから、相模屋さんが内に仕事を持って来るのは丸一年ぶりでも、紋付の仕事がある方なのだ。

相模屋さんはしきりに紋帳を見ていたが、どの丸に一の字にしたらいいか、判らなくなってしまったようで、

「そのお客さん、一色《いっしき》さんと言うんですが、名前で紋が知れませんかね」

と、言った。

「有名な家でしたら判ります。たとえば、徳川《とくがわ》家は葵《あおい》でしょう。北条《ほうじょう》家なら三つ鱗《うろこ》。菅原道真《すがわらのみちざね》

は梅の紋ですね」

「一色さんの一の字は?」

「――徳川家ほど有名じゃないようですね」

「そうでしょうなあ」

「その一色さんの家に紋本《もんほん》があれば、すぐに判りますよ」

相模屋さんは入道頭を横に傾げた。

紋本というのは、上絵師が直接描いた紋の見本のことだが、どの家も持っているというものではない。

「もし、紋本がなければ、紋付の着物でも見せてもらわないと」

いずれにせよ、見本がないことには、仕事にならない。

「判りました。それじゃなにか見本になるものを借りて来ましょう」

その日はそれで帰って行ったが、相模屋さんは二、三日すると、仕立て上がった黒の留袖模様を持って来た。

わたしは肝心な紋より留袖の模様が気になった。

留袖の裾模様は芝居町《しばいまち》の風景だった。

中央の芝居小舎の屋根の上に櫓《やぐら》が立てられている。その下に絵看板や役者の名前や紋を記した紋看板や庵《いおり》看板が並び、裾の方にある芝居茶屋にかけて、さまざまな見物人が群がりそのざわめきが聞こえてきそうだった。

模様は箔《はく》や刺繍《ししゅう》のないすっきりとした友禅《ゆうぜん》で細かな糊糸目《のりいとめ》を使い、染色も中間色だけで、華やかだがけばけばしくはない。

「珍しい柄ですね。こういう着物、はじめて見ました」

と、言うと、相模屋さんは、

「これを誂えた人、きっと芝居好きだったんでしょう」

と、言った。

「芝居好きだった、と言うと、お亡くなりになったんですか」

「ええ。今年で三回忌になるそうです。その方の娘さんが、法事に着る喪服を誂えたのです」

改めて留袖の紋を見る。

「これは、丸に一の角字ですね」

「そうだそうですね。わたしは己《おのれ》の字としか思えなかったのですが、一色さんに念を押すと、これは一の字に違いないと言いました」

「角字というのは、正方形の中に、きっちり字を収めなければならないんです。ですから一の字のように長い字は四角になるように折り畳むんです。すると、一の字は己の字のような形になります」

「面白いもんですね。あ、それから一色さんの家には紋本もありました。この紋は丸に一の角字ではないんですが、参考のために借りて来ました」

相模屋さんは内ポケットから葉書大の厚紙を取り出した。

厚紙は三つ折りで、表には上絵師と縫箔屋《ぬいはく》が机に向かって仕事をしている図が印刷されている。江戸の浮世絵師、葛飾北斎《かつしかほくさい》の木板画を原画として使っていて、その横に紋名と家名を書き入れるための余白がある。

この紋本の用紙は、昔、東京上絵師組合が作ったものだ。三十年近く前で、まだ組合員が五十人近くいたころのものだ。

三つ折りの台紙を開くと、中央に四角い枠があり、この中に紋を描き入れるのだ。

相模屋さんが持って来た紋本には紋名と家名の書き入れはなく、中に描かれた紋は、

「これも、珍しい紋です」

と、相模屋さんは言った。

「揚巻《あげまき》結びという紋名だそうです」

見ると一本の紐を結んだ形で、普通の蝶結びだと左右に一つずつ、二つの輪が出来るが、この結びは二つの輪の上にもう一つの輪が作られている。

さっそく紋帳を拡げて見たが『平安紋鑑《へいあんもんかん》』にも『紋典《もんてん》』にも揚巻結びは記載されていなかった。

そこで『日本《にほん》家紋総鑑《かもんそうかん》』〈千鹿野茂《ちかのしげる》著　角川書店《かどかわしょてん》　一九九三〉を開いて見る。

この本は全国の墓名などから採集した家紋と紋帳による家紋を計二万点も集めた千三百ページもの大著である。

その本には三種類の揚巻が収められていて、その一つは相模屋さんが持って来た紋本とほぼ

同じ形だった。

そして、揚巻は「総角」の文字を当て、昔、少年が結った髪の形だった、と説明されている。紋の揚巻結びと同じ結び方で、頭の上に三つの輪が出来るように結ぶのだそうだ。

揚巻結びは鎧《よろい》や文箱《ふばこ》の飾りにも用いられたらしい。

日本では結びを縁起ものとする風習があった。たとえば祝儀袋には紅白の水引《みずひ》きで美しい結び目を作ったり、鮑返《あわびがえ》しという装飾的な結び目にしたりする。

あるいは、相撲《すもう》の横綱が土俵入りのときに締める、堂堂とした化粧廻しの結びなど、さまざまな結び方が伝えられている。

揚巻結びもそうした吉祥的な意味から、紋章に作られたものだろう。

相模屋さんは自分が持って来た紋本と『日本家紋総鑑』の紋と見較べていたが、

「一色さんの家の紋は、この留袖に描かれている丸に一の角字でしょう。この紋本は丸に揚巻結び。同じ家なのに紋が違っていますね」

と、言った。

「ええ。今はその家の主人の紋が定紋《じょうもん》としてだいたい統一されていますけど、昔は同じ家でもいろいろな紋を使い分けていましたね」

「そうだったんですか」

「定紋のほか、替紋《かえもん》、副紋《そえもん》、別紋《べつもん》などという名があるんです。そのほか、嫁入りした奥さんも実家の紋を持っている。これはその嫁さんの娘さんに受け継がれます。これを女紋と言う」

「それは、聞いたことがある」

「大家やお大名になると、五つも六つも紋を持っています。たとえば、お大名がお忍びで遊びに行くようなとき、定紋の紋付ではちょっとまずい」

「なるほど、行く先き先きによって好みの紋を変えるわけですか。昔の人は風流でしたね。もっとも一色さんの家はいくつも紋を持っているような大家とは思えないんですが」

改めて紋本を見ると、描かれている丸に総角は毛ほどの隙もない美事な紋だった。よほど腕の良い上絵師が、精根をこめて描き上げたものに違いない。

紋本の左隅に、小さな落款《らっかん》があった。朱肉で押された米粒ほどの印だが、はっきりと「増」の字が見えた。

「――これは、増田《ますだ》さんの手だ」

増田さんというのは同じ紋章上絵師組合の一員で、座号を紋増と言い、新宿区《しんじゅく》の落合《おちあい》に住んでいる上絵師で、組合の会合にはしょっちゅう顔を合わせている。

増田さんは組合員の中でも一番年が若い。若いと言ってももう六十歳に近い。

相模屋さんはその日、揚巻結びの紋本と、丸に一の角字の留袖の紋と見較べていたが、なんか得心のいかない顔をしたまま、その二点を置いて帰って行った。

それから二、三日して、上絵師組合の毎月の例会があり、増田さんと会った。

増田さんに揚巻結びの紋本を見せると、懐しそうに、

「これ、昔、親父が描いた紋本だね」

と、言った。

「判るかね」

「うん、落款がある。おれは紋本は描くけど、落款は押さない」

「どうして？」

「どうしてって、岡井《おかい》さんは押すかね」

「いや、押さない。おれは職人で芸術家じゃないから」

「そうだろ。おれも芸術家じゃない」

「じゃ、親父さんは芸術家だったんだ」

「当人はね。下手《へた》な絵を描いて美術展に入選したことがある」

「入選したんじゃ、下手な絵じゃないだろう」

「おれに言わせりゃ、下手だったね」

例会の終りには、いつものとおり近くの居酒屋で一杯やることになっている。

増田さんは酒が入ると、昔のことを思い出した。

「おれが二十代のころ、それまで親父と机を並べていたんだが、だんだん仕事が減っていったろ。二人で働くだけの注文が来なくなってね。仕方なしおれは洋食屋で働くようになったんだ。今で言うファミリーレストランだね」

はじめのうちは洋食屋の下働き。増田さんがしばらく勤めていると、ほかの店員とも慣れて、個人的なことも話し合うようになった。

そのうちの一人、一色杏子《きょうこ》さんという若い女の子が、増田さんの父が紋章上絵師だということを知って、自分の着物に紋を入れてもらいたいと言い、しばらくして増田さんの家に黒の留袖を届けに来た。

一色さんなら、相模屋さんが持って来た見本の留袖の持ち主と同じ名だ。

わたしがそう言うと、増田さんは、

「そりゃ、ふしぎな縁だね。一色さんなんて珍しい名だから、昔、内に留袖を持って来た一色さんと同じ人かもしれない」

と、言った。

「それで、その一色さんの紋は?」

わたしが訊くと、増田さんは、

「この紋本と同じ、丸に揚巻結びだった」

と、言った。

わたしは相模入道のように、頭をひねった。

「二、三日前に仕事を持って来た呉服屋さんは、一色さんの家の紋は丸に一の角字だと言って、留袖の見本まで置いて行った」

「——すると、親父が描いた紋本の丸に揚巻とは違うね」

「替紋とか、別紋とかいうのかな」

「いや、昔とは違い、今じゃ一軒の家が何着も紋付の着物を持っちゃいないだろう」

「そうだね。留袖とあと夏冬の喪服があればいい方だ」

「だから、まず替紋だ別紋だと言う人はいなくなったよ」

「そうだろうなあ」

増田さんは杯で口をしめしてから、

「昔、家に来た一色さんの家の紋は丸に揚巻結びだと言う。普通の紋帳には載っていない紋だから、親父が見本になるようなものはありませんか、と一色さんに訊くと、内には紋見本になるようなものはないと答えた。よく訊くと一色さんのお母さんはもと航空会社のスチュワーデスだったそうだ」

「なるほど、紋付を着たスチュワーデスはあまり見たことがないね」

「そこで、親父は一色家のお寺に行きなさいと教えたんだ。お墓には必ず家紋が彫ってある」

「お寺は近かったのかね」

「幸いにそう遠くじゃなかった。小田急《おだきゅう》線の下北沢《しもきたざわ》にあるなんとかという寺だった。一色さんはそこへ行って、墓を写真に撮って来た」

「一件落着だ」

「それで、親父はその写真をもとに、一色さんの留袖に紋を入れ、お墓の写真を見本にするよりはと、きちんとした紋本を作ってやったんだ」

「それなら確実だ」

改めて紋本を見る。

「これ、凄く上手に描けているね」

と、言うと増田さんはうなずいて、

「そう。親父が特別に気を入れて描いたんだね。というのが、その留袖を持って来た一色さんが、目の覚めるような美人だったわけ」

「なるほど。それなら誰でも本腰を入れるだろうな」

「また、その一色さんが紋入れに持って来た留袖。まだ、はっきり覚えているんだけれど、最高の品だったよ。裾模様が芝居町の風景でね——」

内に戻るとすぐ相模屋さんが持って来た見本の留袖を取り出し、袖付《そでつけ》を解いて表生地をひっくり返して裏を見た。

思ったとおりだった。

丸に一の角字の裏に、丸に揚巻結びの紋が綺麗に入っていた。

絹地は浸透性がいい。表に染料を入れると裏に抜けてしまう。絹の両面に紋を入れるには、それなりの工夫があったはずだ。

よく見ると、裏側の紋には胡粉《ごふん》が引かれて白く仕上げている。これを正平《しょうへい》と呼ぶのだが正平された紋に丸に揚巻結びが描かれているのだ。

一色杏子さんという人は、比翼《ひよく》紋からこうした両面の紋を思いついたに違いない。

比翼というのは比翼の鳥のことで、この空想上の鳥は雌雄が一つの目一つの翼で常に一体で飛ぶ。比翼連理《れんり》とも言い男女の相思相愛をあらわす言葉だ。

比翼紋はそうした男女の紋を組み合わせた紋で、たとえば芝居では「新口村《にのくちむら》」の梅川《うめがわ》と忠兵衛《ちゅうべえ》の衣裳《いしょう》は梅川役者と忠兵衛役者が互いの紋を比翼に染め抜く。

だが、実際には一般の人がそうした紋付を着ると、変に目立ってしまう。

それで、一色杏子さんは裏表、両面の比翼紋を誂えたのだ。

杏子さんの相手は知るよしもないが、杏子さんは亡くなるまでの長い間、ずっと自分の留袖の裏にもう一つの紋を隠し紋として秘めていたのである。

それから何日かして、相模屋さんが紋入れした仕事を取りに来た。

「この紋本を描いた紋屋さんの息子さんが、昔の一色さんを覚えていましたよ。素敵な美人だったそうですね」

と言うと、相模屋さんは入道頭を左右に動かして、

「わたしは年を取ってからの一色さんしか知りませんが、それは上品な方でした。昔から美人は薄命とか言いますが、一色さんに限って違いましたね。裕福な家に嫁いで、一生幸せそうでした」

と、言った。

丸に三つ扇

先ごろ建売りの欠陥住宅が、次次に明るみに出て、社会問題になった。

手抜工事、建材不足、国の調査で設計したときより、何本もの鉄柱が切り詰められていた、という建物も発覚した。

そうした建物は当然、強度不足になっていて、もし大地震のような地変が起きたなら、大惨事につながりかねない。

欠陥住宅が明るみに出るたび、工事の責任者がテレビの前に立たされ、平身低頭する姿が映し出される。

それが一段落すると、今度は不正な食品である。

外国産の食品を輸入し、国産と称して販売する。あるいは食品の製造年月日のシールを変造する。

ある有名料理店では、客が手を付けなかった料理を、次の客に差し出していたという使い廻しが発覚し、この店の女主人もテレビの前に立たされて涙を流していた。

戦時中に育ち、極度の食糧難を経験した人なら、食物を捨てるなどもってのほか、一粒の米も残したりはしない。

料理の使い廻しをしていた女将《おかみ》もそうした戦時中育ちだったに違いないが、高級料亭ともなれば、それはあってはならないことらしい。

住、食の次は衣。

これは昔、講談で聞いた話だ。

ある土地に長者がいて、この息子が嫁を取ることになった。長者は高額の支度金《したく》を相手に贈り、娘の親はその金で立派な花嫁衣装を整える。

嫁入りの当日はあいにくの雨で、花嫁行列は雨に濡れてしまうが、それが悲劇につながるとは誰も考えることはできなかった。

三三九度の杯のあと、花嫁は式に集まった客たちに酌をして廻る。

そのさなか、一人の客がふと花嫁の袖を引いた。ところが、意外なことにその袖は身頃《みごろ》からはずれてしまい、片袖は客の手に残ったのだ。

その原因はすぐに判った。花嫁衣装はきちんと縫われたものでなく、糊《のり》で貼り合わせただけの仕立だったのだ。

花嫁の親はたちの悪い呉服屋に欺《だま》されたのだ。

きちんとした店を構えた呉服屋なら、そんなまがいものを扱うわけはない。各地を渡り歩いて一儲けしようとしている競《せ》り呉服のような男が、長者の支度金に目につけ、企んだ仕事だった。

花嫁行列が雨に遭ったのも不運だった。糊付けの衣装は濡れたために、剝がれやすくなっていたのだ。

花嫁の片袖が外れてしまったのを見て、宴席は大笑いとなった。

だが、笑って済まされないのは長者で、相当な支度金を渡したにもかかわらず、糊付けの花嫁衣装を着て、結婚式場に来た相手の一家が納得できない。

気の毒なのは花嫁で、長者にはなじられる、恥しい姿にはなるで、その場にいたたまれず、宴席から外に飛び出してしまう。

花嫁は雨の中で、着ている衣装を引き裂くと、そばに流れている川の中に身を投げてしまう。

それがこの怪談噺《ばなし》の発端で、花嫁の霊魂は成仏することができず、その場にとどまって、さまざまな恐ろしい事件を起こすのである。

こういう悪質な商人の手によるまがいものではなく、ものが不足すると代用品が流通することがある。

戦前、人絹《じんけん》という人造絹糸が現れた。

ステープル ファイバー、略してスフという。

昭和十一年、二・二六事件が起こり、これが日中戦争へと進展、軍国主義は日ごとに高まっていき、非常時の時代に突入した。

昭和十三年には物資統制がはじまり、綿製品の使用が全国的に禁止、続いて絹物も取引き厳禁。絹はパラシュートに最適な布なのだという。

以来、人人の服地に、スフの時代が到来した。

人造の繊維は戦後ナイロンが開発されて、昭和二十年代中頃には、ナイロンの靴下や、ナイロンブラウスが持てはやされ「戦後強くなったのは女性と靴下だ」と言われたほどだった。

だが、戦前のスフの評判はあまりかんばしくはない。

保温性が低いので、触るとひいやりとする。生地が弱く裂けやすい。光沢《こうたく》がけばけばしく深みがない。というので、とても本絹《ほんけん》とは較べものにならなかった。

そのオールスフでも、婦人の振袖は禁止、ズボンの折返しは無用。ワイシャツの裾や袖を切り詰め、女学生のセーラー服のスカートのひだもなくなり、夏羽織、夏上衣《うわぎ》も廃止されるほどになった。

父の職業は紋章上絵師《うわえし》といい、礼装用の紋服に紋を描き入れる仕事だ。

衣料が統制されると、当然、紋服など誂《あつら》える人はいなくなり、父は四十代ではじめてサラリーマンになった。

お洒落《しゃれ》な人で、いつもは湯屋へ行くにも羽織を引っかけて家を出るのが、国防色の服を着て、ゲートルを巻いて会社へ通勤するようになる。そして、ラジオの時局放送を聞いては「これじゃお終《しま》いだ」とつぶやいていた。

物資統制が公布されると、人人の間で買占めがはじまり、衣料品は高騰《こうとう》し、食料品がみるみる不足していった。

町内を廻って来る紙芝居屋さんも飴はなくなり、子供たちは塩昆布《こぶ》をしゃぶるしかなくなった。

家の前にあった手拭紺屋《こうや》さんも、木綿《もめん》が統制されたので仕事にならない。仕事のなくなった若い職人が、焼鳥屋をはじめたのだが、すぐ鶏肉が手に入らなくなって、ほどなく休業してしまった。

すると、「田舎《いなか》のおばさん」が内に来るようになった。

田舎のおばさんが来るのは、だいたい夜で、おばさんは内に入ると帯を解き、腹に巻いてある竹の皮を取り出すのだ。竹の皮の中には鶏肉が入っていた。

その肉を料理するのが、また一苦労である。

鶏肉はもちろんヤミ物資だから、威勢よく焼いて、煙が外に洩れたりしてはいけない。少しずつ鍋の中に入れて、煮ながら食べなければならない。

飲食店では雑炊しか扱わなくなった。その雑炊も丼の中央にまっすぐ箸が立てばいい方だった。ほとんどの店の雑炊は立てた箸が寝てしまうほど薄かった。

そのころ、父親に連れられて、日本橋《にほんばし》の有名な食堂に入ったことがある。その食堂でも好きな料理は選べない。メニューは雑炊だけだった。父は出された雑炊を見て、

「この店が雑炊じゃ、もうお終いだ」

と、嘆いていた。

実際、お終いだった。

昭和十六年には太平洋戦争に突入。

十七年には米軍機の東京初空襲。

わたしたち小学生は地方に疎開、その間に学童疎開児の全員の家が二十年三月の大空襲で焼失してしまった。

その年、疎開児童たちは、疎開先の寺の本堂に置かれた音の悪いラジオの前に正座し、陛下の「終戦の詔勅《しょうちょく》」の録音放送を聞かされた。

戦争は終ったが、児童全員の家は戦災で焼けてしまい、帰るところがない。

結局、翌年の三月まで疎開を続け、小学校の卒業とともに疎開が解散した。

わたしの一家は親類の家などを転転としていたが、その年の暮、やっと念願の家が建った。

家と言っても名ばかり。玄関も台所もなく、天井や畳もない。一風吹けば跡形もなくなってしまいそうな、六畳一間だけのバラックだった。そこに一家六人が、押し重なるように寝起きしていた。

実際、昭和二十二年にはキャスリーン台風、翌年にはアイオーン台風が吹き荒れ、そのたびにわたしと父親は風の収まるまで、飛ばされそうな窓を押え続けていた。

戦時中、敵機が襲来しても、日本は神風が吹くから大丈夫、と教えこまれて来たのだが、戦争では全く神風は吹かず、敗戦になってから次次と台風が上陸したのは皮肉なかぎりだ。

バラックの周りは瓦礫《がれき》の山で、わたしたち一家は毎日その片付けに追われていた。

そんなとき、田舎のおばさんが荷物を背負って来た。このおばさんが売りに来たのは、野菜の苗だった。

そのころは、田舎から米や野菜を持って来たり、逆に東京から田舎へ買出しに行ったりする人も多かったが、しょっちゅう警察の手入れがあり、駅で摘発されてしまう。「日本で一番米の取れるところは上野《うえの》駅」というジョークがあったほどだ。

そのころ、たいていの家はそばに空地があれば、焼跡を整理し、野菜を作っていた。花などを楽しむより、まず空腹を満たさなければならない。なにしろ、配給の米は三日でなくなってしまう世の中だ。

隣のおじいさんは農家の出身らしく、畠の作り方も本格的で、鍬《くわ》や鎌の使い方も、見て惚れ惚れするほど上手だった。おじいさんは美しく耕された畠に麦などを育て、いつも楽しそうに作物の手入れをしていた。

それに較べると、わたしの両親はどちらも都会育ちで、ナンキンマメが枝に実るものやら、地下に生えるものやらも判らない。

ただ、わたしは集団疎開していたので、その土地で簡単な野菜作りを覚えていた。それが役に立って、曲りなりに焼跡を畠にすることができた。

その年は暑く、陽もよく照ったためか、田舎のおばさんが置いていった苗はすくすくと生育した。

面白いように生《な》ったのがナス、ドジョウインゲン、トウモロコシなどだが、ジャガイモやサツマイモはどれも小ぶり、豊作とは言えなかった。また、キュウリは全滅。焼地がキュウリと合わなかったようだ。

珍しいのは黄色いトマト。

田舎のおばさんは「この苗は、黄色いトマトだよ」と言ったが、わたしは半信半疑だった。それまで黄色いトマトなど、聞いたことも見たこともなかった。

ところが、黄色いトマトの苗は、田舎のおばさんが言ったとおり、実は熟しても赤くならず、黄色いまま大きく熟した。

このとりたてを口にすると、トマト特有の青臭さがなく、みずみずしさにあふれていて深い甘味があった。

その種は大切に保存し、翌年畠に播《ま》いたのだが、一つも芽を出さなかった。田舎のおばさんを心待ちしていても、あれ以来、一度も顔を見せなかった。黄色いトマトはどの八百屋にも置かれていない。あの年一度だけの出会いになった。

昭和三十年代のはじめ、以前の人とは別の田舎のおばさんが顔を見せるようになった。

そのころになると、食料や衣料品の統制もなくなり、田舎のおばさんは自由に野菜や米を運んで来ることができた。

このおばさんは茨城の人で、通勤者が一段落したころ、常磐線《じようばん》の電車に乗って東京に来る。

その電車は、おばさんたちで一杯になる。おばさんたちは申し合わせたようにもんぺ姿で、ひとかかえもある籠を三段に重ね、紺の木綿の大きな風呂敷に包んで背負っている。その行列は新聞の写真で紹介されたほどだ。

面白いのはおばさんが持って来るのは、野菜や米のほか、鶏肉や草餅なども混っている。訊くと自分の家で作らないものは、電車の中で同じ仲間と交換するのだ、という。

そのころ「もはや戦後ではない」という言葉が流行《はや》り、週刊誌ブームがはじまっている。家庭では電気冷蔵庫、電気洗濯機、白黒テレビは人気が集まり、これを「三種の神器」と呼んだ。

そのうち、テレビの受信契約が百万台を越えるころになると、毒舌家の社会評論家はこの現象を「一億総白痴化」だ、と言った。

テレビ番組はハナ肇《はじめ》とクレージー・キャッツ、町には太陽族が出現、流行歌は「有楽町《ゆうらくちょう》で逢いましょう」、ミステリファンなら、松本清張《まつもとせいちょう》の「点と線」がベストセラーになったころと言えば判りやすいだろう。

遅ればせながら、父の紋章上絵師の仕事もふえはじめていた。

娘が嫁入りするとき、夏冬の紋付の喪服と留袖の三点のセットを、箪笥《たんす》の中に入れて持たせてやる風習が復旧したからだ。

そのころ、田舎のおばさんが、行李《こうり》の中に野菜のほか、風呂敷包みを入れて背負って来た。風呂敷の中には、絽《ろ》と羽二重《はぶたえ》の喪服と留袖の三反の反物が入っていた。

前の年、それまで勤めていた会社が倒産して失業者になってしまった。だが、無精なわたしは就職活動はせず、父と机を並べるようになっていた。

玄関を入るとすぐ仕事場で、田舎のおばさんは内に来ては上絵師という珍しい仕事を見ていたので、娘さんの紋付を誂えるとき、紋入れを頼みに来たのだ。

娘さんの嫁ぎ先の紋は丸に三つ扇。仕事場に置いてある紋帳を見せると、おばさんはこれに違いない、と言った。

「歌舞伎俳優の岩井《いわい》半四郎《はんしろう》の家の紋と同じです」

そう説明すると、おばさんは満足そうな顔をした。

開いた扇を三本、円形に並べてある美しい紋だった。

おばさんが反物を置いて帰って行ったあと、わたしは父に言った。

「これ、三反とも、スフだよ」

父はちょっと反物の端を触り、

「うん、スフだ」

と、眉をひそめた。

おばさんは娘のために思い切って奮発したと言っていた。値を聞くと、とてもスフの価格ではない。

「気の毒に。悪い商人《あきんど》に欺されたんだな」

と、父が言った。

「教えてやりましょうか」

「いや——言わない方がいい。気を悪くすると気の毒だ」

父も糊付けの花嫁衣装を買わされた気の毒な娘の講談を覚えていた。

だが、この反物はスフですよ、と教えてしまった人がいる。

三反の仕立てを頼まれた、仕立屋さんだった。

おばさんはわたしが紋入れをした三点セットを持って行き、次に内に来たとき、

「あの反物、スフだったんですね」

と、言った。

「——スフ、でしたか」

わたしがとぼけていると、

「あれから、仕立屋さんに持って行って、仕立屋さんが教えてくれたんです」

と、言った。

おばさんは反物がスフだと言われても半信半疑だった。

するとその仕立屋さんは仕事場にある絹糸を一本手にして、炭火で燃して見せた。糸は普通に燃え、少しの灰を残した。

次に、仕立屋さんはおばさんが持って来た三反のうち、一反の端の横糸を抜き取って同じように燃して見せた。

糸の燃え方は、絹糸とは違っていたが、明らかな差異は燃えたあとの滓《かす》で、糸は灰にはならず黒いタール状の小さな固まりを残した。

おばさんはそれを見せられて、娘さんの嫁入り三点セットがスフだということを納得した。

「スフだなんて、戦時中のものかとばかり思っていただよ」

と、おばさんは言った。

「そうですねえ。まだそんな紋付を作っているところがあるんですねえ」

わたしは感心した。

「娘はそんな紛《まが》いものを着るのは嫌だと言うしね、これからまたもの入りでがっかりしてしまう」

「じゃ、今度紋付を作るときは、紋代を勉強しましょう」

「いや、もう紋付は作る気がしねえだ」

「——というと？」

「娘はドレスにしたいだと。真白なウエディングドレスがいいだと」

「じゃ、おばさんは？」

「ローブ・デコルテ。ほら、背中がうんと開いたドレス」

おばさんが帰ったあと、父は呆然とした顔で、

「あの田舎のおばさんがドレスを着るようじゃ、紋屋もお終いだ」

と、言った。

撥鏤《ばちる》

華雅舎《かがや》文化センターから帰って来ると、姉の美採《みどり》さんから電話がかかって来た。

「あなた、曝涼《ばくりょう》した？」

「バクリョウ——なに、それは」

「虫干しのこと」

「難しい言葉を知ってるのね」

「さっき、テレビで見たの。奈良の東大寺《とうだいじ》の正倉院《しょうそういん》で寺の宝物や文書を虫干ししているそうよ」

「でも、あたしの家には宝物なんてないわよ」

「お母さんの着物があるでしょう」

「ええ。簞笥《たんす》の中にしまってある」

「お母さんが亡くなってから、そのままなんでしょう」

「そうね」

「もし着物にカビが生えていたり、虫でもついていたら大変よ」

美採さんは、装絹《そうけん》という呉服屋に嫁いでいる。以来、着物の知識をいろいろ身に付けたようで、同時に着物の手入れなどにも喧《やかま》しくなった。

五年前に亡くなった母親が着物好きだったから、美採さんが呉服屋に嫁に行って、その遺伝子が目覚めたのかもしれない。

「虫干しの仕方、知っているわね」

「ええ。お母さんのやり方を見ていたから」

「仕事、忙しいんでしょう」

「大丈夫よ。夏休みも取れることだし」

衣都子《いつこ》さんは大手デパート、華雅舎文化センターの染織《せんしょく》教室の講師をしている。染織教室では和服の着付け、和裁、染色などを教えているが、衣都子さんは日本刺繡《ししゅう》の講師を受け持っている。

教室は四月に始まり、そのころは教材の準備などで忙しかったが、今では生徒たちとも仲が良くなり、週に三回ほどの仕事が楽しかった。

夏の土用、衣都子さんは天候の良い休日の午前中を選んで、久し振りに和簞笥を開けてみた。

簞笥の中央は開《ひら》きで五、六段ほどの棚に、着物は一枚一枚がきちんと畳紙《たとう》に包まれ、夏物と冬物に区別されていた。

まず、はじめに一枚を拡げてみる。

薄めの鼠《ねずみ》色の地に万寿菊《まんじゆぎく》を飛び柄にした結城紬《ゆうきつむぎ》。

そして、藍染《あいぞめ》の地に籠目《かごめ》模様を白く浮き出した大島。

くすんだ茶と緑の縞物。

牡丹《ぼたん》色の地に石楠花《しゃくなげ》をあしらった訪問着。

帯は紫色の紬や、錦織《にしき》の袋帯など。

どれも衣都子さんの母が好んでいたもので、そうした着物を楽しそうに着ていた母の姿が目に残っている。

紋付は花車模様の加賀友禅《かがゆうぜん》の色留袖と、松竹梅の柄の上品な江戸褄《えどづま》。

黒絽《くろろ》と黒羽二重《くろはぶたえ》の喪服。

紋は横見桜《よこみざくら》で、いつか母がこの紋で父ともめたことがあった、と話していたことがある。

元元、衣都子さんの父親、新藤《しんどう》家の紋は裏桜だったが、母は裏桜の紋をよく思わなかった。

裏桜は桜の花を裏から見た形で、裏見桜。つまり怨《うら》みに通じると言う。

母は嫁入支度《じたく》に留袖と喪服を誂《あつら》えるとき、新藤家の紋名を聞いてこの紋を自分の着物に入れることがためらわれた。だが、新藤家に代代伝わる家紋を変えることはできない。

それでも母は怨みの桜は使いたくなかった。同じ桜なのだから、正面を向いた桜でもいいはずだと言った。そして父と話し合った結果、表と裏との顔を立て、横見桜の紋を選んだのだ、という。

箪笥の引出しには衣都子さんの着物も収められていた。

姉と一緒に着せてもらった七五三のときの着物で、バラ色の地に蝶が飛び交っている模様だった。

衣都子さんの成人式に母が見立ててくれた一枚もある。紅色の綸子《りんず》地に丹頂鶴を三羽、大きくあしらった友禅の振袖で、金銀の箔《はく》を使った唐草模様の帯も一緒だった。

なにかのパーティに出席するときにと、これも母が誂えてくれた一枚である。

江戸紫の一越縮緬《ひとこしちりめん》の裾に、花札を散らした小紋だ。

この小紋は衣都子さんの友達の結婚式のパーティで、二、三度袖を通したことがあった。そのとき、出席した友達の何人かが、その小紋を誉めてくれたのを覚えている。よく見ると花札一枚一枚が本物そっくりだと言う。

そして、藍染の浴衣が何枚か。

最後、箪笥の一番下の引出しの奥に、衣装箱があるのに気付いた。衣装箱は箪笥と同じ桐材が使われていたので、うっかりすると見逃してしまいそうだった。

衣装箱を取り出して蓋《ふた》を払うと、畳紙に包まれた一本の袋帯がきちんと収められていた。だがこの帯だけは衣都子さんがこれまでに見たことがなかった。

帯は黒地で、大きな桝型《ますがた》の仕切りがいくつかあり、その中に宝相華文《ほうそうげもん》が織りこまれている。前に学校で習ったのだが、宝相華は奈良平安《へいあん》期に盛んに用いられた唐草文の一種で、空想上の花だという。

帯の宝相華文は鮮麗な織物だが、金糸や銀糸が使われているわけではなかった。華やかだがけばけばしくはなく、手を当てると絹でも木綿《もめん》でもない、しっとりとした感触があった。

帯の包まれていた畳紙の中を見ると、乾いた菊の葉が入っていた。菊の干葉は虫除けになると聞いたことがあった。

姉に電話をかけると、美採さんもそんな帯は見たことがない、と言う。

「そんないい帯を、お母さんが一度も使わなかったなんて、ふしぎね」

「箪笥の一番下の引出しの奥に入っていたのよ。まるで隠すような感じで」

「それも変ね。お母さんはものを隠すような人じゃなかったでしょう」

「そうね」

「もっとも、一度だけ珍しいことがあった」

「──どんなこと?」

「知らなかった? お母さん、庭に出て手紙を焼いていたことがあったわ。それもかなりな量の手紙」

「──」

「お母さんが入院することになった、少し前だったけど」

衣都子さんが黙っていると、美採さんは言葉の調子を変えた。

「それはそれとして、その帯見てみたいわ」

「じゃ、これから持って行く」

「せっかくのお休みなのにいいの。谷《たに》さんと会うんじゃないの」

「それは別の話」

谷さんの名を聞いてから、胸の中がざわつきはじめた。

だが、ざわついているのは胸の中だけで、衣都子さんの身体《からだ》はじっとしたままだった。

谷進一郎《しんいちろう》さんは華雅舎の正社員の一人だ。

華雅舎は昔、江戸の大きな呉服店として有名で、のちにデパートに発展した店だった。ところが、ここしばらく和服の売上げは落ちるばかりだ。

なにしろ戦時中、絹はパラシュートに最適だというので、まっ先に統制品となった。以来、ろくに着物を着せてもらえなかった子供たちが大きくなって、自分の娘や孫に着物を与えたいと思っても、着物の知識がほとんどない。第一、自分一人で着ることもできない。

華雅舎では呉服売場を縮小しているが、全くなくしてしまうのは、本来呉服店だった歴史があるので先祖のためにもできることではない。

若い娘たちの着物離れと言っても、着物が嫌いな娘はほとんどいない。皆、着物に憧れているのだ。そういう娘たちをぼんやり見ている手はない、と進一郎さんは考えた。

華雅舎が顧客のために、華雅舎文化センターという、コミュニティカレッジを設立する案がでたとき、進一郎さんはクラフト教室の中に、染織部門を作ることを提案した。

生徒にはまず、和服の着付けから教える。そして和裁から、簡単な染色、染織の歴史を講義するとともに、ゆくゆくは一反の着尺地《きじやくじ》を染め上げさせるという遠大な計画だった。

手織物ははじめ生徒たちに巾着《きんちやく》や財布などを習わせ、それを卒業すると、機織機《はたおりき》で帯や着尺地を織らせるという企画だ。

刺繍も染織部門の中の技術で、昔、飛鳥《あすか》時代には布に仏を刺繍した繍仏《ぬいぼとけ》が作られて、平安時代には貴族の衣服を飾り、安土桃山《あづちももやま》時代には金銀の箔が加えられ、能装束に代表される華麗な縫箔《ぬいはく》の技術が生まれた。

江戸に入ると友禅染が完成し、これに縫箔を施すことで立体感が加わり更に豪華になったが、贅沢《ぜいたく》禁止令が出て金銀の箔などが使えなくなった。

明治になってウィーン万国博で日本の刺繍は世界で認められ、袱紗《ふくさ》、テーブル掛、壁掛などが輸出されるようになる。

若い娘たちが着物に憧れているといっても、いきなり高価な着物を売りつけるのは無理だ。着物に関心を持たせるには、まず手軽な品からはじめる方がいい。それには袱紗のような小物に馴染ませるのが望ましい。

若い娘でも祝儀袋を使うような集まりが年に何度かはあるはずで、そのたびにバッグからそのままのし袋を取り出すようでは床《ゆか》しいとはいえない。

のし袋は袱紗に包んでおくのが美しく上品だ。美しい袱紗に似合うとすればやはり着物で、進一郎さんは袱紗は着物に興味を持たせるきっかけを作る、と考えた。

染織教室では染色のほか、袱紗に刺繍することを教える。

刺繍のはじめに糸を撚《よ》ることからはじめる。

糸の太細、撚りの甘さ硬さなどを考えて、手加減を加えることで縫いの味わいが変わる。もちろん糸は何色もの種類が必要だ。

糸ができると、布に全体の構図をきめて、下描きをする。

刺繍には絡《から》げ縫い、唐《から》縫い、鎖《くさり》縫いなど、何種類もの縫い方があり、そうした技術も教えなければならない。

衣都子さんは染織教室で若い娘たちに刺繍を教える喜びを楽しむと同時に、別の生きる喜びも知るようになった。

はじめて進一郎さんに唇《くちびる》を合わされたとき、

「あなた、奥さんがいるんでしょう。ほんとうに悪い人ね」

と、衣都子さんは詰《なじ》ったが、嫌な気はしなかった。

そのうち、衣都子さんは豊饒《ほうじょう》の世界の中で、金銀五彩の綾錦に包まれ、舞花彩宴の至福を体感するようになった。


しばらくして、衣都子さんは花衣《はなごろも》を脱ぐようにもの思いから覚め、スーツケースを取り出した。母の帯をケースに収め、外出着に着替えて外に出る。

装絹は私鉄駅の駅前商店街にある小ぢんまりとした呉服店だ。ショウウインドウには紅梅色の地に、菊、梅、藤などの丸文に、鳳凰《ほうおう》が舞っている総絞りの振袖が衣桁《いこう》に掛けられている。

姉の美採さんは鶯《うぐいす》色の霰《あられ》小紋。主人の雄司《ゆうじ》さんは深い焦茶色の紬を着て店の帳場に坐っていた。

衣都子さんが持って来たスーツケースの中から帯を取り出すと、雄司さんは興味深そうな顔をして帯を拡げて見渡した。

「これは素晴らしい。バチルですね」

「――バチル?」

衣都子さんがはじめて聞く言葉だった。

雄司さんはメモに「撥鏤」という字を書いて衣都子さんに見せた。

「これは象牙細工なんです」

「象牙――」

象牙とはまた意外な言葉だ。

「そう、象の上顎の門歯で作った象牙細工です」

もちろん、日本に象はいないので、すべて海外からの輸入によっていた、という。

八世紀には貴族たちは象牙で作った笏《しゃく》を持っていて、正倉院にはその実物が残っている。

近世になってからは輸入量も多くなり、櫛《くし》、笄《こうがい》、根付《ねつけ》や緒締《おじ》めなどが作られた。こうした精巧な細工は日本人の得意とするところで、象牙細工師は世界で最高の技術を持つようになった。

バチルははじめ、奈良時代にシルクロードから伝わってきた象牙細工だ。秘伝の草で染めた象牙を薄く削《そ》いだものを和紙に貼って織り上げたもので、宝物として正倉院に収められている。

「今、これだけの仕事ができるのは、重要無形文化財、人間国宝級の人でしょうね」

雄司さんはそう言って、改めて帯を見渡した。

「いても五本の指に満たないほどでしょう。値踏みをするわけじゃないけど、この帯一本がまず二百万円。百万は下らないでしょうね」

「来月、パーティがあるの。この帯を締めて行こうかしら」

と、衣都子さんが言った。美採さんはうなずいて、

「そうしなさい。簞笥にしまっておくだけじゃ勿体《もったい》ないわ」

「それにしても、お母さんはどうしてこの帯を使わなかったのかしら」


華雅舎創立二百年記念パーティに、衣都子さんは塩沢《しおざわ》の水浅葱《みずあさぎ》無地の着物を着て行くことにした。無地ものは撥鏤の帯を引き立たせるためだった。

暑さが遠退いた九月の夕方。パーティの場所は都心のホテルだった。

会場には華雅舎文化センターの生徒たちも大勢集まっていた。中には訪問着や振袖姿の若い娘もいる。

華雅舎の会長の挨拶《あいさつ》がはじまり、続いて来賓の何人かの祝辞。出席者に水割りのグラスが渡され、乾盃から立食パーティになる。

それを待ち兼ねたように、刺繡教室の一人の生徒が衣都子さんのそばに来た。

「先生、素敵なお召しものですね」

「ありがとう」

その生徒は黒のスーツだった。

「お着物が無地なので、とても帯が映《は》えて見えますわ」

適切な感想だった。衣都子さんがうなずくと、その子は、

「わたし、いつも思っているんですけど、着物の柄って不吉なもの以外はなんでもありの世界ですよね」

と、話しはじめた。

「四季の草花や樹木のほとんどは植物模様になっているし、動物の模様も算《かぞ》え切れないほどありますね。星や月といった自然の模様も作られている。と思うと御所車や扇といった器物や文字もある。鱗《うろこ》や亀甲《きっこう》の幾何学模様と、ペルシャやギリシャ、インドの模様が中国を経由して入って来ています」

「更紗《さらさ》はインドだし、紅型《びんがた》は沖縄から来たのでしたね」

「色も全てが揃っているし、金銀の箔や螺鈿《らでん》まである。ですから着物って貪欲なんですよね。なんでも取り込んでしまう」

「そう言えますね」

「ですから、着物の写真集などを見ていると、めまいが起きてしまいそう。それで、先生のようなシンプルな無地の着物を見ると、ほっとするんです。わたしも成人式には無地が着てみたい」

「――あなたはまだ若いんですから、美しい振袖にしなさい」

「はい、でも今日はいい勉強をさせていただきました。これから着物を選ぶとき、先生のことを思い出します」

生徒は一つおじぎをすると衣都子さんのそばを離れていった。

「今の子、なかなかいいことを言っていたじゃないか」

その声で振り向くと、進一郎さんが立っていた。

「ぼくもそう思う」

進一郎さんはそっと衣都子さんの帯に手を当てた。

「ふしぎな感触だね。金糸や銀糸のような固さがない」

「バチル、というんだそうです。これ、材質が象牙なんです」

進一郎さんはびっくりしたように、改めてじっと帯を見た。

衣都子さんは装絹の雄司さんから聞いたバチルの話をした。

「これ、わたしの母が使っていたものらしいんです」

「――らしい、というのは？」

「これまで、母が一度もこの帯を締めたのを見たことがなかったから」

「ほう――こんないい帯を。なにかわけがあるのかな」

「かもしれませんね」

「この帯をよく見てみたいな」

「今、見ているでしょう」

「もっとよく——全体を見渡したい」

衣都子さんは帯締めを解き、帯揚げを解き、バチルを解いて畳の上に長く伸ばし、伊達《だて》巻姿になった。

進一郎さんは息を詰めるようにして、バチルを見渡していた。

「情けの錦という言葉があるね」

「情愛を美しい錦にたとえた言葉でしょう」

「情けの海というのもある」

進一郎さんはそう言って、衣都子さんの伊達巻に手を伸ばした。

衣都子さんは解きほどかれ、しばらくすると、華麗な糸で花錦に織り込まれていくのだった。

錦繍《きんしゅう》のひとときがすぎたとき、進一郎さんはバチルの一部を指差して、

「これは、なんの花？」

と、訊いた。

「それは、宝相華」

「——はじめて聞く名だね」

「奈良、平安時代に貴族の間で流行《はや》った模様なの。はじめペルシャで作られ、シルクロードから中国経由で日本に渡って来たんです。牡丹や芙蓉《ふよう》などを元にしてできているんだそうよ」

「そう言えば牡丹に似ているね。ぼくの家の紋が牡丹なんだ」

「綺麗な紋ですね」

「綺麗なだけじゃない。紋帳には鬼の顔をした牡丹なんてものもあった」

「——紋帳を見たの？」

「うん、呉服屋さんでね」

「あなた、紋付を誂えたわけ？」

「いや、ぼくじゃない」

「じゃ、奥さん？」

「でもないな」

すると、産まれたばかりの子のお宮参りの産着《うぶぎ》に違いない。

そう思うと、衣都子さんの情けの錦が、みるみる色褪せていくのが判った。

衣都子さんは家に戻るとバチルを衣装箱に入れ、元通りに和簞笥の引出しの奥に収めた。

衣都子さんの母も、きらびやかな思いと一緒に、バチルを簞笥の奥に収めたはずだった。

幕間

母神像

写真はインドの古い寺院の壁に彫られた浮き彫りである。額縁のように仕切られた一齣《ひとこま》の中いっぱいに豊満な母神が中腰に立ち、その股間から小さな人物が逆さまに上半身を現していた。今、生み落とされようとしているのを、あえて子供と言わなかったのは、その人物が両手を頭上で合掌しているからで、こういう姿ができるのは赤子ではなく、小さくともすでに神仏の領域の人に見えるのである。

その目で母神を見ると、力強い豊かな身体《からだ》で堂堂とした顔立ちだった。大きな花柄の耳飾りをつけ、太い胸飾り、腕には臂釧《ひせん》と腕釧をはめ、身体にある模様は彫物《ほりもの》か描いたものか。

「迫力があるなあ……」

思わず岳史《たけし》がつぶやくと、

「女の強さね……」

肩越しに女の声がした。小さいが聞き覚えがある。だが、振り返ることができない。相手を確かめたい気持より、恐怖の方が先だった。そっと床に目を落とすと、後ろに赤いハイヒールが見えた。

銀座《ぎんざ》並木《なみき》通り、細長いビルの三階にあるランダム フォト スペースで冴木《さえき》英明《ひであき》の写真展が開かれていた。土曜日の昼すぎだったが、小ぢんまりしたギャラリーには数えるほどの人しかいない。写真家の冴木英明は岳史の学校友達で、仲間とよく山歩きをしていた。冴木がギャラリーにいてくれたら、恐ろしさはかなりやわらぐはずだったが、受付には若い女がじっと坐っているだけだった。

岳史はさりげなくギャラリーを一巡した。冴木の写真は南部インドの風物や暮らしをモチーフにしたもので、そこには神や古代の濃い気配がただよっていた。いつもなら作品から冴木の心情が伝わってくるのだが、女の声を聞いてから岳史はうわの空になっていた。

岳史が受付で記帳を済ませ、外に出ると、街路樹のそばに、赤いハイヒールがあった。さっきの女は一足先に外へ出て、岳史を待っていたらしい。それ以上、目を逸らすわけにはいかなくなった。

「やあ……これは奇遇だね」

「なにが奇遇なのよ。ずっとそばにいたじゃないの」

声をかけたあと、美和子《みわこ》がどう切りだすかどきどきしていたのだが、意外といつもの調子だった。

「何度も電話をかけたんだがな。いつも出なかった」

岳史は言い訳のようにつぶやいた。だが、美和子は「あら、そうだったの」と口にしただけだった。

「また会えると思った」

それは嘘だった。別れてから永久に会えないはずだった。美和子は死んだものだとばかり思っていたから。


去年の秋、冴木は国際写真芸術賞の金賞を受賞した。その授賞パーティの席で、岳史は美和子と識《し》り合った。

美和子はホールの遠くからでも、華やかに見えた。真っ白なレースのワンピースにペアのボレロ、サテンのハイヒールも白に揃えていた。美和子は念入りな化粧を割引いても三十を越しているとは見えなかった。

美和子は中年の男とにこやかに話をしていた。そのそばを通りかかった一人がどうしたのか少しよろけて、身体が男の肩に触れ、持っていたグラスの飲みものが散った。美和子は後ろに退いて岳史の前で身体を持ちなおした。美和子の息のかかる近さに岳史がいた。

「服、汚さなかったかい」

美和子は身体を見廻した。

「ええ、大丈夫です」

「白い服だからね。すぐ染みが目立つ」

「そうなんです」

「よく見ると、真っ白じゃないね。ごく薄いグレイかな」

「シルバーホワイトです」

「……靴まで同じ色だ。オーダーメイドでしょう。香水はシャネルのココかな」

美和子は値踏みをするように岳史を見た。

「いろいろなことをご存知なんですね」

ほかにも気付いたものがあった。小指に光っているのはスターサファイヤのファッションリングだった。

「好みがいいね。きみのような人がいると、パーティが引き立つ」

「あら……嬉しいわ。お飲物、水割りですか」

「うん」

「新しいの、持って来ましょう」

美和子はバーに行き、すぐグラスを持って戻って来た。

「濃くしてもらいました」

「酒飲みに見られたかな」

「あら、違うんですか」

「いや、違わない。若いのに気が利くね」

「あら、わたしは若くはありませんよ」

「いくつだい」

「三十六。丙午《ひのえうま》なんです。よくおばあさんが言っていました。丙午の女は強いから、男を食い殺す、って」

「そりゃ、恐ろしいが、昔の迷信さ」

「昔の人って面白いことを言いますね」

「しかし、驚いたね。ずいぶん若い。そうは見えないな。ぼくとそう違わないんだ」

「じゃ、おいくつですか」

「きみより二つ上だ」

「……名刺、いただけます？」

岳史は名刺を渡した。美和子の目が、何度も肩書きと名前の間を往復するのが判った。

「服装デザイナーの色川《いろかわ》さんというと、あの色川デザインスクールの方ですか」

「うん。親父の名は多少知られているがね。ぼくはデザインの才能なんかないし、努力も嫌いだ」

「そういえば、目が色川先生にそっくりですね」

「この目ね。ぼくはあまり好きじゃない」

美和子もバッグから名刺を取り出した。会社が作ったらしい、明朝体の活字だった。肩書きはフード コーディネーターとしてあった。

「食料品の関係？」

「ええ。飲食店の新しいメニューや、食品メーカーの新製品の開発を仕事にしているんです」

「難しそうな仕事だね」

「そうでもないんです。わたし、食べものが好きですから」

「じゃ、グルメなんだ」

「グルメじゃ困るんですよ。グルメって好みが変わっているでしょう。そうじゃなくって、食料品は一般の人に好まれて、沢山《たくさん》売れなくちゃいけないんです」

「小説でいうと、純文学じゃなくて、大衆小説なんだ」

「ええ。高級料理店でなくてデパートの食堂です」

「会社は大きいの？」

「いいえ。はじめは大手の会社に勤めていたんですけど、あまり刺戟《しげき》がなくて、仕事を覚えたころ友達と独立したんです。小さな会社ですけど、結構長続きしていますね」

「最近はどんな料理を研究しているの」

「研究というほど大袈裟なもんじゃないんですけど、今、臭《にお》いに興味を持っているんです」

「うん、食べものに臭いはつきものだね」

「ええ。その臭いはとても複雑でしょう。はじめはいい臭いだと思っていても、長く嗅いでいるとたまらなくなってしまう」

「そのうち、我慢しているとなんともなくなるしね」

「人や民族によってもいろいろ違いがありますね。わたしたちは味噌汁《みそしる》の臭いが好きなのに、西洋人は嫌います」

「うん。われわれは小さいころから発酵物に馴れているからね。もっとも、このごろはコンビ二弁当やファストフードで育った若者はクサヤがだめらしい」

「クサヤを焼くと逃げていく若者がいますよ」

「クサヤはムロアジを発酵させたものだったね」

「ええ、百年以上たった漬け汁を使っているところがあります」

「発酵は一種の腐敗だからね。エイの発酵したものを食べたことがある。エイのクサヤ——はおかしいな。なんというのか忘れたけれど、そのアンモニア臭がたまらなかった」

「それ、東京で食べられるんですか」

「ああ。北海道の名産で、本物は臭いが強烈で、はじめての人なら降参してしまう。その店のはソフトに作ってあるそうで、それでも口に近付けると、うっとくるね」

「わたし、経験してみたいわ」

「うん、今度案内しよう」

　そのときはそれで忘れていたのだが、五日ほどすると美和子から電話がかかってきた。エイのクサヤが食べたいというのである。

　岳史は渋谷《しぶや》道玄坂《どうげんざか》の裏通りにある有江亭《あるえてい》という北海道郷土料理店に美和子を連れて行った。

　そこで、エイを発酵させたものはメシン、背腸《せわた》の加工品はエノワタという名を思い出した。いずれも珍味の類いで、一度味わったら、それでいい。よほど虫が好く人は別として、普通の人は強いて食べようとは思わないだろう。店でもそれを承知していて、メニューには小さく載せてあるだけだ。

美和子ははじめのうち未知の味を確かめるように箸を動かしていたが、そのうち、

「これ、わたしに合うみたい」

と、言った。エノワタの方がよく酒に馴染み、独得の発酵臭がふしぎな刺戟を与えるらしい。そして、エノワタとメシンが酔いを深めるらしいと感じたのは、もう少したってからだった。

「ねえ、フグに酔ったことある？」

と、美和子は言った。

「フグね。それ、危険なんじゃないか」

「いえ、専門の料理人のなら大丈夫。今度、わたしが案内するわ。指の先ぐらい痺れさせてくれるのよ」

「それで、どうなるね」

「男だと、欲しくなるそうよ」

「……女は？」

美和子はうふっ、と笑った。蕩《とろ》けるような表情だった。

「笑うだけじゃ判らない」

「ばかね。そんなこと訊き出そうとするもんじゃないわ」

「つまり、エノワタもフグみたいに酔うというのかい」

「……今、色川さんはどうなの？」

そう言われると、欲望の気配があった。

「うん、きみがとても色っぽく見える」

「抱いてみたいと思う?」

「それができたら幸せだね」

「お世辞でしょう」

「いや。そう思う」

「じゃ、抱いていいのよ」

美和子は手を伸ばし、岳史の手を和《やわ》らかく握りしめた。

美和子に続いて部屋に入った岳史は、ドアを閉めるとすぐ後ろから抱きすくめた。

「あ……」

美和子は首をねじって身体の向きを変えようとしたが、両手に包んだ二つの乳房の感触を離したくなかった。岳史は横を向いた美和子の唇《くちびる》を追った。身のぬくもりと一緒に、わずかな体臭と入り交じりになったココの臭いがした。美和子はその姿勢で唇を吸われるままになっていたが、しばらくすると溜め息を吐きながら唇を離した。

岳史はゆっくりとボレロを脱がせた。美和子が向きなおろうとするのを「そのまま」と言い、岳史はワンピースの背のホックを外していった。美和子は着崩れし、肩を露《あら》わした姿に岳史の身体が熱くなった。ブラジャーを取り去ってはじめて向きを変え、改めて唇を重ねる。そのまま唇を頬から喉へ移動させ、胸の谷間から更に下へ。岳史は最後の下着に手をかけた。

「だめ……自分で脱ぐ」

「いや、じっとしていて」

美和子は身をよじったが、岳史は否応なく下着をずりおろした。目の前に柔毛が煙っていた。それは下着で押された形になっていたが、その奥区《おうく》に騒水が泛溢《はんいつ》している気配を知ると、岳史は本能のままに顔を寄せた。

舌が金溝をなぞると、固くなった雛先《ひなさき》に触れた。美和子はせつなそうに息を弾ませ、両手で岳史の頭を押え込むようにし、両足を開いて腰を扇揺しはじめた。

「おかしくなってしまうわ」

美和子はいきなり身体を引いた。

「ぼくだっておかしくなっています」

「じゃ、あなたも脱いで」

岳史は手早く衣服を取り去り、改めて相手の身体を見渡した。やや張りに欠けてはいたが、かえってそれが官能的だった。

「そんなに見ないで……困るわ……」

美和子は途切れ途切れに言い、身体をすり寄せてきた。美和子は乳房を押しつけ、岳史の腰を抱き締めた。舌も思いのままからませてきた。すでに遠慮がなかった。荒荒しい息が岳史の顔に当たった。そのうち、しっかり閉じられていた睫《まつげ》が開いた。

「今度は、わたしが」

美和子は跪《ひざまず》いて前に顔を埋めた。濡れた唇は静かに漂揺していたが、その感触は鋭く脳が痺れるほどであった。何度も岳史の男が跳ね返った。

ベッドに移ってから、はじめて美和子は吟声を発して身体を震わせた。顔が上気し鼻孔が開いていた。岳史の愛撫で、一度妙境に達した美和子は、次次と押し寄せる波のように頂上に打ち上げられ、流露は絶え間がなかった。

「もう……だめ」

岳史は手の動きを止めた。

「ばか、そうじゃなくて」

「じゃ、こうかな」

岳史は今までのところより、更に向こうに指を伸ばした。

「あ……」

美和子は苦しそうに眉をひそめた。

「違う……そこは……」

「ここも、いいはずだがな」

「わたしが欲しいのは……」

美和子は途中で言葉を切った。今までとは違う体感を受け入れ、身を委《まか》せる気になったのだ。

だが、

「ここに欲しくはないかね」

と訊くと、悲鳴のような声で、

「嫌。堪忍して」

と、身をよじった。

「じゃ、そのうちに、な」

「変なことを考えていないで、早く、来て」

岳史は美和子の上に乗り上がった。美和子は手を添え、腰を突き出すようにした。

「中は、蕩けるようだ」

「わたしも、いいわ」

深くまとまった瞬間、美和子はうっと言って息を止め、身体を硬直させた。岳史は力が緩むのを待って、静かに腰を引いた。美和子が追って来たが、あくまでも逃げる。

「顔が汗で濡れて、色っぽいよ」

「……嫌よ。喋《しゃべ》らないで」

美和子が堅く閉じていた睫をそっと開けたとき、岳史は力一杯に突き出し、矢庭に口を吸った。それを予想しなかったようで、美和子はあっと言って身体を弓形《ゆみなり》にした。

それからは、技巧を考える必要はなかった。ゆっくりと、送り込み、引き戻す。それを繰り返すと美和子は乱れ、ずり上がってベッドの端まで行った。岳史は上体を起こし、相手を引き上げた。交締はより深くなった。岳史は両手を使い、固くなった乳房を把玩《はがん》した。

「柔らかくて心地いいよ」

だが、美和子は首を大きく左右に振りはじめていて、岳史の言葉が耳に入らないようだった。もうすでに相手のことも忘れ、自分だけの喜びに沈潜しているのだ。それがしばらく続くと、大きく息を吸い、

「ああ、もう、だめ……」

あおのけに倒れて動かなくなってしまった。岳史は容赦なくその両脚を肩の上に担ぎ上げ、最後の疾走に移った。だが、美和子は激しい扱いに感覚も麻痺《まひ》したのか、燃え尽きたように倒れるとぴくりともしなかった。岳史はその上に覆い被さって散り果てたのである。


しばらく付き合っているうち、美和子の好奇心は食物だけに向いているのでないことが判った。なんに対しても興味を持つのである。

はじめて冴木英明のパーティで会ったとき、趣味のよさに感心したのだが、実際はそれ以上であった。会社からもらう給料のほとんどが衣服や装身具になってしまう。お金はいくらあっても足りなさそうだった。

あるとき、美和子はエメラルドをダイヤが囲んだリングを嵌めていた。大きいものではなかったが、身分不相応な光を放っていた。

「素晴らしい指輪だね」

と、岳史が誉めると、

「と、思うでしょう。ところが石は練物《ねりもの》、ダイヤはガラスなのよ」

それが言い訳のように聞こえた。次に会ったとき、さりげなく見ると美和子のリングはありふれた銀の蒲鉾《かまぼこ》だった。それを見て、岳史はあのエメラルドは本物だと確信した。同時に、そのリングを買い与えている男の姿が頭をかすめた。それも、複数である。もう一人はスターサファイヤを美和子の指に嵌めていた。

美和子の年になれば、男の一人や二人いてもおかしくはない。だが、美和子が自分のためになる——衣服や装身具を気前よく買い与えるような男ばかり漁《あさ》っていたとしたら話は別である。三月のホワイトデーに美和子を宝飾店へ連れて行った。バレンタインデーにランダム社のライターをもらったお返しだった。美和子が選んだのはプラチナ台のオパールのリングで、光によって虹色に輝く石である。

そのとき、美和子の選び方に打算が見えた。岳史が支払えそうな額の、ぎりぎり高値の石を探し出したのだった。

それを見たとき、美和子への熱が冷めてしまったのだが、美和子の方は反対に、強く結婚を望むようになった。もちろん、岳史の父のデザインスクールを視野に入れて将来を計算しているはずだった。

宝飾店の帰り、美和子は前に約束したフグ料理店に案内する、と言った。浦安《うらやす》にあるひげ松《まつ》という料理店だった。

フグのヒレ酒に刺身、フグの山吹焼に仙台《せんだい》煮、フグ田楽《でんがく》に雑炊。岳史の食べたことのない料理ばかりだった。

エイとは違う酔い方だった。美和子の言うとおり、料理の途中で指先が痺れはじめた。気のせいか身体の力も抜けている。

「大丈夫、大丈夫」

と、美和子は心配する岳史を見て楽しそうに笑った。

フグは大丈夫だったが、帰途が大丈夫ではなかった。岳史の運転する車は、葛西橋《かさいばし》を渡ったあたりで、対向車線を飛び出して来たダンプカーと正面衝突してしまった。岳史の車に同乗していた美和子は、その事故で死んだはずだった。


死んだはずの美和子が目の前にいる。

ノクターンという喫茶店だった。

美和子は白のレースブラウスにレモンイエローのカーディガンで、最後に会ったときと同じ服装だった。

「あのとき、気が付いたら病院のベッドの中にいた」

と、岳史は言った。

「事故のショックで気を失っていたんだが、幸いたいした怪我《けが》でなく済んだよ。で、きみの方は?」

「わたしも気が付いたら病院だった。いろいろあってね。すぐには連絡ができなかったの」

岳史と車に乗っていたことを知られたくない人物がいるのだ。美和子はそれで口を閉ざしていたのだろう。

「ぼくはきみが死んでしまったんじゃないかと思っていた」

「……その方がよかったかしら」

美和子はふしぎな笑い方をした。岳史の心の奥を覗いたかのようで、思わずぞっとしたが、

「なぜそんなばかなことを考える」

と、静かに言った。

「ごめんなさい。とても心細かったのよ」

美和子は珍しくしおらしい調子になった。

「ぼくはずっと心配していたんだ」

「そうだったの。もう一つ謝らないといけないことがあるの」

「……なんだね」

「買ってもらったオパールの指輪。あのときどこかへ行ってしまった」

美和子の指にリングがなかった。

「命が助かったんだから、いいじゃないか。リングならいつでも買ってやる」

「ありがとう」

「それはいいがね。交通事故の裁判とか、始末をしなければならないことがあるだろう。居場所をきちんとしておかないと困るじゃないか。今、どこにいる？　元のところ？」

「いいえ。あすこはしばらく帰っていません」

「どうりで電話が通じなかった」

「お医者さんから、精神的なショックが大きい、と言われて、しばらく実家にいることにしたわ」

美和子の生まれは山梨県の甲府《こうふ》。静かな田園地帯だという。

「でも、ずっと甲府にいるわけじゃないんだろう」

「ええ。仕事もあるし、気持も落着いたから、そろそろ戻ろうと思っているところなの。しばらくぶりで来てみると、東京はやはり魅力的だわ」

「今度来たのは？」

「仕事。わたしでないと判らないことがあったの」

「マンションにはいないと言ったね」

「ええ。今度東京に来たのは二、三日だから、マンションよりホテルの方がなにかと便利だと思って」

「どこのホテル？」

「神田《かんだ》のグリーンホテル」

「……これから寄ってもいいかい。ホテルで夕食をしよう」

「お付き合いはしますけど、わたし今食べられないんです」

「……ダイエットかい」

「まあね」

「きみはフード　コーディネーターだろう。食べなくてもいいのかい」

「いいんです。会社の若い子に食べさせます」

「……ぼくもそれほど空腹じゃない」

岳史が言うと、美和子は直接ホテルの部屋に案内した。

岳史は姿見の前に美和子を立たせ、服を取り去っていった。美和子は自分の裸身を見て言った。

「すっかり見えてしまうわ」

「そう。きみを恥しがらせようとしているわけ」

岳史は後ろから美和子の腋《わき》の下から手を入れ、乳房をつかんだ。

「ダイエットの効果が現れているみたいだね」

「そうかしら」

「ほら、恥骨の盛り上がりがはっきりしている。エロチックだ」

「嫌らしいわ」

「それに、筋肉もいいね。ここ、鼠径靭帯《そけいじんたい》というんだろ?」

「……知らない」

「早く来て、と言っているようだ」

「あ……」

「感じるかい。そう、もう少し脚を開いてごらん」

「ベッドに行きましょうよ」

「だめ。こういうのも刺戟的じゃないか」

「このままで?」

「そう。見ながら、ね」

美和子の身体が赤味を増し、目がとろりとしてきた。

「陰の中から唇が現れている。目を開けてごらん」

「見えているわ」

「光っているだろう」

「う……」

美和子の身体から力が抜けていく。岳史は支えながら一気に結び合わせ、腰を突き立てた。

「届いたわ。いいわよ」

美和子は両手を後ろに廻し、岳史の腰を抱いた。結合の部分は見えなかったが、体毛が確かな嵌入の表情を現していた。

「すごく締まる」

「いきそう……いい?」

「いいよ。思い切って」

「ええ、いくわ」

美和子は身体を硬直させた。実際、吸い込まれる感じだった。岳史も頭の中が白くなりかかった。そのとき、美和子が意外なことを口走った。

「ねえ、わたしの指輪を返して」

「……指輪？」

「ええ、オパールの指輪よ」

「……」

「あなた、死んだわたしの指から抜き取ったでしょう」

岳史の男が力をなくした。だが、美和子の吸引は強くなるばかりだった。

「あなたはひどい人だわ。あのときの自動車事故で、瀕死のわたしを車に置き去りにして、自分だけ外に出て助けを求めたでしょう。お陰でわたしは血を流しながら長いこと動けなかった。救急隊員がわたしを発見するのはずっと後だった。もっと早かったら、わたしは助かったんだ」

「じゃ……君は？」

「嘘を吐《つ》いてもだめ。わたしはあっちの人だから」

「ぼくはどうなるんだ」

「あなたは、わたしに飲まれてしまうのよ」

気が付くと、岳史の下半身は、美和子の股間に吸い込まれていた。すでにそのあたりの感覚は麻痺していた。いつか冴木英明の写真展で見たインドの彫像と同じ姿になっているのに気付いた。あれは中腰になった母神が、小さな人物を生み落とそうとしている影像だったが、美和子の場合、岳史を股間に吸い取っているのだった。

岳史は無意識に、両手を頭の上で合掌していた。

荼吉尼天《だきにてん》

朝からなまぬるく弱い風が吹いている。

全身の骨と筋肉がゆるんでしまいそうな天候だった。

道を歩く人の中には、半袖のシャツという気の早い若い女性もいる。気のせいかいつもより人通りが多い。

神田神保町《かんだじんぼうちょう》、裏通りの雑居ビルの三階に、岡山岳《おかやまたけし》が勤めている出版社、人間社《にんげんしゃ》がある。人間社は写真週刊誌「クロースアップ」や月刊雑誌「芸術人間《げいじゅつにんげん》」などを刊行している。

編集部のドアを開けると、もう五人ほどの社員が出勤していた。デスクは十卓ほどで、一番奥の窓際で新聞を拡げているのがクロースアップの編集長、亀沢《かめざわ》だ。

亀沢は岡山に気付くと、新聞から目を離して、

「今日はどんな予定だったね」

と、訊いた。

「これから上野《うえの》公園に行って、花見客を撮って来ます」

「今日の空工合じゃ、明日も晴れが続きそうだ」

「ええ」

「花見は明日でもいい。さっき、画家の浦里貴雄《うらざとたかお》先生のところから電話があった。岡山君に手伝ってもらいたい、と言っている」

「今度はどんなことでしょう」

「モデルは彫物《ほりもの》を入れた、上杉舞《うえすぎまい》という若い女性だそうだ」

クロースアップは前に女性の彫物特集を組んだことがあって、浦里はそれを見て気に入り、その一人を岡山が紹介した。以来、浦里は彫物の女性に執心するようになった。

「先生はよくそういう子を見つけましたね」

「なんでも、上野にあるブロンズというキャバレーで働いている舞と知り合ってね。絵のモデルを頼んだわけ。岡山君に写真を撮ってもらい、次の作品の資料に使いたい、という」

「先生はおいくつだい」

「六十代かな」

「気が若いな」

「ああいう芸術家はいくつになっても色気がなくっちゃだめなんだ」

「じゃ、いっそのことリリー並木《なみき》のときのように、身請けしたらどうかね」

「身請け——言うことが古いね」

「ほかにことばが思いうかばない」

「先生には奥さんがいるしね」

ストレーションは麻倉が執筆したものだった。

麻倉は編集長のそばに寄り広告原稿を渡した。原稿はレストラン茜亭のもので、文章やイラ

岡山が撮影機材を調べていると、茜亭《あかねてい》の麻倉《あさくら》が部屋に入って来た。

「それは奥さんが仕事だと思ってじっと堪えている。ときどきその反動が現れる」

「だって先生はいつもモデルの女を見ているんだろう」

「もっと凄いという。ホラーだそうだ」

「恐妻家なのかい」

麻倉は茜亭の美術部長だが、美術部には麻倉一人しかいない。

亀沢は渡された原稿にざっと目を通して、煙草《たばこ》に火をつけた。

「どうだね、景気は。陽気が良くなったから客が多いだろう」

「まあまあです」

「どうだね。ひとつ大儲けしてみないかね。識《し》り合いに東京ミシュランの社員がいる。紹介してやろうか」

「ミシュランガイドですか」

「そう。ミシュランに名が載ると、店の前には行列ができる」

「そういうの、内の社長は大嫌いなんです」

「はて、欲がないの」

「江戸時代にもあったそうですね。見立番付《みたてばんづけ》という一木板の一枚刷りです」

「ほう。それじゃ、ミシュランなんかより古いんじゃないか」

「その見立番付は相撲《すもう》番付のスタイルだったといいます」

「――江戸の人たちはそんなところでも凝っていたんだ」

「ええ。番付の中央に肉太の相撲文字で『東都名物味競《とうとめいぶつあじくらべ》』と書き、その左右は東と西、それぞれに横綱、大関、小結、前頭以下、食べ物屋が位付《くらい》けされて並んでいるんです」

「なるほどね」

「江戸の人たちは趣向が好きでしたから、ただ店を並べるだけのミシュランとは違い、見ていて楽しいんですね」

亀沢は身体《からだ》を乗り出した。

「それ、いただこうかな。今だって趣向の好きな人は多い。昔でもその番付に載った店は喜んだろうな」

「ところが、迷惑だったそうです」

「ほう、なぜだ」

「こういうものは流行《はや》りものですから、一時は客が押し寄せますが、すぐ潮が引いて元通りになってしまう。店はそれを承知していますから、店員を増やせません。外で待たされている客は怒り出す。店は見立番付など有難迷惑だったそうです」

「そんなものかな」

「番付は食べ物屋だけじゃない。名木や盆栽《ぼんさい》の番付、金持ちや美人番付、中には地震や火事の番付まであったそうです」

「昔の人は呑気だったんだな」

「なにしろ、電車もテレビもない時代ですからね」

麻倉が亀沢に原稿を渡し部屋を出ようとしたとき、岡山はいいことを思いついて声をかけた。

「ちょうどいい。これから暇かね」

「ええ。社に帰るだけです」

「きみは女の彫物が好きだったね」

「女の捕物——銭形《ぜにがた》お平《へい》とかですか」

「捕物じゃあない。彫物。前に彫物のあるストリッパーに熱を上げていたじゃないか。なんという名だったかな」

「それなら、リリー並木でしょう」

「そう、リリー並木。彼女の彫物はたしか牡丹《ぼたん》に唐獅子《からじし》だった」

「ええ。美事でしたねえ。五代目大常《だいつね》の作だそうです」

「リリー並木はもう引退したんだっけね」

「そう。なんでも彫物好きのお金持ちに連れて行かれてしまいました」

「じゃ、もうリリーの彫物は拝めないわけだ」

「残念ですが」

「そのかわり、というんじゃないが、上杉舞という子がいてね。その子の背中には素敵な彫物があるそうだ」

「――そういえば、このごろ若い子の間に彫物が流行っているらしいですね」

「そうかい」

「ええ。蝶とかテントウ虫なんかが人気らしいんです」

「蝶とかテントウ虫じゃ、ちっぽけな彫物だろう」

「ええ。ワンポイントタトゥとか言います」

「その上杉舞の彫物はそんなけちなんじゃない。背中一面に彫ってあるそうだ」

「――若い子ですか」

「もちろん、若い子だ。若いうえに美人らしい」

岡山は麻倉の顔色をうかがった。にわかに興味を持ったようだ。

「これから、その子を撮りに行くんだがね。その写真はクロースアップに載せる」

岡山は言いながら撮影機材を鞄に詰めている。

「ぼくも連れて行ってください」

と、麻倉が頼んだ。

「でも、ただそばでじいっと見ていちゃ相手が気を悪くする。一応、ぼくの助手のような顔をしていなければね」

「なにをしていればいいんですか」

岡山は黒い傘のようなものを手に取った。開くと内側は銀色でその中にフラッシュランプが取りつけてある。

「これを被写体の方に向ける。ぼくがカメラのシャッターを押すと、そのランプが光るわけだ」

「――それじゃ、ぼくを只で使う気なんですね」

「嫌かい」

「いいえ、なんでもしますから、連れて行ってください」

岡山のライトバンに機材を積み込み、目白《めじろ》通りへ。向かうのは練馬《ねりま》区。西武《せいぶ》線の江古田《えこだ》駅の近くに画家、浦里のアトリエがある。

「浦里貴雄知っているかね」

と、岡山が麻倉に訊いた。

「ええ、前に雑誌の挿絵を見たことがあります。SF小説の絵でした。おそろしく緻密な筆で」

「うん。だが、今は雑誌の仕事はやっていない。油絵の大作に取り組んでいる」

「その浦里先生のアトリエに、なんで彫物を入れた女性がいるんですか」

「先生が舞の彫物を気に入ってしまったらしいんだ。舞は上野にあるキャバレーで働いているという」

「このごろそういう水商売の子に多いらしいですね。ワンポイントタトゥは」

「先生が気に入ったんだから、そんな小さなものじゃなさそうだね」

浦里貴雄のアトリエは目白通りに面した、閑静な場所に建っていた。

玄関のチャイムを押すと、浦里がドアを開けた。頭の禿げた大きな男だった。ポロシャツを腕まくりして、太い腕が出ている。

「先生、撮影にうかがいました」

と、岡山が言った。

「おお、ご苦労さん。今、仕事が一段落したところだ」

アトリエの中には、ガウンを羽織った若い女性が椅子に腰を下ろしていた。これが上杉舞なのだろう。

岡山は浦里に、

「今日は助手を連れて来ました」

と、麻倉を紹介した。浦里はううとだけ言った。

岡山がアトリエの中に機材を運び終えると、

「あいにく、家内が留守での」

と、浦里は折り畳み椅子を岡山と麻倉にすすめた。

「ところで今週のクロースアップに載っていた、里中未来《さとなかみらい》と秋吉文代《あきよしふみよ》が肩を組んでいる写真だが、あの二人は一緒になる気かね」

「ええ、結婚するでしょう」

と、岡山が答えた。

「もっとも、事務所じゃ否定していますが。まあ、いつものことで」

「そりゃ、心外じゃな」

「——先生は秋吉文代がお好みなんですか」

「ああ、なにより純日本的な美人だし、芸も上手だ。色が白いから彼女の肌に彫物を入れたら秋吉文代そのものが芸術になっていただろうな」

「なるほど」

「それに対して、里中未来というのは知らない。里中未来というのは何者じゃい」

「わたしもくわしくは判りませんが、まだ駈け出しの俳優でしょう」

「そうか。秋吉文代も詰まらん男に引っかかったもんじゃ」

「でも、秋吉文代の夫となれば、世間も注目するでしょう。仕事も増えて大物に化けるかもしれません」

「まさか、それで秋吉が引退する、というようなことはないだろうな」

「さあ、どうですか。そこまでは判りません」

「あのクローズアップが判らんということはあるまい。前に歌手の美鳥那那《みどりなな》の幽霊写真を載せたことがあったじゃないか」

「はあ——」

「あの写真もきみが撮ったのか」

「いえ、ぼくじゃありません。内の亀沢がまだ編集長になる前でした」

「美鳥那那も美人で歌も上手だった」

そして、上杉舞の方をちょっと見て、

「いや、舞さんも文代や那那に劣らない美人じゃ」

と言い、岡山に向かって仕事にかかるように言った。

舞は衝立《ついたて》の後ろでガウンを脱ぎ、全裸の姿でモデル台の上に立った。舞の彫物を目の前にして岡山は息を呑んだ。


舞の背中一面に彫られているのは艶麗な荼吉尼天《だきにてん》だった。

岡山は後になってから調べたのだが、荼吉尼天はインドの夜叉《やしゃ》の類いで、六ヶ月前に人の死を知り、その心臓を食う女性の悪鬼だという。日本では狐を使う女神で、稲荷《いなり》大明神、飯縄権現《いづなごんげん》などと同一とされている。

舞の荼吉尼天は神神しい美形で、頭に冠を乗せ右手に鍵、左手に宝珠《ほうじゅ》を持ち、白狐の上にまたがっていた。

荼吉尼天は筋彫《すじぼり》に朱や緑、バラ色や紫に彩色され、舞の白い肌が一段と彫物を引き立て妖美さがただよう。岡山はしばらく息をするのも忘れて、舞の彫物に見惚れていた。

ひとしきりフラッシュがたかれ、撮影が終わって、岡山はわれに返った。どの位時間がたったか判らないが、あっという間だったような気がした。

「やあ、ご苦労さん」

と、浦里が言った。

「ついでに、と言っちゃあなんだが、もう一つ頼まれてもらいたい」

「なんでしょう」

「舞さんとわしが並んで、記念写真を、だ」

浦里は舞を自分のわきに立たせ、気取った顔になった。

「先生、にこにこして下さい」

と、岡山が言った。

記念撮影が終わると舞は衝立の後ろに入り服を着て戻って来た。水色のワンピースを着た舞は彫物などを入れているとは思えない、普通の女性になっていた。

麻倉が舞に言った。

「彫物に彫久《ほりきゅう》という銘がありましたね」

うかつにも岡山はそこまで目が届かなかった。それだけ彫物に圧倒されていたのだ。

「彫久というのは、どこにいる方ですか」

舞は歯切れのいい声で答えた。

「さあ、どこでしょう。わたしの彫物はロサンゼルスにいたときに入れてもらったのです」

「じゃ、外国人の彫師？」

「いえ、彫久さんは日本人です。ロサンゼルスにも彫物を入れたがっている人がいるんです。

彫久さんはそういう人のため、出張して仕事をしていたときがあります」

「それだけの彫物は、わずかな間じゃ彫れなかったでしょう」

「ええ、三月ほどかかりました」

麻倉はそれ以上、突っ込んだ質問はしなかったが、彫物にかかった工賃も相当な額だったに違いない。

あれこれ思うと、舞は若くしてすでにこれまで平坦な道を歩んできたわけではなさそうだった。


岡山は浦里のアトリエから戻ると、すぐスタジオに入り、撮影したフィルムを現像した。大きく伸ばしたプリントを見て、岡山は改めて舞の彫物に感嘆した。

実物の彫物は当然だがいつも動きをともなっていて、それが独特の妖しさをかもし出していたが、プリントに定着され、動きを失った茶吉尼天は、妖しさが薄れたかわり、美しさが増して、素晴らしい絵画を前にしたときのような感動があった。

岡山はすぐ麻倉に電話でプリントが仕上がったと伝えると、麻倉も早く見たいと言う。そして、麻倉と浦里のアトリエで落ち合う話がきまった。

麻倉が江古田につくと、アトリエの中はたいへんなことになっていた。

部屋中、イーゼルや絵具、画筆やスケッチブックが散乱し、テレビがひっくり返り、その上、浦里の頭には大きな絆創膏《ばんそうこう》が貼られていた。

「いったい、どうしたんですか」

と、麻倉が訊くと、

「いや、ぼくが悪かった」

と、岡山が言った。

「うっかりして、舞の写真の中に、先生と舞の例のツーショットの記念写真を入れてしまった。

それを奥さんに見付かって、このありさまだ」

「——先生の頭は?」

「奥さんが野球のバットでひっぱたいたんだ」

「ここに、バットなんかあったんですか」

「バットでよかった。もし、日本刀だったら今ごろ命がなくなっている」

と、浦里が言った。

「日本刀もあるんですか」

「ああ、何本もある。そんなことより、頭がひりひりしてどうにもならん。ちょっと見てくれ」

麻倉が見ると絆創膏にしては変に幅が広い。

「先生、これはガムテープですよ」

「そうか。妙なものを貼られた。ひどい女じゃ」

「奥さんはどこにいらっしゃるんですか」

「さあ──気晴らしに食堂へでも行ったのだろう。内の奴は腹が一杯になると、気が落ち着くたちなんだ」

麻倉が浦里の頭に貼られたガムテープを剝がしていると、岡山はアトリエの中を片付けはじめる。

最後にひっくり返っているテレビを起こし、外れていたコードをコンセントにつなぐ。テレビの画像が映し出され、美人アナウンサーがニュースを読みはじめた。その最初がとんでもない事件だった。

二、三日前、同じ浦里のアトリエで話題になったばかりの俳優、里中未来が殺害されたというのだ。

惨事のあった場所は新宿《しんじゆく》にあるヘルスセンターの中にある旭《あさひ》スイミング教室だった。里中未来は俳優のかたわら、アルバイトに教室のインストラクターを務めていた、という。

里中の死体が発見されたのは、夜の九時ごろ。ヘルスセンターの夜の部が終了し、係員がプールを点検したところ、インストラクターの里中の姿が見えない。

係員がプールの更衣室のドアを開けると、里中がうつぶせに倒れていた。

更衣室は男子用と女子用の二部屋に分かれていて、それぞれにドアが閉められていた。里中が倒れていたのは男子用の更衣室の中だった。

係員は倒れている里中を見てびっくりし、すぐ抱き起こしたが、そのときにはもうぐったりとしていて息はなく、里中の眉間には撲《なぐ》られたような傷ができていた。

里中のそばには掃除用のモップが転がっていて、その先に血がついている。モップはいつも更衣室に置かれている品だった。

係員はその少し前、里中と上杉舞らしい女が連れ立って更衣室に入って行く姿を見ていた。上杉舞は一と月ほど前からヘルスセンターの会員になっていて、係員は舞がプールで泳いでいる姿を見ていたのだ。

係員は更衣室に入って行く里中と舞らしい女性の後ろ姿を見て、おや、と思ったという。係員は今週のクロースアップを見ていて、里中と女優の秋吉文代が肩を組んでいるスナップ写真を覚えていたのだ。係員は二人の女性と付き合う里中をいまいましく思っていた。

係員の通報ですぐ警察の捜査官たちが現場に到着した。

捜査官はスイミング教室の係員から上杉舞の名前を聞き出し、里中未来殺害事件の第一の容疑者にあげた。

だが、そのときに舞は行方をくらましていた。

中央《ちゆうおう》線吉祥寺《きちじようじ》駅近くにあるアパートの自宅にも戻らず、静岡にある実家では正月以来、一度も来なかった、という。

警察は舞の顔写真とともに、舞の身体の特徴を添えて公開捜査に踏み切った。

その舞の写真がテレビに映し出された。麻倉はそのテレビを見て、

「こりゃ、おかしい」

と、言った。岡山もうなずいて、

「おかしすぎる。舞さんなら、身長や体重を公開する前に、彫物のことに触れれば、なによりもはっきりと判る」

「スイミングクラブの係員は舞さんの彫物を見逃しているのかな」

「見逃すわけはない。舞さんは一と月も前からクラブに入会していて、プールで泳いでいたんだから」

「じゃ、里中を殺した犯人は別人に違いない」

「しかし、公開されている写真は舞さんそっくりだがな」

「舞さんには双子の姉妹がいるんだ」

だが、岡山は麻倉の説には賛成しなかった。

「とにかく、犯人が舞さんじゃないことだけは確かだ。彫物の証拠写真なら、ここにいくらでもある」

「それにしても、舞さんは無実を証明する写真があるのを知っていながら、なぜ姿を隠してしまったんだろう」

その謎だけが残った。

それからしばらく、舞は姿をくらましたままで、岡山はいつとはなく舞のことを忘れていたのだが、その年の暮、思わぬ男から舞のいるところが判った。

土屋握《つちやあつし》という男がいる。

自称トップ屋で、世紀のスクープだなどと言ってはクロースアップに写真や記事を持ち込んで来る。その多くは有名タレントやスポーツマンの隠し撮りだったりするが、油断することはできない。土屋の写真は合成や改造がしょっちゅう使われているからだ。

その日も土屋はベレー帽、フィルムレス社のデジタルカメラを首からぶら下げてクロースアップの編集室に入って来て、亀沢の前に写真の束をどさりと置いた。暮を迎えて小遣いが欲しくなったらしい。

亀沢はつまらなそうな顔で、その一枚一枚を見ていたが、ある一枚で手を止め、

「岡山君、ちょっとこれを見てごらん」

と、言った。

岡山が亀沢のそばに寄り、その写真を見て心の中であっと言った。

写真は裸の女性で、背中一面に荼吉尼天の彫物が入れられていた。

同じ写真は数枚あったが、土屋のカメラは彫物に向けられているので、後ろ向きの女性の顔は判らない。だが、荼吉尼天の彫物なら上杉舞に違いない。

岡山はさりげなく、

「君、これはどこで撮ったのかね」

と、訊いた。

「山手《やまのて》線の代々木《よよぎ》駅の近くにある青江《あおえ》マンションというビルの九階です」

姿を隠している舞が、都内に住んでいるとは意外だった。

「この写真は、本人の承諾はなく、だね」

「ええ、望遠で撮りました。ぼくの友達が、たまたま青江マンションの前のビルにいるんです。その男が、おれのところの窓から見える向かいのビルに、面白い子がいるから、と教えてくれたんです」

「なるほど」

「その男のところに、三日ほど詰めていて、やっと撮ることができたんです」

土屋が帰ると亀沢は岡山に言った。

「舞と会ってみるかね」

「ええ、もちろんそうします」

岡山はすぐ社を出て、代々木の青江マンションに向かった。


青江マンションの一階の郵便受けには、上杉舞の名はなかった。

エレベーターで九階へ。九階には五部屋のドアが並んでいたが一部屋だけ表札がない。ここが舞の住まいに違いないと、見当をつけチャイムを押したが、内からの応答はなかった。

岡山は名刺の裏に、茶吉尼天の彫物であなたが里中殺しの犯人でないことが証明されている。ぼくが警察で説明してもいい。ぜひ、連絡するように、と書いて、ドアの下の隙間から名刺を差し入れて、マンションを出た。

翌日、舞から電話があり、二人だけで会いたいと言う。岡山は人間社の近くにある喫茶店、キャノールで落ち合おう、と電話を切った。

キャノールで待っていると、舞は濃いめのファッショングラスに黒いコートを着て現れた。

舞はコートを脱いで岡山の前に腰を下ろし、

「よくわたしのいるところが判ったわね」

と、言った。

「土屋というトップ屋がいてね。君の写真をクローズアップに売り込みに来たんだ。それで判った」

「――そんな人、全然覚えがないわ」

「君は盗撮されていたんだよ。土屋は向かいのビルから、望遠で君を撮っていた、と言った」

「まあ、油断も隙もないわ」

「この前、名刺にも書いておいたんだけど、警察に行く気はないかね」

舞は岡山から目をそらして言った。

「そんなことより、近くでわたしの茶吉尼天を見たいとは思いませんか」

ホテルの一室で舞は服を脱いだ。

「あなたも」

岡山は言われるとおりにした。

岡山はしばらく彫物に見入っていたが、思わず掌を舞の背に当てた。舞が大きく息を吸うのが判った。岡山はそのまま静かに掌を胸にすべらしていくと、舞は身体の向きを変え、顔を寄せて来た。唇《くちびる》を重ねたとき、舞は急に身体の力を抜き、そのままベッドに倒れ込んだ。岡山が舞を押し拡げ、匂い立つところをついばむと、舞は火がついたようで、

「ああ――もう――」

と、かすれた声をあげた。

組み込めばたちまち眉間に皺が立ち、忍び声が長く尾を引いていく。濃厚な感覚が渦巻くうち、舞はより熱い焔《ほのお》になって燃え盛り、相手の身体を焼き尽すのだった。


十二月二十六日、人間社の仕事納めの日だった。

午前中、ざっと掃除を済ませ、午後からは忘年会になった。

「今年のトピックスはなんと言っても上杉舞かな」

と、亀沢が言った。

「岡山君は舞の居所を突き止めたんじゃなかったかな」

「一度だけ会いました」

と、岡山は答えた。

「でも、次に行ったときにはもういませんでした。マンションの管理人に訊くと、舞は行き先も告げずに引っ越して行ったということです」

「あくまで姿を隠していたかったんだな」

「それがおかしいですねえ。警察に行って自分の彫物を見せれば、すぐ里中殺しの容疑が晴れるのに」

「ところが、そうじゃないんだな」

「――そうじゃない?」

「岡山君はまだ気付いちゃいないのかね」

亀沢は自分のデスクの引出しを開けて、写真を取り出した。岡山が浦里のアトリエで撮影したプリントだった。

「この彫物の下の方に、彫師の銘が入っている」

「ええ、彫久としてあります。舞さんはロサンゼルスにいたとき、たまたまその地に来た彫久に彫ってもらった、と言っていました」

「そんなのは嘘っぱちだ」

「――嘘?」

「そう。彫久という名をよくご覧。浦里貴雄先生の名は、浦里貴雄《ほりきゆう》と読めるじゃないか」

岡山はあっと言って、口がきけなくなってしまった。

「これが、ただの偶然だと思えるかね」

「――思えません」

「そうだろう。彫物の好きな浦里先生は、たまたまモデルに来た舞を見ているうち、色白の舞の肌に墨を入れたくなったんだな。だが、先生は彫師じゃないから針は使えない。それで、絵具で舞の背中に荼吉尼天を描き上げたんだ」

「あれは、絵だったんですか」

「そう。君は浦里先生のアトリエで、舞の荼吉尼天に触ったりはしなかったんだろう」

「ただ、写真を撮るだけでした」

「先生はその絵の出来に満足して、自分の手元に置きたいと思い、君を呼んで写真に撮らせたんだと思う」

「ちょっと待って下さい」

岡山は浦里に電話をかけた。

「先生、今年の春うかがってわたしが上杉舞さんの写真を撮ったときのことを覚えていらっしゃいますか」

「うん、よく覚えておる」

「あのときの舞さんの彫物は先生がお描きになったんですか」

「ああ、わしが描いた。美事じゃったろうが」

「そのとき、先生はあの彫物が絵だとはおっしゃいませんでしたよ」

「うん。絵よりも本物の彫物の方が、カメラマンも張り合いがあろうと思ったから、なにも言わなかった」

「写真が出来て、わたしがプリントをお届けしたときも、なにもおっしゃいませんでした」

「あのときは頭の傷に湿布薬を貼られていて、頭がひりひりしてなにもものが考えられなかった」

岡山は呆然として電話を切った。

「絵ならシャワーを浴びればすぐ消えてしまう。岡山君の写真をもとにして、本物の彫物を入れたのは最近のことだ」

と、亀沢は言った。

「しかし、どうして舞は改めて本物の彫物を入れる気になったんでしょう」

「それは多分、自分が変身したかったからじゃないかな。スイミングクラブの里中に手を下したのは、矢張り舞だとすれば、舞が違う人間になりたかった気持がよく判るような気がする」

翌年、クロースアップは再び女性の彫物特集を組んだ。

その中に浦里の作による荼吉尼天が何点かあったが、岡山は舞の顔が写っていない写真だけを選んだ。

中入り　解説屋さん口お閉じ

新保博久

「言うまでもないことならばもう言うな」――泡坂妻夫「川柳手帳」（未刊行）より

これにて『泡坂妻夫引退公演』前半終了、ここで中〆《なかじめ》である。解説は中〆河太郎（駄洒落《だじゃれ》by北村薫氏）――と言いたいところだが、創元推理文庫の翻訳ミステリはじめ多くの解説でもお馴染《なじ》みだった中島河太郎氏は残念ながら一九九九年に亡くなっている。泡坂妻夫氏もちょうど十年後の二〇〇九年、二月三日に満七十五歳で亡くなった。今年がたまたま没後十周年に当たることは言うまでもない。

この引退公演は、もともと二〇一二年八月が初演（単行本版）で、本文庫版は六年ぶりの再演ということになる。泡坂氏が急逝したとき、それぞれキャラクター、テーマ別に別個の作品集にまとめるのを企図して書き溜めてきた短編が相当数あったが、それらが没後三年にして漸《ようや》くまとまったものだ。

氏が一九七六年、亜愛一郎《ああいいちろう》シリーズの開幕ともなった「DL2号機事件」を第一回新人賞に投じて佳作入選、デビューを果たした雑誌『幻影城』が、七九年に消滅した後も続いたファンクラブ「怪の会」のメンバーはじめ、多くの熱心な泡坂ファンが誰かしら遺稿集を編んでくれるだろうと待っていたのに、音沙汰がなかった。それらの人々をさし措いて私がしゃしゃり出た事情には、島崎博氏が関わっている。

　島崎氏が『幻影城』編集長だったことは言うまでもない（また言ってしまった）。唐突に『幻影城』が休刊してから永らく消息不明であったが、二〇〇〇年代に入って出身地の台湾で健在ぶりを明らかにし、主に日本ミステリの東南アジアへの輸出に尽力していることが知られ、日本の関係者とも交流が再開された。その島崎氏からの電話で、こんど中国で泡坂さんの完全な小説全集を出すことになった（『喜劇悲奇劇』『しあわせの書』『生者と死者』などどうやって翻訳するのかと思ったが、そののち『しあわせの書』は二〇一〇年に原作の趣向を生かして台湾語訳が出た）から、単行本未収録作品を集めておくようにと、私にご下命があったのだ。『幻影城』時代から人遣いの荒かったらしいことは言うまでも……おっとっと。

　そういう使命を与えられたのは、前に東京創元社の隔月刊誌『ミステリーズ！』vol. 34（二〇〇九年四月）の追悼特集に編集部から依頼されて、私が著作リストを拵《こしら》えていたせいだ（本文庫版『泡坂妻夫引退公演 手妻篇』巻末にその増補版を添えた）。寡作家とはいえ三十年間の所産は相当数あり、そのときは調査時間も足りなくて単行本未収録作品を洗い出すまでには至らなかった。改めて、せっかく未収録作品集まで編むなら中国だけでなく日本でも刊行したい。そういえば東京創元社は主に初期の泡坂作品を数多く再文庫化してロングセラーにしているのに、生前にはオリジナル単行本を一冊も出版していないから、日本で新たに刊行するには同社こそ最適だと持ちかけたところ、たちまち快諾を得た。しかし〝掘出された作品〟群は原稿用紙にして概算千枚もあり、一冊本では難しい。

いろいろ曲折があって没後三年の命日にも間に合わず、出し遅れの証文みたいに上梓したわけだが、泡坂ファンには喜んでもらえただろう。二分冊函入り、工芸品さながらの贅沢《ぜいたく》な造本装幀だから、価格も通常の単行本二冊以上になったにも拘わらず、『このミステリーがすごい！』二〇一三年版のベストランキングでは二十位にすべり込んだ。このベストテンの二〇〇一年版では、やはり二冊分のボリュームある『奇術探偵 曾我佳城《そがかじょう》全集』（二〇〇〇年、講談社）が第一位に輝いたように、投票者の支持が篤《あつ》い作家なのだ。

ともかく、泡坂氏を最初に見出した編集者である島崎氏が、最後の小説集を出すきっかけも作ったのは奇縁というしかない。中国版のほうは情勢が変わって全集から選集に大幅縮小され、『泡坂妻夫引退公演』の中国語訳も無期延期になったようだが、もとの企画が先行しなければ本書も存在しなかった。私は編者ヅラをしていても、せっせと未収録作品を発掘してきて、キャラクターや類似テーマ別に案配しただけだが、とりあえず編者の務めとして収録作品の若干について触れておこう。

泡坂氏が亡くなる直前、亜智一郎《ともいちろう》シリーズの二冊目がもうすぐ書き上がると島崎氏は伝えられていたという。第一集『亜智一郎の恐慌』（一九九七年十二月、のち創元推理文庫）収録作品と同数の七編はすでに仕上がっていたが、確かに一冊分にはやや足りない。あと一編ぐらい書かれて幕末編は終了、おそらく次は明治編となって、ご先祖版で亜愛一郎シリーズと同じく三部作を形成したとも思われる。ご先祖版第一集の題名が『亜愛一郎の狼狽《ろうばい》』に照応しているように、『転倒』『逃亡』と続く愛一郎ものに合わせて「亜智一郎の悶絶《もんぜつ》」「――失踪」とか題されたのではないだろうか。そして「DL2号機事件」が地震のエピソードに始まり、最終話「亜愛一郎の逃亡」（『野性時代』一九八四年七月号）にもやはり地震絡みのトリックが使われていたように、安政《あんせい》の大地震（一八五五年）が起こる「雲見番拝命」（『野性時代』一九八六年二月号）を第一話とするご先祖版は、大正末期の関東大震災（一九二三年）で締めくくられる予定だったのではとまで夢想してしまう。それでは智一郎は百歳になるから、智一郎と愛一郎とを繋《つな》ぐ亜仁一郎《じんいちろう》（またはその先代）に主役が交代したかもしれない。

亜智一郎シリーズの作中年代は一八五五（安政二）年から「**敷島の道**」（ゴシックは本書収録作品。以下同じ）の一八六七（慶応《けいおう》三）年まで、ほぼ一年一話で進展する（「**大奥の七不思議**」と「**文銭《もんせん》の大蛇《だいじゃ》**」のみ同じ一八六二＝文久《ぶんきゅう》二年）。発表順もそれにしたがっており、「**喧嘩《けんか》飛脚《びきゃく》**」と「**敷島の道**」だけが逆順になっているが、書誌的にはシリーズ最終作になる「**喧嘩飛脚**」のほうが先に書かれていたとも思われる。

「**敷島の道**」は、〝『幻影城の時代』の会〟編の同人誌形式で出た『幻影城の時代』（二〇〇六年十二月、エディションプヒプヒ）を増補し、『幻影城の時代完全版』（二〇〇八年十二月、講談社BOX）と題して商業出版化するさい、編者の本多正一氏が幻影城作家の書き下ろし競作を企画し、泡坂氏には〝亜愛一郎の復活〟をとねだったものの（連城三紀彦氏には二十六年ぶりに花葬シリーズの新作「夜の自画像」を書かせたほどだが）、もうそんなに凝った作品は無理だと代わりに送られてきた作品だという。そのあとなぜか、「丸に三つ扇」が本多氏のもとに届けられたのは、泡坂氏が「敷島の道」をどこかの雑誌編集部に預けおいた作品と錯覚し、『幻影城の時代完全版』の依頼短編をまだ書いていないと思い込んで急遽仕上げたせいかもしれない。

泡坂氏には小説の注文がある前に書き上げて雑誌編集部に預けておく習慣があったらしい。本書の「紋」の部の大半で語り手を務める紋章上絵師《うわえし》の岡井《おかい》は著者の分身にほかならないが、「逆祝《さかいわ》い」で「こういう手間のかかる仕事に取りかかるには、心の準備期間が必要なのである。わがままなようだが気が向いたときでないと仕事をしたくない」というのは、小説を書くさいの泡坂氏の本音でもあるに違いない。だから受注生産にしないで、「気が向いたとき」に書き上げたのを渡しておいて、載せただけ稿料をもらうシステムだったのだろう（富山の薬売りか）。各誌の編集部にとっても、いつでも使える組みおき原稿があるのは心強いことなので歓迎され、亡くなったとき三、四誌が二〇〇九年四月号に一斉に遺作短編を掲載できたのは、こういう事情によるようだ。

そうした遺作短編の一つ「撥鏤《ばちる》」のヒロインが日本刺繡《ししゆう》を教えている華雅舎《かがや》文化センターは、初期の傑作短編「煙の殺意」（『別册文藝春秋』一九七八年十二月冬号）で火災を出す「値段が高く商品の質が悪い」華雅舎デパートの系列とおぼしい。同じく本巻の掉尾《ちようび》を飾る「荼吉尼天《だきにてん》」に登場するゴロツキ記者の土屋握《つちやあつし》も、『しあわせの書』（一九八七年七月、新潮文庫）の最後に出てくる男と同一人と思われる。「茶吉尼天」掲載誌では土屋渥となっていたが、原稿には「握」と書かれていたのが「渥」と誤植されたとおぼしい（遺作だけに著者校正を経ていないのだから）。「土」＋「屋」＝「握」という名前の作り方で、同じ短編に登場する岡山岳（「岡↓丘」＋「山」＝「岳」）と同じパターンの命名法なので、著者が書き間違うとは考えにくい。土屋や岡山が関係する写真週刊誌「クロースアップ」編集長の亀沢均《かめざわひとし》、版元の人間社なども、亜愛一郎シリーズ「双頭の蛸」（『小説推理』一九八二年六月）から登場している古馴染みだ（亀沢は「週刊人間」の一編集者だったが）。

この『絡繰篇』と同時刊行の『手妻篇』に収録した、これも遺作短編の「真似マジシャン」で奇術師を輪禍《りんか》に遭わせた娘の父親は、『妖盗S79号』（一九八七年七月、のち河出文庫）最終話の「東郷警視の花道」（『オール讀物』一九八七年三月号）で盗品の骨董画《こっとうが》を買った向井長承《むかいちょうすけ》であり（「週刊人間」にスクープされた）、「掌上の黄金仮面」（『幻影城』一九七六年十二月号）で大仏像を造ったのが向井財閥だからもっと古い。そして骨董画をもともと明治初期に盗んだのは隼小《はやぶさこ》僧《ぞう》という盗賊で、亜智一郎シリーズの「大奥の七不思議」に顔を出す。まるで泡坂氏が最期を予期していて昔馴染みを集合させたかのようだが、なに、氏がいつもやっていたことだ。泡坂氏が、別シリーズや単発作品にまたがって同じ人物（時代ものではご先祖）や、同じ店名、同じ団体などを登場させる趣向を好んだことは、ファンには言うまでもない……あわわわ。

参考：怪の会編『泡坂妻夫事典　エンサイクロペディアアワサカナ』（一九九九年七月、森

下祐行発行私家版）

（本稿は『手妻篇』解説ともども、『泡坂妻夫引退公演』単行本版第二幕〈手妻〉巻末の拙稿「泡坂さん幕を閉じ」を再構成、加筆修正したものです）

初出一覧

大奥の七不思議 〈小説推理〉二〇〇一年五月号
文銭の大蛇 〈小説推理〉二〇〇二年十一月号
妖刀時代 〈小説宝石〉二〇〇五年四月号
吉備津の釜 〈小説推理〉二〇〇六年八月号
逆鉾の金兵衛 〈小説宝石〉二〇〇八年二月号
喧嘩飛脚 〈小説宝石〉二〇〇九年二月号
敷島の道 『幻影城の時代』二〇〇八年十二月
兄貴の腕 〈歴史読本〉特別増刊スペシャル号 一九八三年十一月
五節句 〈小説すばる〉二〇〇七年三月号
三国一 〈小説宝石〉二〇〇六年十月号
匂い梅 〈問題小説〉二〇〇七年二月号
逆祝い 〈問題小説〉二〇〇七年十一月号
隠し紋 〈問題小説〉二〇〇九年一月号
丸に三つ扇 『幻影城の時代』二〇〇八年十二月
撥鏤 〈ジャーロ〉二〇〇九年四月春号
母神像 〈小説新潮〉二〇〇二年十一月号

茶吉尼天　〈小説宝石〉二〇〇九年四月号

本書は二〇一二年、小社より刊行された『泡坂妻夫引退公演』第一幕〈絡繰〉の文庫化です。

検印
廃止

著者紹介　1933年東京神田に生まれる。創作奇術の業績で69年に石田天海賞受賞。75年「DL2号機事件」で幻影城新人賞佳作入選。78年『乱れからくり』で第31回日本推理作家協会賞、88年『折鶴』で泉鏡花賞、90年『蔭桔梗』で直木賞を受賞。2009年没。

泡坂妻夫引退公演　絡繰篇

2019年4月12日　初版
2019年5月17日　再版

著者　泡《あわ》坂《さか》妻《つま》夫《お》

編者　新《しん》保《ぼ》博《ひろ》久《ひさ》

発行所　（株）東京創元社
代表者　長谷川晋一

162-0814/東京都新宿区新小川町1-5
電話　03・3268・8231-営業部
03・3268・8204-編集部
URL　http://www.tsogen.co.jp
萩原印刷・本間製本

乱丁・落丁本は、ご面倒ですが小社までご送付ください。送料小社負担にてお取替えいたします。

ISBN978-4-488-40222-8　C0193